MANUELA INUSA

Der zauberhaf...

Buch

Ruby ist eigentlich glücklich: In ihrem kleinen Antiquitätenladen verkauft sie Trödel aus aller Welt, den sie mit liebevoller Sorgfalt restauriert, und verliert sich oft in der Vergangenheit dieser Stücke. Auch wenn sie insgeheim von einem Buchladen träumt, liebt sie die Arbeit in *Ruby's Antiques*, das sie von ihrer Mutter übernommen hat, und das Leben in der Valerie Lane mit ihren Freundinnen.
Und trotzdem scheint etwas in ihrem Leben zu fehlen. Das wird ihr in letzter Zeit vor allem bei den Mittwochstreffen mit den vier anderen Frauen in *Laurie's Tea Corner* immer stärker bewusst. Dass Ruby gerade sehr nachdenklich ist, bleibt auch bei ihren Freundinnen nicht unbemerkt, die in diesem Frühling daher umso stärker für sie da sind. Denn nicht nur beruflich steht Ruby vor einer großen Entscheidung, auch das mit der Liebe gestaltet sich schwieriger als gedacht. Doch die Valerie Lane wäre nicht die romantischste Straße der Welt, wenn nicht auch auf Ruby die eine oder andere Überraschung warten würde, oder? Und so stehen Ruby große Veränderungen bevor ...

Autorin

Manuela Inusa wusste schon als Kind, dass sie einmal Autorin werden wollte. Die gelernte Fremdsprachenkorrespondentin arbeitete sich durch verschiedene Jobs, wollte aber eigentlich immer nur eins: Schreiben. Kurz vor ihrem 30. Geburtstag sagte sie sich: Jetzt oder nie! Inzwischen hat sie im Selfpublishing mehr als dreißig Romane veröffentlicht, die viele Leserinnen erreichten. Die Autorin lebt mit ihrem Ehemann und ihren beiden Kindern in ihrer Heimatstadt Hamburg. In ihrer Freizeit liest und reist sie gern, außerdem liebt sie Musik, Serien, Tee und Schokolade.

Von Manuela Inusa bereits erschienen
Jane Austen bleibt zum Frühstück
Auch donnerstags geschehen Wunder
Der kleine Teeladen zum Glück
Die Chocolaterie der Träume

Besuchen Sie uns auch auf www.facebook.com/blanvalet und www.twitter.com/BlanvaletVerlag

MANUELA INUSA

Der zauberhafte Trödelladen

Roman

blanvalet

Sollte diese Publikation Links auf Webseiten Dritter enthalten,
so übernehmen wir für deren Inhalte keine Haftung, da wir uns
diese nicht zu eigen machen, sondern lediglich auf deren Stand
zum Zeitpunkt der Erstveröffentlichung verweisen.

Dieses Buch ist auch als E-Book erhältlich.

MIX
Papier aus verantwor-
tungsvollen Quellen
FSC
www.fsc.org
FSC® C014496

Verlagsgruppe Random House FSC® N001967

1. Auflage
Copyright © der Originalausgabe
2018 by Blanvalet in der Verlagsgruppe Random House GmbH,
Neumarkter Str. 28, 81673 München
Redaktion: Margit von Cossart
Umschlaggestaltung und -motiv: © Johannes Wiebel | punchdesign,
unter Verwendung von Motiven von Shutterstock.com
(Anne Kitzman; Robert Crum; Engin Sezer; Photix)
JF · Herstellung: sam
Satz: KompetenzCenter, Mönchengladbach
Druck und Bindung: GGP Media GmbH, Pößneck
Printed in Germany
ISBN 978-3-7341-0625-5

www.blanvalet.de

Für Dad

PROLOG

An einem sonnigen Tag im Mai spazierte eine junge Frau eine kleine Straße entlang, die nach einer legendären Person benannt war, die hier vor über hundert Jahren ein Mischwarengeschäft geführt hatte. Es war wohl die romantischste Straße von Oxford, vielleicht sogar die schönste der Welt ... die Valerie Lane.

Die junge Frau trug ein braunes Fünfzigerjahre-Kostüm und dazu passende Stiefeletten. Ihr dunkles Haar war zu einem kinnlangen Bob geschnitten und mit einer versilberten Blumenspange zurückgesteckt. Sie schlenderte ohne Eile über das Kopfsteinpflaster, vorbei an einem Teeladen, einem Wollgeschäft, einer Chocolaterie, einem Blumenladen und einem Geschenkartikelladen. Vier dieser Etablissements wurden von guten Freundinnen geführt, den Blumenladen hatte vor nicht allzu langer Zeit ein attraktiver blonder Mann neu eröffnet. Er stand zu dieser frühen Stunde bereits in seinem Schaufenster und dekorierte es frühlingshaft mit vielen bunten Blumen, Schmetterlingen und Marienkäfern. Als er sie sah, winkte er ihr zu.

Sie winkte fröhlich zurück und schloss dann für einen Moment die Augen, sog die frische Morgenluft ein und ließ die Atmosphäre auf sich wirken. Wie so oft kamen ihr Erinnerungen an eine sorglose Kindheit in den Sinn, in der sie an der Seite ihrer Mutter diesen Weg gegangen war. Und ihre Gedanken machten noch einen größeren Sprung zurück in die Vergangenheit, hin zu einer Zeit, in der die noch immer vorhandenen, heute aber nicht mehr funktionierenden Gaslaternen die Straße erhellt hatten und in der es hier nur ein einziges Geschäft gegeben hatte, nämlich besagtes Mischwarengeschäft, das von der guten Valerie, wie man sie nannte, geführt worden war. Zusammen mit ihrem Mann Samuel hatte sie vor vielen, vielen Jahren Geschichte geschrieben.

Valerie Bonham hatte nicht nur die Bedürftigen der Stadt mit dem versorgt, was sie so bitter benötigten, sie war einfach für jeden da gewesen, mit einem offenen Ohr, einem weisen Wort oder einer Schulter zum Anlehnen. Es hatte keine wie sie mehr gegeben, niemanden mit einem größeren Herzen, doch die heutigen Ladenbesitzerinnen der Valerie Lane versuchten jeden Tag aufs Neue, es ihrem Vorbild gleichzutun – sie wollten die Welt oder wenigstens die Stadt zu einem besseren Ort machen.

Die junge Frau trat auf ihren Antiquitätenladen zu, den die meisten Leute einen Trödelladen nannten, was sie überhaupt nicht mochte. Sie verkaufte keinen Trödel, sondern wertvolle Antiquitäten. Im Gegensatz zu den anderen Läden hatte er einen dunkelgrünen Fassadenanstrich wie zu Valeries Zeiten, den sie unbedingt beibehalten wollte, denn sie mochte alles Alte, Antike und die Beständigkeit der Dinge.

Sie schloss die Tür auf, lächelte, als sie den Geruch der geschichtsträchtigen Dinge wahrnahm, und durchquerte den vollgestellten Raum bis zur hinteren Wand. Dort ging sie in die Hocke, hob eine der knarrenden Holzdielen an und holte eines der acht Bücher hervor, die sie eines Tages zufällig dort entdeckt hatte. Dieses Buch war ihr das liebste. Es erzählte eine einzigartige Liebesgeschichte, die sie an diesem schönen Frühlingstag unbedingt lesen musste, denn sie hatte das Gefühl, die Liebe hatte endlich auch zu ihr gefunden.

KAPITEL 1

Es war ein regnerischer, ungemütlicher Sonntag in Oxford. Ruby hatte sich auf einen Morgen auf dem Flohmarkt gefreut, diesen jedoch schon nach einer halben Stunde wieder verlassen, weil die Verkäufer ihre Waren eingepackt und ihre Stände abgebaut hatten.

Wie schade, dachte Ruby. Sie hatte wirklich gehofft, ein paar Schnäppchen zu machen, gerade weil Flohmärkte bei diesem Wetter nicht allzu gut besucht waren. Aber außer einem Radio für ihren Vater, ein paar Büchern für sich und zwei Vasen für ihren Laden hatte sie nichts ergattert. Trotzdem konnte sie nicht anders, als zu lächeln, als sie die Treppen zu der Wohnung hinaufstieg, die sie mit ihrem Vater teilte. Er würde sich über den quietschgrünen Rundfunkapparat freuen, da war sie sich sicher. Sein alter hatte nämlich den Geist aufgegeben, und er war schon ganz hibbelig, weil er sich die Sportergebnisse nicht anhören konnte.

»Ruby, bist du das?«, hörte sie ihn rufen, als sie die Tür aufschloss und die Wohnung betrat.

»Wer sollte es denn sonst sein?«, rief sie in Richtung Wohnzimmer zurück.

»Ein Einbrecher vielleicht.«

»Ach, Dad, der hätte doch keinen Schlüssel.« Sie schüttelte belustigt den Kopf und befreite sich von der nassen Jacke und den durchweichten Schnürstiefeln.

»Den könnte er dir geklaut haben.«

»Und woher sollte er wissen, wo ich wohne?«

Ihr Vater erschien grinsend in der Wohnzimmertür. »Na, er könnte doch auch deine Brieftasche mit deinem Ausweis geklaut haben.«

Ruby lächelte. »Ich lasse mich schon nicht beklauen, Daddy, keine Angst.« Sie wischte sich das feuchte Haar aus dem Gesicht.

Als sie am frühen Morgen das Haus verlassen hatte, hatte ihr Vater noch geschlafen. »Hast du etwas Schönes gefunden?«, wollte er nun wissen.

Seine grauen Haare standen wild vom Kopf ab, was aber nicht unbedingt daran lag, dass es erst halb neun morgens war. Er sah oft ein wenig zerzaust aus, legte nicht viel Wert auf sein Äußeres, was man an der orangefarbenen Jogging-hose und dem blau-weiß gestreiften Hemd erkannte.

»Oh ja. Schau mal, was ich dir mitgebracht habe.« Ruby griff in ihren Baumwollbeutel und holte das Radio hervor. Es hatte ebenfalls ein paar Regentropfen abbekommen, die sie mit dem Blusenärmel abwischte.

Ihr Vater riss ihr das Teil aus der Hand, betrachtete es, hielt es sich näher ans Gesicht und lächelte dann zufrieden.

»Funktioniert das auch?«

Er sah fragend zu ihr herunter. Ruby war mit ihren eins fünfundsiebzig nicht gerade klein, ihr Vater war jedoch noch ein ganzes Stück größer.

»Ja, das tut es. Es sind Batterien drin, du kannst es gleich ausprobieren.« Sie zeigte ihm, wo der An/Aus-Schalter war.

Nachdem er probiert, gedrückt, gedreht und endlich seinen Lieblingssender gefunden hatte, ging er mit dem Radio zurück ins Wohnzimmer und setzte sich auf seinen Sessel, auf dem niemand außer ihm sitzen durfte.

Ruby folgte ihm. »Es gefällt dir also, ja?«, fragte sie. Er lächelte nur und nickte. »Das freut mich. Dann mache ich mal Frühstück, bevor ich in den Laden gehe. Auf was hast du heute Lust?«

»Eier.«

Das war schon klar, denn es war Eierwoche. Hugh Riley hatte diesen Tick, stets eine ganze Woche lang das Gleiche essen zu wollen – morgens, mittags und abends. In dieser Woche waren es Eier, und wenigstens war er dabei so flexibel, dass Ruby in der Zubereitung variieren durfte. Das war nicht immer so.

»Und was für welche?«, erkundigte sie sich.

»Na, Hühnereier. Es sei denn, du hast ein Straußenei für mich.«

Sie musste lachen. »Nein, Dad, ich wollte wissen, ob du Rühreier, Spiegeleier oder ein hart gekochtes Ei möchtest. Vielleicht ein Omelett?«

»Hm …«

Oje. An seinem Gesichtsausdruck erkannte sie, dass sie ihn damit völlig überforderte. Sie hätte ihn nicht wählen lassen, sondern einfach machen sollen.

Manchmal fragte sie sich, ob sie wohl nie lernen würde, dass ihr Vater einfach nicht mehr derselbe war seit dem Tod ihrer Mutter drei Jahre zuvor. Dass sie ihn jetzt anders behandeln musste.

»Ich mache uns Rühreier, einverstanden?«

Ihr Vater nickte, und Ruby machte sich auf in die Küche, jedoch nicht, ohne vorher überprüft zu haben, ob die Bücher vom Flohmarkt in ihrem Beutel wirklich trocken geblieben waren. Gott sei Dank waren sie es, aber sie hätte sich auch sonst zu helfen gewusst. Sie hatte ungefähr eine Million hilfreicher Tipps und Tricks für alle Lebenssituationen in ihrem Hinterkopf gespeichert.

Sie rubbelte sich das Haar trocken und stellte sich an den Herd, briet die Eier und sah dabei aus dem Fenster. Was für ein trister Regentag! Ob die Leute da überhaupt aus dem Haus gehen und sich bis ganz ans Ende der Valerie Lane verirren würden?

Zwei Stunden später schloss Ruby die Tür ihres Ladens auf. Obwohl sonntags nicht alle kleinen Geschäfte der Stadt öffneten, hatten die Besitzerinnen der Läden in der Valerie Lane vor Jahren beschlossen, sich den großen Geschäften der Cornmarket Street, von der ihre kleine Straße abging, anzupassen, um ihren Kunden zu ermöglichen, von elf bis fünf in Ruhe ihre Einkäufe zu tätigen.

Sie packte die beiden Vasen aus, die sie von einer alten Frau auf dem Flohmarkt gekauft hatte, und betrachtete sie versonnen. Eine der Vasen, sie war weiß und mit hinreißenden blauen Blümchen bemalt, schien älter zu sein, als Ruby anfangs geglaubt hatte. Der Stempel einer Firma auf der Unterseite, den sie nun mit der Lupe erkannte und gut zuordnen konnte, sagte ihr, dass das Stück aus den Dreißiger-, spätestens aus den Vierzigerjahren stammte, da die Firma nur bis in die frühen Vierziger hergestellt hatte. Ob die Verkäuferin das wohl gewusst hat?, fragte sie sich. Sicher nicht, denn sonst hätte sie ihr die Vase garantiert nicht zu einem Spottpreis von zwölf Pfund verkauft.

Sofort bekam Ruby ein schlechtes Gewissen. Ja, so war sie, was sie selbst manchmal echt nervte. Schließlich musste sie ein Geschäft führen und sich und ihren Vater über die Runden bringen.

Schon seit Jahren war der ohne Arbeit. Wer stellte denn auch einen Verrückten ein? Zumindest betitelten die Leute ihn als solchen. Leute, die ihn nicht kannten, die nicht wussten, was er durchgemacht hatte.

Sie hörte die Ladenglocke, drehte sich um und setzte ein Lächeln auf. »Guten Tag.«

Zwei Damen um die fünfzig betraten den Verkaufsraum und sahen sich um, gingen an den Tischen mit alten Lampen, Spiegeln, Schmuckschatullen, Vasen, Porzellan und Spieluhren entlang. Betrachteten die Gemälde, die an den Wänden hingen und die vor den Regalen standen. Sie blieben einen Moment lang vor einem der antiken Stühle stehen und begutachteten das Grammofon, das hier seit Jahren stand. Doch leider kauften sie nichts, und Ruby brachte die Vasen nach hinten. Später würde sie sie ordentlich säubern und polieren und sie mit einem Preis ausschildern, der ganz bestimmt mehr als zwölf Pfund betrug.

»Ruby? Bist du da?«, hörte sie jemanden rufen.

Sie hatte die Ladenglocke gar nicht vernommen. Wo war sie nur mit ihren Gedanken?

Schnell eilte sie nach vorne. »Hallo, Laurie. Wie geht es dir?«

»Ach, ich kann nicht klagen«, antwortete die rothaarige Frau, die ihren Laden zwei Türen weiter hatte. In Laurie's

Tea Corner konnte man köstlichen Tee aus aller Welt bekommen. »Hier, ich dachte, den solltest du unbedingt probieren«, sagte sie und reichte Ruby einen Becher.

»Oh, wie lieb. Danke.« Sie nahm ihn entgegen und musste ihn gleich wieder abstellen, weil der Tee so heiß war. »Was ist das denn für einer?«

»Zitronengras und roter Pfeffer. Aus Guatemala.« Laurie erzählte und gestikulierte so freudig, dass dabei ihr orangefarbener Rock mitwippte.

»Hört sich interessant an. Ich werde ihn auf jeden Fall genießen. Sag mal, ist es bei dir auch so ruhig?« Normalerweise war Lauries Laden immer gerammelt voll. »Ich frage nur, weil du mitten am Vormittag vorbeikommst.«

»Ich habe doch jetzt eine Aushilfe. Hannah, die Künstlerin.«

»Ach ja, stimmt. Wie schön für dich.«

Ruby musste zugeben, dass sie Laurie ein wenig beneidete. Ihr Laden musste wirklich gut laufen, wenn sie sich eine Aushilfe leisten konnte. Keira aus der Chocolaterie nebenan hatte auch eine. Sie selbst konnte daran nicht einmal denken. Nein, sie musste von morgens bis abends im Laden stehen und hatte kaum Zeit für irgendetwas sonst. Nicht dass da viel gewesen wäre, dem sie ihre Zeit lieber gewidmet hätte als ihrem geliebten Geschäft. Sie hatte keinen festen Freund, also gab es außer ihrem Vater niemanden, für den sie da sein musste, und ihren Hobbys konnte sie auch im Laden nachgehen. Die alten Klassiker und Biografien, die sie zu gern las, und ihren Skizzenblock nahm sie einfach mit.

»Kommst du am Mittwoch?«, fragte Laurie nun.

»Aber sicher.«

Sie freute sich doch schon immer Tage vorher auf den Mittwochabend, an dem sie alle sich in Laurie's Tea Corner trafen und zusammen quatschten und dabei Tee tranken und Schokolade aßen. Eine Tradition, die die gute Valerie vor über hundert Jahren eingeführt hatte, weil sie fand, es sollte eine Zuflucht geben für jeden, der ein wenig Fürsorge oder einfach nur ein heißes Getränk brauchte.

»Susan kann nicht. Sie hat einen Termin.« Susan besaß den Wollladen auf der anderen Straßenseite.

»Schade.«

»Ja.« Laurie sah sie nachdenklich an. »Und wie geht es dir, Süße? Du siehst müde aus.«

Die anderen Frauen nannten sie immer »Süße« oder »Kleines«, weil sie die jüngste von ihnen war. Mit gerade einmal vierundzwanzig betrieb sie ihr eigenes Geschäft bereits seit fast drei Jahren. Sie hatte aufgrund unerwarteter Umstände schon früh lernen müssen, Verantwortung zu übernehmen.

»Es geht mir gut, danke.« Es musste ja nicht jeder wissen, wie schlecht es um den Laden stand. Laurie machte sich schon immer Sorgen genug. »Ich war heute Morgen auf dem Flohmarkt und habe zwei wunderschöne Vasen entdeckt. Möchtest du sie sehen?«

»Klar. Zeig her.« Ruby ging sie holen und präsentierte sie stolz. »Wow, die wäre was für mich. Wie teuer soll die sein?« Laurie zeigte auf die Vase, die Ruby als besonders wertvoll einschätzte.

»Das weiß ich noch nicht genau. Muss erst noch ein wenig recherchieren. Ich glaube nämlich, sie ist aus den

Dreißigern und einiges wert. Wenn ich Glück habe, kann ich den Preis auf vierhundert Pfund ansetzen.«

»Oh. Na, das ist wohl doch nicht ganz mein Niveau.« Laurie grinste. »Aber schön ist sie, wunderschön. Weißt du, mir kommt es nicht so sehr darauf an, wie alt oder wie wertvoll etwas ist. Die Dinge können auch aus der Dekoabteilung bei Primark sein, solange sie hübsch sind.« Sie lachte.

Ruby sah die Sache natürlich ein bisschen anders, sie machte sich dennoch eine gedankliche Notiz. Sie würde nach ähnlichen Stücken Ausschau halten. Manchmal bekam man hübsche kleine Dinge zu einem Spottpreis auf den Märkten. Und sie machte ihren Freundinnen gern eine Freude.

Laurie erzählte noch eine ganze Weile, was Ruby nicht störte, da sie eh nichts zu tun hatte. Ab und zu kam mal jemand in den Laden, sah sich um oder fragte nach einem bestimmten Gegenstand, aber die Sonntage verliefen meistens sehr ruhig, und so war es auch heute. Nicht dass es an anderen Tagen sehr viel besser wäre.

»Hast du schon gehört? Tobin hat eine Freundin«, erzählte Laurie jetzt aufgeregt.

Seit Tobin als einziger Mann in ihrer Mitte im Februar den leeren Laden bezogen hatte, war er das Gesprächsthema Nummer eins in der Valerie Lane.

»Nein, das wusste ich noch nicht.«

Wo hörte Laurie das alles immer nur? Ruby hatte das Gefühl, als wäre sie immer die Letzte, die etwas erfuhr, andererseits plauderte sie ja auch nicht den lieben langen Tag lang mit jedem, der ihr begegnete, wie Laurie, die ständig in Tratschlaune war, viel und gern lachte und bei allen beliebt war. Sie selbst war eher still. Wenn sie ehrlich war, brachte sie sogar vor ihren Kunden kaum ein Wort heraus. Fiel das Thema auf Kinder, Hunde, Mode, Promis oder im schlimmsten Fall Beziehungsprobleme, war sie der absolut falsche Ansprechpartner. Wollten sie über irgendetwas Historisches reden, war sie allerdings voll dabei.

»Sie ist wirklich hübsch, sehr schlank. Sieht ein bisschen so aus wie Orchid.«

Orchid – die Fünfte im Bunde. Sie besaß den Geschenkartikelladen auf der anderen Straßenseite direkt gegenüber von Ruby's Antiques.

»Halt mich auf dem Laufenden.«

Ruby sah Laurie an und hoffte nun doch, sie würde endlich gehen. Sie wollte sich um ihre neuen Errungenschaften kümmern, wollte herausfinden, woher die Vasen genau stammten.

»Na, ich geh dann mal wieder rüber«, sagte Laurie, als könnte sie ihre Gedanken lesen. »Hab dich lange genug aufgehalten.«

»Ach was, es war schön, mit dir zu reden. Und danke noch mal für den Tee.«

Ihr fiel ein, dass sie den noch nicht mal probiert hatte. Der Becher stand unberührt auf dem Ladentisch. Laurie hatte fast eine halbe Stunde erzählt, das Getränk war inzwischen bestimmt kalt.

Ruby nahm einen Schluck.

»Und?«, fragte Laurie mit strahlenden Augen.

»Superlecker«, sagte sie und verzog gedanklich das Gesicht.

Wer trank denn Pfeffer? Der Tee schmeckte so, als hätte man Pfeffer in heißes Wasser gegeben und eine Scheibe Zitrone dazu. Scharf war er außerdem. Sie musste ja zugeben, dass Laurie oft ganz großartige Sorten anbot – diese war allerdings keine davon.

Sobald Laurie weg war, schüttete Ruby den Tee in die Spüle und trank einen Schluck von dem Apfelsaft, den sie mitgebracht hatte. Dann setzte sie sich auf den Hocker an ihrem kleinen Arbeitspult, holte ihr Notebook heraus und begann zu googeln.

KAPITEL 2

Mit einem breiten Lächeln im Gesicht schloss Ruby um fünf Uhr abends die Ladentüren und machte sich auf nach Hause. Ihr Gefühl hatte sie wieder einmal nicht getrogen. Die eine Vase war zwar allenfalls aus den Sechzigern, aber die andere stammte ganz sicher aus den beginnenden Dreißigerjahren. Sie war tatsächlich von einer kleinen schottischen Firma namens Haighesty's, die in aufwendiger Handarbeit hergestelltes Porzellan verkauft hatte, und stieg allein damit an Wert. Zudem war die Vase noch in einwandfreiem Zustand – weder war die Farbe verblichen noch hatte sie irgendwo einen Riss oder einen Bruch. Ruby würde sie guten Gewissens für sechshundert Pfund anbieten können. Natürlich war es eine ganz andere Sache, dafür auch einen Kunden zu finden.

Sie war glücklich und strahlte, als sie über das Kopfsteinpflaster ging und die Ecke erreichte, an der wie so oft ein Mann auf dem Boden saß. Er war dreißig und viel zu hager, und sein schwarzes Haar war ein wenig zu lang. Er saß auf einem Stück Pappe und trug eine zu dünne Jacke für solch einen ungemütlichen Tag, jedoch eine dicke blaue Strickmütze, die nur von Susan stammen konnte. Der Mann hieß Gary, und Ruby hatte sich in den letzten Monaten ein wenig mit ihm angefreundet.

Sie blieb stehen, und er blickte mit seinen traurigen Augen auf. Eigentlich sah er immer ganz schön traurig aus. Am liebsten hätte sie ihn gefragt, warum er nur so schrecklich betrübt war. Jemand wie Laurie oder Orchid hätte das sicher auch gemacht, aber Ruby war nicht so. Sie war introvertiert und hatte Probleme damit, mit Fremden zu reden. Selbst Leute, die sie kannte, mochte sie nicht auf ihre Sorgen ansprechen.

Ruby lächelte also nur und fragte: »Hallo, Gary. Wie geht's dir heute?«

»Mir geht's gut, danke.« Das war seine Standardantwort, obwohl sie ihm nicht abnahm, dass er ehrlich war. Wie könnte sie auch? »Und dir?«

»Fantastisch. Ich hab heute auf dem Flohmarkt eine wertvolle Vase ergattert.«

»Das freut mich für dich.« Er lächelte schüchtern zurück.

Ruby spürte einen kleinen Tropfen auf der Nase. Es würde jeden Moment wieder anfangen zu regnen. Sie blickte Gary an, wusste nicht, ob sie ihm erneut anbieten sollte, in Ruby's Antiques zu übernachten. Dann entdeckte sie einen Pappbecher aus Laurie's Tea Corner neben ihm.

»Hat Laurie dir auch diesen komischen Pfeffertee gebracht?«

Gary verzog das Gesicht. »Wer gibt denn Pfeffer in den Tee?«, fragte er.

Sie musste lachen, und das Eis war gebrochen. So war es meistens bei ihnen. Sie brauchten erst einen Augenblick, um miteinander warm zu werden.

Die Tropfen begannen nun in immer kürzeren Abständen auf sie herabzufallen, und Ruby fasste sich ein Herz. »Es sieht ganz danach aus, als ob es gleich richtig gießen würde. Willst du die Nacht vielleicht in meinem Laden verbringen?«

Hinten drin stand eine Couch, die Gary schon ein paarmal genutzt hatte, besonders in den kalten Wintermonaten. Auch wenn er ihr Angebot anfangs stets abgelehnt hatte.

Ruby hatte Mitleid mit Gary, ja, aber es war noch mehr. Immerhin handelte es sich bei ihrem Laden um die alten Räumlichkeiten von Valerie Bonham – und die hätte es so gewollt. Hätte wahrscheinlich überhaupt nichts anderes akzeptiert.

»Ich will dir keine Umstände bereiten«, erwiderte Gary bescheiden wie immer, während der Regen tatsächlich stärker wurde.

Ruby spannte ihren Schirm auf. »Der Laden steht die ganze Nacht leer. Ich hätte wirklich ein besseres Gefühl, wenn du meinen Vorschlag annehmen würdest. Nicht dass du dir noch eine Lungenentzündung holst.«

Gary, der schon ganz nass war, erhob sich und fuhr sich durchs feuchte Haar. »Okay.«

Sie nahm ihn unter ihren Schirm, brachte ihn zum Laden und schloss auf. »Du weißt ja, wo alles ist. Hinten im Schrank sind noch ein paar Kekse. Leider hab ich nichts zu trinken da, aber es gibt ja Leitungswasser.«

»Kein Problem. Ich danke dir.«

Er sah sie wieder so an, mit diesen traurigen Augen, die ihr eine Geschichte erzählen wollten. Und wie gern wäre sie geblieben und hätte sie sich angehört, sogar ganz ohne Worte. Doch sie hatte selbst genug Traurigkeit hinter sich und allerhand Sorgen, die auf sie warteten. Deshalb wünschte sie Gary eine gute Nacht und ging durch den prasselnden Regen davon.

»Dad, ich bin wieder zu Hause!«, rief Ruby. Sie entledigte sich wie schon am Morgen ihrer nassen Sachen, lief ins Badezimmer und schnappte sich ein Handtuch, das sie sich ums triefende Haar wickelte. Der blöde Schirm hatte auf dem Heimweg den Geist aufgegeben. Und während sie die hundertfünfzig Meter von der Bushaltestelle bis nach Hause gerannt war, hatte es wie aus Eimern geschüttet. Sie fand ihren Vater auf seinem Sessel vor, wo er mit seinem Radio beschäftigt war. Es freute Ruby richtig, dass er so glücklich darüber war. Er schien sie gar nicht zu bemerken. »Dad, ich bin wieder hier und mache dir gleich was zu essen«, versuchte sie es erneut und ging zu ihm rüber.

»Eier?«, fragte er, ohne aufzusehen.

»Natürlich. Was denn sonst?« Sie zwinkerte ihm zu. »Haben dir die hart gekochten Eier gereicht, die ich dir hingestellt habe?«, erkundigte sie sich und warf einen Blick auf den tiefen Teller, der nun leer auf dem Esstisch stand. Ihr Vater hörte sie wieder nicht. Wie gebannt lauschte er dem Radiosprecher. »Ich decke jetzt den Tisch, und dann musst du dich mal für eine Weile von deinem Radio trennen, okay?«

»Darf ich es nicht beim Essen anlassen?«, fragte er und machte einen Schmollmund.

»Na gut, aber dann such wenigstens einen Musiksender, ich habe nämlich keine Lust auf den Sportkanal.«

»Es läuft gerade ein Fußballspiel. Italien gegen Holland.«

»Wer gewinnt?«

»Na, was mag ich lieber? Pasta oder Tulpen?«

Typisch ihr Vater. Wo war denn da bitte der Zusammenhang?

»Keine Ahnung. Hast du Tulpen denn schon mal gegessen?«, fragte sie, und ihr Vater lachte auf.

»Wo sind meine Eier?«

»Kommen sofort.«

Ruby zog sich schnell um und legte die nassen Sachen über den Wäscheständer. Die neu erstandenen Bücher, darunter sogar eine Erstausgabe, stellte sie in eines ihrer heiß geliebten Bücherregale.

In einer Jeans und einem T-Shirt mit der Aufschrift I LOVE MR. DARCY stand sie kurz darauf vor der Küchentür, holte den Schlüssel hervor und schloss auf. Das war eine Vorsichtsmaßnahme, die sie jeden Tag treffen musste, da schon so einige Male etwas schiefgegangen war, als sie ihren Vater allein in der Küche gelassen hatte. Zweimal hatten die Nachbarn sogar die Feuerwehr rufen müssen.

Wenig später saßen sie zusammen am Wohnzimmertisch, hörten den Oldiesender und aßen zu Abend. Dieses Mal Omelett.

»Wie war dein Tag, Dad?«, fragte Ruby, während sie in ihrem Essen stocherte.

Sie wusste gar nicht, ob sie aus Solidarität mit ihrem Vater mitaß oder weil sie es einfach satthatte, immer zwei verschiedene Sachen kochen zu müssen. Wie froh sie war, dass Sonntag war und er sich am kommenden Tag einem neuen Lebensmittel zuwenden würde.

»Sehr gut, sehr gut. Und deiner? Was ist das da Rotes in deinen Eiern?«

»Tomaten. In meinem Omelett sind Tomaten und Feta.« Sie fragte nicht, ob er das nicht auch gewollt hätte, denn sie kannte die Antwort. Es wäre ihm zu viel der Abweichung vom Normalen gewesen. Selbst die Scheibe Toast, die sie zu ihrem Omelett aß, hätte er als einen Feind auf seinem Teller betrachtet. »Mein Tag war auch gut«, nahm sie seine Frage wieder auf. Sie wusste, dass sie ihrem Vater von der Vase nichts zu erzählen brauchte, die interessierte ihn herzlich wenig. »Und, Dad? Warst du wenigstens ein bisschen draußen, oder hast du den ganzen Tag mit dem Radio auf deinem Sessel gehockt?«

»Wenn du nicht willst, dass ich den ganzen Tag mit dem Radio auf dem Sessel hocke, dann kauf mir kein Radio«, sagte er beleidigt.

»Ist doch okay, Daddy. Aber du musst mir versprechen, dass du morgen ein bisschen rausgehst, ja? Mach einen kleinen Spaziergang. Du könntest doch mal wieder in den Park gehen zum Schachspielen, oder komm mich im Laden besuchen.«

»Mal sehen.« Er nahm eine letzte Gabel von seinem Omelett und schielte zu seinem Radio.

»Versprich es mir, Dad.«

»Pah!« Er rollte mit den Augen. »Meinetwegen, versprochen.«

»Gut. Und nun kannst du von mir aus wieder den Sportsender einstellen. Ich gehe in mein Zimmer lesen.«

Sofort stürzte ihr Vater sich auf das Radio und drehte an dem Rad, mit dem man den Kanal verstellte. Als er ihn gefunden hatte, nahm er das Gerät und ging zurück zu seinem Sessel.

»Viel Spaß noch, Dad«, sagte Ruby und gab ihm einen Kuss.

Dann brachte sie das Geschirr in die Küche und spülte es ab. Dabei wanderten ihre Gedanken wieder zu Gary zurück. Wie gern würde sie mehr über ihn erfahren. Sie hatten sich zwar schon öfter unterhalten, jedoch nur über Belangloses. Sie würde gern wissen, was ihm widerfahren war, weshalb er auf der Straße lebte, warum er sich mit seinen dreißig Jahren schon aufgegeben hatte. Wenn man ihn da an seiner Ecke sitzen sah, wirkte er beinahe wie ein alter Mann. Einer, der schon das Beste und das Schlimmste durchgemacht hatte.

Ruby ging in ihr Zimmer und setzte sich mit einem Buch auf ihr Bett, doch beim Lesen nickte sie immer wieder ein. Laurie hatte es ganz richtig erkannt, in letzter Zeit war sie müde, und sie wusste nicht einmal, warum. Genug Schlaf bekam sie, und körperlich überanstrengte sie sich auch nicht. Vielleicht war es unterbewusst einfach die Situation, die sie ermüdete – ihr Vater, der wie ein Kind war, um das man sich kümmern musste, der Laden, der nicht mehr richtig lief … Obwohl in letzter Zeit, seit ihre Freundinnen eine Anzeige im Wochenblatt für sie geschaltet hatten und sie jetzt sogar eine eigene Website hatte, wieder mehr Kundschaft kam, kauften die Leute einfach nicht genug. Als ihre Mutter das Geschäft geführt hatte, war das anders gewesen. Konnte es daran gelegen haben, dass Meryl Riley eine ganz andere Persönlichkeit gehabt hatte als sie? Dass sie eine Fröhlichkeit ausgestrahlt hatte, die die Leute angezogen hatte? Dass die Gespräche, in die sie die Kunden verwickelt hatte, diese zum Kauf animiert hatten?

Sie musste unbedingt ein bisschen mutiger werden. Wie konnte sie das nur schaffen? Ruby nahm sich fest vor, sich zumindest zu bemühen. Den ersten Schritt würde sie machen, indem sie Gary auf seine Vergangenheit ansprach. Irgendwann, irgendwie.

Was er jetzt wohl machte, so ganz allein in ihrem Antiquitätenladen? Worüber er wohl nachdachte?

Gary kam aus Manchester, das hatte er ihr erzählt. Auch dass er Autor war und früher sogar Bücher veröffentlicht hatte. Dass er schon sehr jung mit dem Schreiben angefangen hatte. Bereits mit achtzehn hatte er einen Schreibwettbewerb gewonnen und seinen ersten Buchvertrag bekommen. Sie fragte sich, ob er Angehörige hatte, eine Frau, Kinder, Eltern. Warum musste er auf der Straße leben? Hatte er denn niemanden, der ihn aufnahm? Der ihm ein warmes Plätzchen zur Verfügung stellte? Sie würde ihm gern eins anbieten, gleich hier neben ihr in ihrem Bett.

Oh Gott, hatte sie das wirklich gerade gedacht?

Was war denn nur in sie gefahren? Doch dann erkannte sie, dass sie gar nicht auf das Offensichtliche aus war, sondern dass sie einfach nur gern jemanden bei sich hätte, jemanden, in dessen Armen sie liegen und mit dem sie reden konnte. Manchmal fühlte sie sich so schrecklich einsam.

Sie legte das Buch *Der große Gatsby* zur Seite und griff nach ihrem Block und dem Bleistift, beides lag immer auf ihrem Nachttisch bereit. Der Stift machte sich in ihrer Hand selbstständig und strich sanft wie eine Feder über das

Blatt, zeichnete erst Umrisse, dann detailliertere Linien. Selbst mit geschlossenen Augen hätte Ruby dieses Gesicht skizzieren können, so gut hatte sie es sich eingeprägt. Bereits nach zehn Minuten blickte ihr Gary entgegen, und sie lächelte ihm traurig zu. Dann stand sie auf, um nach ihrem Vater zu sehen. Der saß noch immer auf seinem Sessel, hatte die Augen aber bereits geschlossen. Sie nahm ihm das Radio aus der Hand und ließ den Sprecher verstummen, dann deckte sie ihren Vater mit einer dicken Decke zu und schaltete das Licht aus.

Auf dem Weg zurück ins Bett wanderten ihre Gedanken in die Zeit, in der ihr Vater noch derjenige gewesen war, der sie zugedeckt hatte, nachdem er ihr eine Gutenachtgeschichte vorgelesen und ihr einen kleinen Kuss auf die Stirn gegeben hatte. Es war so lange her. Ihr Vater war nicht mehr dieser Mann, schon lange nicht mehr, und sie war nicht mehr dieses Kind.

KAPITEL 3

Ruby erwachte von einem lauten Poltern. Kam es aus der Küche? Sie sprang auf und lief in den Flur hinaus.

»Verdammt!«, entfuhr es ihr.

Wie hatte sie vergessen können, die Tür abzuschließen? Natürlich wusste sie es. Ein gewisser Mann hatte sie von ihren Aufgaben abgelenkt, die sie normalerweise routinemäßig erledigte. Ihr Hormonhaushalt spielte wohl verrückt, weil sie so lange keine Nähe mehr gehabt hatte. Sie konnte sich nicht einmal daran erinnern, wie lange ihr letztes Date her war. Den letzten festen Freund hatte sie damals in London während ihres Kunststudiums gehabt. An eine Beziehung war ja auch gar nicht zu denken, wenn man sich dieses Chaos hier ansah. Wer würde das schon mitmachen?

»Dad, was tust du da?«, schrie sie.

»Frühstück machen«, antwortete er stolz und drehte sich strahlend zu ihr um.

Ruby begutachtete die Küche. Überall standen Dosen mit gebackenen Bohnen in Tomatensauce – offene Dosen.

»Bohnen …«, sagte sie ungläubig und fragte sich gleichzeitig, woher er nur die ganzen Konserven hatte.

»Ich mag Bohnen. Du etwa nicht?«

Diese Woche waren es also Bohnen.

»Lass mich mal«, entgegnete sie nicht sehr sanft und scheuchte ihren Vater weg vom Herd. Er hatte sich den größten aller Töpfe genommen und ihn bis oben hin mit Bohnen gefüllt. Die Herdplatte war auf der höchsten Stufe eingestellt, die Tomatensauce blubberte und spritzte überallhin. Sie stellte den Herd aus und nahm den Topf herunter. »Sieh dir die Sauerei an, Dad. Was hast du nur angestellt?«

Die Freude in seinem Gesicht wich einem enttäuschten Ausdruck. Seine Lippen begannen zu zittern.

»Es tut mir leid, Ruby.«

Sie atmete einmal tief durch, dann zwang sie sich zu lächeln. Er konnte ja nichts dafür.

»Okay, dann sollen es halt Bohnen sein«, sagte sie mit einem Seufzer.

Ihr Vater nickte begeistert und füllte sich zwei Suppenkellen voll auf einen Teller.

»Hallo, Susan!«, rief Ruby der Wollladenbesitzerin zu, als sie sie eine Stunde später mit ihrem Hund Terry auf sich zukommen sah. Terry war ein treuer Cockerspaniel, das einzige männliche Wesen in Susans Leben.

»Guten Morgen. So früh schon hier?«

Ruby sah auf ihre Armbanduhr. Es war kurz nach acht.

»Ja, ich wollte noch umdekorieren, bevor die ersten Kunden kommen.«

Das war nicht der eigentliche Grund. Sie hatte einfach nur ein wenig für sich sein wollen, raus aus dem Bohnenchaos. Außerdem hoffte sie, Gary noch im Laden zu erwischen, bevor er sich davonschlich.

Susan warf sich den langen schwarzen Zopf über die Schulter und lächelte. »Ich bin genauso. Ich könnte auch ständig umdekorieren. Wir wollen es ja hübsch haben für unsere Kundschaft, nicht?« Ruby nickte, sagte aber nichts weiter. Sie wollte nicht allzu lange aufgehalten werden. »Dann wünsche ich dir einen schönen Tag. Wir sehen uns am Mittwoch?«

»Ich dachte, du kämst nicht. Laurie erzählte was von einem Termin ... «

»Den hab ich auf Donnerstag verschoben. Ist nur ein Treffen mit meinem Steuerberater.« Susan verzog das Gesicht. »Da ziehe ich eure Gesellschaft doch vor.« Ruby nickte wieder nur und lächelte. »Geht es dir gut, Kleines?«, erkundigte sich Susan.

»Alles gut, danke.«

»Du siehst so unglaublich dünn aus. Isst du auch genug?«

»Natürlich, Susan. Du brauchst dir keine Sorgen zu machen.«

»Na, dann werde ich dir mal glauben.«

»Alles klar. Bis Mittwoch. Dir auch noch einen schönen Tag.«

Sie setzte ihren Weg fort.

»Ruby?«, hörte sie Susan rufen und drehte sich um. »Wie geht es deinem Vater?«

Sie seufzte wieder, aber so leise, dass Susan es nicht hören konnte. Für ihre Freundin setzte sie erneut ein Lächeln auf und antwortete: »Blendend. Diese Woche sind es Bohnen.«

In ihrem Laden schloss sie die Tür hinter sich zu und atmete auf. Endlich Ruhe. Vor den verrückten Vätern dieser Welt. Vor Freundinnen, die sie ja im Grunde sehr mochte, die sie mit ihrer Fürsorge jedoch manchmal erdrückten. Vor der Welt da draußen, die einmal so viel Wunderbares für sie vorgesehen hatte. Es war verpufft wie ein Traum.

Enttäuscht sah sie, dass Gary schon weg war. Sie hatte ihn zwar nicht an seiner Ecke gesehen, weit konnte er jedoch kaum sein. Er hatte keinen Schlüssel und somit nicht abschließen können, doch er würde ihren Laden niemals aus den Augen lassen, das wusste sie mit Gewissheit.

Sie ging auf die Knie und hob die Diele an, holte die Bücher hervor, die sie dort vor langer Zeit entdeckt hatte, als ihre Mutter sie wie so oft mit in den Laden genommen hatte. Es waren die Tagebücher von Valerie Bonham, ihre wertvollsten Schätze. Viel wertvoller noch als die neue antike Vase oder der alte Sekretär, der angeblich Charles Dickens gehört hatte. Diese Bücher hatten einen unermesslichen emotionalen Wert für sie. Nicht nur weil die gute Valerie ihre Gedanken und Gefühle hineingeschrieben hatte, sondern auch, weil sie Ruby an eine bessere Zeit erinnerten. Eine Zeit, die bedauerlicherweise niemals zurückkommen würde.

Während sie die erste Seite aufschlug, hielt Ruby vor Ehrfurcht die Luft an. Sie wusste, sie würde ihr Geheimnis irgendwann lüften müssen, denn sie fand, dass ihre Freundinnen ebenso ein Anrecht darauf hatten, diese Bücher zu lesen, wie sie. Sie sollten auch all die Dinge von Valerie erfahren, die sie selbst schon wusste und die sie an ihren gemeinsamen Mittwochabendtreffen immer mal wieder unauffällig in Gespräche hatte einfließen lassen. Doch für eine kleine Weile wollte sie ihr Geheimnis noch für sich bewahren.

Ruby machte es sich auf dem alten Schaukelstuhl, den sie im vergangenen Jahr mit Laurie zusammen auf einem Flohmarkt aufgestöbert und den sie noch immer nicht verkauft hatte, gemütlich und blätterte behutsam die fragilen alten Seiten durch, bis sie an eine besondere Stelle kam, die sie schon unzählige Male gelesen hatte.

12. November 1889
Liebes Tagebuch,
heute habe ich dir Außergewöhnliches zu erzählen. Ich
kann kaum in Worte fassen, was ich fühle, und danke
dem Herrn dafür, mich mit solch einem lieben Ehemann
gesegnet zu haben. Samuel ist ein Engel auf Erden. Dieser
wunderbare Mann hat mich heute aus einer scheinbar
aussichtslosen Lage gerettet, und das allein mit seinem
weisen Verstand und mit seinem großen Herzen.
Eine Frau kam ins Geschäft und brauchte Kohle und Brot,
hatte aber nicht genügend Geld dabei und hätte sich für
eines von beidem entscheiden müssen. Man konnte ihr ihre
verzwickte Lage an der Nasenspitze ansehen: Sollte sie
lieber die Kohle nehmen, damit ihre vier Sprösslinge es
warm hatten, oder sich für das Brot entscheiden, damit sie
keinen Hunger leiden mussten?
Ich überlegte, was ich tun könnte, denn die Frau namens
Bonnie kenne ich gut, und ich weiß, dass sie nie und
nimmer Almosen annehmen würde. Ich war also drauf und
dran, ihr vorzuschlagen, dass sie anschreiben könne, als
Samuel, der hinten in der Backstube alles mitbekommen

hatte, nach vorne in den Laden kam und zwei große Brotlaibe in die Höhe hielt. »Frau, die sind mir heruntergefallen«, sagte er. »Sie sind nicht schmutzig, doch wir können sie nicht mehr verkaufen. Weißt du, was ich mit ihnen machen könnte?«

Mein Herz schmolz dahin, als Bonnies Augen sich vor Freude weiteten. Ich sagte Samuel, ich wüsste schon, was wir damit anfangen könnten, und überreichte Bonnie die Brote. Eine Träne lief ihr übers Gesicht, als sie sich überschwänglich bedankte. Als sie fortging, nach Hause zu ihren Kindern, die für den Tag gerettet waren, nahm ich meinen Samuel in die Arme und sagte ihm, was für ein guter Mensch er sei und dass ich ihn überhaupt nicht verdient habe. Er lachte nur und erwiderte: »Diese Worte von dir, der großherzigsten Frau von Oxford? Ich danke dem Herrn an jedem einzelnen Tag, dass ich an deiner Seite verweilen darf, mir all diese Dinge von dir abschauen und so zu einem besseren Mann werden kann.«

Tage wie diese machen das Leben lebenswert. Es sind ganz genau Tage wie diese.

Valerie

Ruby holte ein Taschentuch hervor und trocknete sich die Augen. Sie erinnerte sich daran, wie sie diesen Tagebucheintrag einmal an einem kalten Wintertag vor vielleicht zehn Jahren gelesen hatte. Damals war sie ein Teenager gewesen und dabei, sich selbst zu finden. Sie war zu ihrer Mutter gegangen und hatte ihr anvertraut: »Mum, eines Tages möchte ich so werden wie die gute Valerie.«

Ihre Mutter hatte ihr in die Augen gesehen, ihr über die

Wange gestrichen und liebevoll gesagt: »Das wirst du ganz bestimmt, ich glaube fest daran.«

Sie wurde von einem Klopfen an der Tür aus ihren Tagträumen gerissen und legte schnell das Buch beiseite. Ein älterer Mann stand draußen und winkte. Ein Blick auf die Uhr sagte ihr, dass es bereits acht Minuten nach neun war. Schnell eilte sie zur Tür, um sie zu öffnen.

»Guten Morgen. Entschuldigen Sie bitte, ich habe gar nicht mitbekommen, dass es schon so spät ist.«

»Kein Problem. Darf ich eintreten?«

»Aber natürlich.« Sie hielt die Tür weit offen und ließ den Mann herein.

Er blickte sich kurz um und fragte dann: »Führen Sie alte Bücher? Erstausgaben?«

»Einige. In dem Regal dort hinten.«

Sie deutete auf ein schweres dunkles Regal aus Holz, dessen zwei oberste Fächer mit sehr alten Büchern vollgestellt waren. Raritäten. Einige standen schon seit ihrer Kindheit da und mussten immer wieder abgestaubt werden. Sie bedauerte, dass die wertvollen Bücher in dem Meer von antiken Dingen völlig untergingen.

Die Augen des Mannes weiteten sich, und er lief erwartungsvoll auf das Regal zu. Er legte seinen Kopf schief und schien jeden einzelnen Buchrücken entziffern zu wollen.

Ruby wollte ihm gerade eine Lupe anbieten, als er rief: »Ha! Sir Arthur Conan Doyle. *Der Hund von Baskerville.* Wunderbar!« Der Mann, er trug einen gezwirbelten Schnurrbart und konnte nichts anderes als ein Literaturprofessor an einer der vielen Universitäten der Stadt sein, wandte sich ihr zu. »Ist das eine Erstausgabe? Dürfte ich es mal sehen?«

Ruby ging lächelnd zu ihm. Das Buch hatte sie erst kürzlich auf einem Antiquitätenmarkt erstanden und gleich gewusst, dass es ein wahrer Schatz war.

»Leider ist es keine Erstausgabe. Aber es ist eine sehr alte Edition aus dem Jahr 1936.«

Sie nahm das Buch behutsam aus dem Regal und reichte es dem Mann. Er betrachtete es eingehend, klappte den Deckel auf und studierte das Impressum.

»Wie viel wollen Sie dafür haben?«

»Achtzig Pfund, sehen Sie?« Sie deutete auf das Preisschild und hielt den Atem an. War das zu hoch angesetzt?

»Achtzig Pfund, hm …«, machte der Mann und starrte nicht mehr ganz so verzückt auf das Schildchen, das sie in das Buch gelegt hatte. Niemals hätte sie es mit einem Preisaufkleber verunstaltet.

»Es ist noch sehr gut erhalten«, versuchte Ruby sich zu rechtfertigen. »Hat weder Knicke noch ist es in irgendeiner Weise beschriftet.«

»Das ist wohl wahr. Hm …«, machte er wieder. Sie erkannte genau, dass er sie zappeln lassen wollte. Das machten viele Kunden, als wären sie auf einem Flohmarkt und nicht in einem etablierten Geschäft, das festgesetzte Preise hatte. »Ich gebe Ihnen fünfzig. Mehr kann ich nicht aufbringen«, sagte er und sah ihr dabei offen ins Gesicht.

»Tut mir wirklich leid, aber das kann ich nicht machen.«

Er nickte verständnisvoll. »Wissen Sie, ich hatte vor, es in meinen Literaturkurs mit einzubeziehen. Ich unterrichte meine Studenten gerade in Bezug auf Doyle und Sherlock

Holmes. Es wäre eine schöne Gelegenheit gewesen ... Schade, dass wir uns nicht einig werden konnten.« Er zuckte mit den Schultern und machte Anstalten, den Laden zu verlassen. »Ich wünsche einen schönen Tag.«

»Warten Sie!«, rief sie ihm nach, als er bereits die Türklinke in der Hand hielt. »Vielleicht können wir uns ja doch einig werden.« Fünfzig Pfund waren immerhin besser als nichts. Es bedeutete, dass sie ihrem Vater all die Bohnen kaufen konnte, die er in dieser Woche essen wollte. »Sagen wir sechzig?«

Lächelnd drehte der Mann sich zu ihr um und nickte. Als er wenige Minuten später mit dem Buch in einer kleinen grünen Papiertüte mit der Aufschrift RUBY'S ANTIQUES ihren Laden verließ, sank sie wieder in den Schaukelstuhl. Ihre Mutter hätte das sicher besser hinbekommen. Aber sie war nicht mehr da, und alles war an ihr hängen geblieben. Immerhin war ihr ein klitzekleiner Erfolg gelungen.

KAPITEL 4

Als Ruby zwei Tage später Laurie's Tea Corner betrat, spürte sie wie immer diese besondere heimelige Atmosphäre, die der Laden ausstrahlte.

»Ruby, wie schön, dass du da bist«, begrüßte Laurie sie und umarmte sie herzlich. »Setz dich doch. Wir warten nur noch auf Orchid. Magst du eine Tasse Rhabarber-Erdbeer-Tee? Der passt perfekt zu den Erdbeerkeksen, die Keira mitgebracht hat.«

Ruby lächelte und nickte. »Sehr gerne.«

Ach, wenn sie diese Mittwochabende, diese Ausgleiche zu ihrem monotonen Alltag, nicht hätte.

»Kommt sofort.«

Ruby setzte sich zwischen Susan, die mal wieder wie ein graues Mäuschen aussah in ihren schlichten Bluejeans und dem weiten dunkelgrauen Pullover, und Keira, die glücklicher denn je wirkte. Das lag wohl einzig und allein an ihrer neuen Liebe Thomas. Seit sie sich mit ihm traf, war sie regelrecht aufgeblüht.

»Wie geht es euch?«, erkundigte sich Ruby. »Keira, du strahlst ja so.«

»Mir geht es großartig, danke. Und dass ich strahle, liegt vielleicht daran, dass ich endlich einen Mann gefunden habe, der mich genau so nimmt, wie ich bin.«

Das war nicht immer so gewesen. Keiras Exfreund Jordan, mit dem sie acht Jahre lang zusammen gewesen war, war Zahnarzt und hatte ständig etwas an ihr und vor allem an ihren Extrapfunden auszusetzen gehabt. Zum Glück war Thomas Finch da anders. Keira hatte ihn in ihrer Chocolaterie kennengelernt. Er war ein Kunde gewesen, mit dem sie sich nach der Trennung von Jordan angefreundet hatte. Allerdings glaubte Ruby, dass Thomas ihre Freundin überhaupt erst aufgeweckt und dass sie durch ihn erkannt hatte, was in der Beziehung mit Jordan alles schiefgelaufen war.

»Das freut mich für dich.«

Ja, wirklich, Keira hatte Thomas verdient. Auch wenn Ruby sich selbst einen ebensolchen Mann an ihrer Seite wünschte. Jemanden, der sie so akzeptierte, wie sie war, mit ihrer Schüchternheit und dem Klotz am Bein in Form eines sechzigjährigen Mannes, der vorhatte, sich in dieser Woche von Bohnen zu ernähren. Wer wollte schon eine Woche lang Bohnen essen? Und wer war überhaupt willens, sich auf eine Frau einzulassen, deren Vater jederzeit in ihr Zimmer platzen konnte, weil er bei ihr wohnte und allein absolut nicht klarkam?

»Ruby? Möchtest du Zucker in deinen Tee?«

»Wie? Ich … Ja, bitte.«

»Alles gut? Wo bist du denn mit deinen Gedanken?«, fragte Laurie besorgt.

»Ich weiß, wo sie ist«, kam es sofort von Susan.

»Ach ja? Wo denn?«

»Bei Gaaary«, zog Susan seinen Namen neckisch in die Länge.

»Wie kommst du denn darauf?« Ruby tat empört.

»Na, ihr zwei hockt doch in letzter Zeit ständig beieinander.«

»›Ständig‹ ist wohl etwas übertrieben.« Ruby strich sich mit beiden Händen das Haar hinter die Ohren.

»Ich hab ihn neulich morgens auch wieder aus deinem Laden kommen sehen«, warf Keira nun ein.

»Es hat geregnet. Ich habe ihm angeboten, auf der Couch im Laden zu schlafen. Als ob ihr das nicht getan hättet.«

Sie wusste genau, dass Laurie Gary mindestens einmal am Tag Tee brachte, dass Susan ihm ständig etwas strickte, dass Orchid ihm oft Duschgel aus ihrem Laden mitgab, dessen Etikett sich angeblich ganz von selbst gelöst hatte, und dass Keira sogar absichtlich Kekse zerbröselte, um sie als Bruch auszugeben, den sie nicht verkaufen konnte. Samuel und sein Brot kamen ihr in den Sinn, und sie nahm sich wieder einmal fest vor, die Tagebücher mit zu ihren Mittwochstreffen zu bringen. Oder wenigstens eines.

»Ich habe keine Couch in meinem Laden«, sagte Susan nun. »Aber gut, dass du eine hast.«

»Genau.« Laurie zwinkerte Ruby zu. »Weil man auf einer gemütlichen Couch auch so einiges andere tun kann als schlafen.«

»Du fantasierst ja«, sagte Ruby und schüttelte den Kopf. »Ist da irgendwas in diesem Tee, dass ihr auf einmal alle so verrückt seid? Wenn dem nämlich so ist, werde ich keinen Schluck davon trinken.«

»Gerade dir würde es guttun, mal ein bisschen verrückt zu sein«, befand Susan.

»Warum sagst du jetzt so was?«

Keira meldete sich zu Wort: »Ich glaube, was Susan

meint, ist, dass dir ein wenig Lockerheit in Bezug auf Gary sicher helfen würde.«

»Wir kommen sehr gut miteinander zurecht, danke. Wir brauchen keine Lockerheit.«

»Ich spreche aus eigener Erfahrung«, sagte Laurie und setzte sich jetzt zu ihnen an den runden metallenen Tisch. »Wenn ich mich bei Barry nicht überwunden hätte, würden wir sicher immer noch um den heißen Brei herumreden.«

Barry war Lauries Teelieferant, und sie war ganze sechs Monate in ihn verliebt gewesen, bevor die beiden es vor einem Dreivierteljahr endlich geschafft hatten, sich zu verabreden. Mit Orchids Hilfe.

Wenn man vom Teufel sprach ... Orchid betrat die Tea Corner und sah alles andere als happy aus.

»Grrr ...«, machte sie.

»Welche Laus ist dir denn über die Leber gelaufen?«, erkundigte sich Keira.

»Eine Laus namens Tandy.«

»Tandy?«

»Ganz genau. Tobins neue Freundin.«

»Aha. Und was genau hat sie dir getan?«, wollte Susan wissen und sah dabei stirnrunzelnd in die Runde.

»Allein, dass sie existiert, ist schon schlimm genug. Und dann muss sie auch noch so einen hautengen schwarzen Jumpsuit anhaben ... Wer trägt denn so was? Catwoman vielleicht!«

»Herrje. Da ist aber jemand eifersüchtig.« Keira schmunzelte.

»Ich und eifersüchtig?« Orchid, die ihr langes blondes

Haar an diesem Tag offen trug, was einfach umwerfend aussah, verschränkte die Arme vor der Brust. »So ein Schwachsinn! Ich hab meinen Patrick. Wieso sollte ich denn bitte eifersüchtig sein?«

»Das frage ich mich auch«, meinte Keira.

»Ist doch Schwachsinn!«

»Das sagtest du bereits.«

»Ich sage es gern ein weiteres Mal.«

»Wir haben es verstanden«, sagte Laurie. »Tee?«

»Ist mir egal.«

»Okay. Ich schenk dir jetzt einfach ein, und du versuchst dich zu beruhigen, ja?« Laurie nahm die Kanne und ließ die hellrote Flüssigkeit in eine Tasse fließen.

»Sorry. Ich hatte echt nicht beabsichtigt, so mies gelaunt zu sein, aber … grrr.«

»Ich muss sagen, ich bin ziemlich verwundert«, meinte nun Ruby. »So kenne ich dich gar nicht.«

Orchid war doch sonst der Sonnenschein unter ihnen.

»Ha!«

Tja, heute wohl nicht.

Susan wechselte einen vielsagenden Blick mit Keira. Doch keiner sagte mehr ein Wort, und keiner erwähnte mehr besagten Blumenhändler oder seine Freundin, die Orchid anscheinend den Tag vermiest hatten. Warum auch immer.

»Also, was gibt es Neues?«, fragte Susan, um das Thema zu wechseln.

»Habt ihr auch die Einladung von Mrs. Witherspoon bekommen?« Keira strahlte die anderen an.

»Jaaa! Ich bin völlig aus dem Häuschen«, teilte Laurie

ihnen mit. »Habt ihr gewusst, dass die Gute Esther mit Vornamen heißt?«

»Welche Einladung?«, fragte Ruby. Sie hatte noch keine bekommen, konnte aber erahnen, worum es sich handelte.

»Die zu ihrer Hochzeit. Sie soll am 24. Juni stattfinden. Wir gehen doch alle hin, oder?« Laurie sah in die Runde.

»Unbedingt!«, erwiderte Susan.

»Wer würde das verpassen wollen?«, fragte Keira.

Selbst von der mies gelaunten Orchid kam ein euphorisches Kopfnicken.

»Ich kann es kaum erwarten. Das wird sooo süß werden.« Laurie legte die Hände ans Herz. Sie alle hatten Mrs. Witherspoon, die eine treue Kundin von ihnen war und ganz in der Nähe wohnte, sehr lieb gewonnen. Die alte Dame, die schon auf die neunzig zuging, schaute des Öfteren in der Valerie Lane vorbei, verbrachte den einen oder anderen Mittwochabend mit ihnen und hatte nur wenige Monate zuvor ihre große Liebe Humphrey kennengelernt. Die beiden hatten kurzerhand entschieden zu heiraten, bevor ihnen die Zeit davonlief. Die fünf Freundinnen waren absolut begeistert gewesen von dieser Neuigkeit. Nicht nur, weil sie Mrs. Witherspoon ihr spätes Glück von Herzen gönnten, sondern auch, weil sie fanden, dass sie mit Humphrey einen echten Hauptgewinn gezogen hatte.

»Ich frage mich, warum ich keine Einladung bekommen habe …«, überlegte Ruby laut.

»Das hat sicher nichts zu bedeuten. Mrs. Witherspoon hat die Einladungen per Post verschickt, weil sie wegen der Hochzeitsvorbereitungen so viel um die Ohren hat … und du kennst ja die Post. Bestimmt kommt der Brief morgen bei dir an.«

Ruby nickte. Das hoffte sie auch, sie wollte nämlich unbedingt dabei sein. Was Valerie für sie alle im Großen war, war Mrs. Witherspoon auf jeden Fall im Kleinen.

»Wusstet ihr, dass Valerie und Samuel, als sie 1881 heirateten, dies ganz im Stillen getan haben? Sie standen allein vorm Altar und hatten nicht einmal ihre Familien dabei«, ließ Ruby die anderen wissen.

»Warum denn das?«, fragte Susan.

»Weil Samuels Familie zuerst gegen Valerie war. Bevor sie sie besser kannte. Samuel hat sich aber nicht davon abhalten lassen, sie zu seiner Frau zu nehmen.« Ruby lächelte zufrieden.

»Warum war Samuels Familie denn gegen Valerie?«, fragte Orchid schockiert. »Wie kann irgendwer etwas gegen die gute Valerie gehabt haben?«

»Nun, ihr Vater war schon früh gestorben, und ihre Mutter hat sie und ihre fünf Geschwister ganz allein aufgezogen. Um sie versorgen zu können, wusch sie die Wäsche der Leute in der Nachbarschaft. Wie ihr seht, kam Valerie aus ärmlichsten Verhältnissen. Samuels Vater dagegen war Richter, genauso wie sein Großvater. Man hatte sich etwas Besseres für ihn erhofft, nämlich, dass er auch Jurist wurde. Das hat er aber nie im Sinn gehabt. Er hatte nur Valerie im Sinn.«

»Was du alles weißt«, sagte Susan bewundernd.

Ruby lächelte in sich hinein, verriet aber wie immer nicht, woher sie ihre Informationen hatte.

Sie alle gedachten eine Weile der guten Valerie und ihrem Samuel.

»Und was gibt es sonst zu berichten?«, fragte Susan dann und wandte sich an Laurie. »Wie läuft es mit deiner neuen Aushilfe?«

Die Künstlerin Hannah war seit vierzehn Tagen bei Laurie beschäftigt und kam zwei- bis dreimal in der Woche. Sie war, wie Laurie ihnen allen bereits berichtet hatte, eine Endvierzigerin mit Hang zur Esoterik. Ruby hatte sie neulich gesehen. Sie hatte etwas Turbanartiges auf dem Kopf getragen über ihren Dreadlocks, die hier und da herausgeschaut hatten und sogar mit eingearbeitet gewesen waren.

»Es läuft gut. Tee auszuschenken ist ja auch nicht allzu schwer. Außerdem mag ich Hannah wirklich, auch wenn sie ein wenig abgedreht ist.« Laurie lachte. »Und ich hab endlich jemanden, der für mich einspringt, wenn ich mal was mit Barry unternehmen will. Wie zum Beispiel dieses Wochenende, da feiert nämlich sein Bruder Eric Geburtstag, er gibt eine Gartenparty. Ich hoffe nur, seine Gartenpartys sehen anders aus als die meiner Eltern.«

Laurie verzog das Gesicht. Ihre Eltern waren stinkreich, und auf deren Gartenfesten gab es statt Burgern so etwas Grässliches wie Weinbergschnecken oder Leberpastete, das sie Delikatessen nannten.

»Da bin ich mir sicher. Oder hat Eric je erwähnt, dass er auf Wachteleier abfährt?« Keira lachte.

»Nicht dass ich wüsste.«

»Siehst du. Außerdem habt ihr zwei, Barry und du, sowieso nur Augen füreinander. Ihr könntet doch allein von Luft und Liebe leben.«

»Ja, das könnten wir.« Laurie strahlte wie ein Honigkuchenpferd.

»Hach«, machte Susan, die Romantikerin.

»Habt ihr sie gesehen?«, fragte Orchid nun in die Runde.

Ruby war kurz verwirrt und wusste nicht, von wem die Rede war. Dann aber fiel es ihr wieder ein. Tandy.

»Falls du von Tobins Freundin sprichst«, sagte Laurie. »Die hab ich gesehen. Sieht nett aus.«

»Pah!«

»Das sagt mein Dad auch immer: Pah!«, meinte Ruby.

»Wie geht es deinem Dad?«, erkundigte sich Keira.

»Sehr gut, danke.«

»Hallo? Können wir bitte wieder über *mein* Problem reden?« Orchid sah die anderen ungläubig an.

»Welches Problem denn, Liebes?«, fragte Susan. »Das, bei dem du dir endlich eingestehen solltest, dass du Tobin mehr magst, als du vorgehabt hattest?«

Orchid sprang von ihrem Stuhl, funkelte Susan böse an, setzte sich dann wieder und verschränkte erneut die Arme. Ruby hatte noch nie jemanden so oft die Arme verschränken sehen wie Orchid in den letzten dreieinhalb Monaten. Seit der Woche vor dem Valentinstag, in der Tobin die alten Räume von Donna's Ice Cream Parlour bezogen und einen Blumenladen daraus gemacht hatte – dem Valentinstag, an dem Orchid einen romantischen Ausflug nach London mit ihrem Herzallerliebsten Patrick gemacht hatte.

Sie starrte Orchid an. Wann war das denn passiert? So, wie die sich benahm, konnte man wirklich annehmen, sie empfände etwas für Tobin. Ruby hatte den Blumenladenbesitzer für schwul gehalten, bis Laurie ihr von Tandy erzählt hatte. Und am Tag zuvor hatte sie ihn dann selbst Arm in Arm mit dieser blonden jungen Frau gesehen. Aber sie bekam ja eh nie irgendetwas mit, viel zu sehr lebte sie in ihrer eigenen Welt.

»Ihr seid mir alle zu blöd heute. Ich glaube, ich gehe«, fasste Orchid einen Entschluss und erhob sich erneut.

»Nun setz dich wieder!«, befahl Laurie. »Trink deinen Tee.«

»Hast du PMS?«, fragte Keira. »Dann spielen meine Hormone auch immer verrückt.«

»Nein, hab ich nicht. Und meine Hormone spielen nicht verrückt. Ich mag nur dieses Weibsstück nicht, diese *Tandy*.« Sie sprach den Namen wirklich abfällig aus. »Mit ihrer Modelfigur und ihren blonden Haaren und ihrem …«

»Genau wie du«, sagte Susan schmunzelnd, und Ruby musste kichern.

Orchid setzte gerade dazu an, wieder loszuschimpfen, als die Ladenglocke läutete. Herein kamen Barbara, die mit ihrer Tochter Agnes über Laurie's Tea Corner wohnte, und ihr Freund Leopold Spacey, der Verwalter der Valerie Lane.

»Guten Abend, ihr Lieben. Bekommt man hier noch einen Tee?« Barbara trug ein wirklich hübsches schwarzes Glitzerkleid und eine Hochsteckfrisur.

Laurie erhob sich. »Aber natürlich. Es ist Mittwochabend, da ist uns jeder willkommen. Ich habe leckeren Rhabarber-Erdbeer-Tee, wenn ihr wollt.«

»Hört sich gut an. Was sagst du, Leo?«

Mr. Spacey stimmte Barbara zu und nahm seinen Becher entgegen. Ruby musste innerlich lachen. Bevor der Verwalter, der immer einen Hut trug, mit Barbara zusammengekommen war, hatte sie ihn stets als ernsten Eigenbrötler wahrgenommen. Jetzt erschien er ihr wie ein fröhlicher, verliebter Geselle.

»Leo und ich wollen gleich zum Tanzen gehen«, verkündete Barbara.

»Ich war ewig nicht mehr tanzen«, meinte Keira. »Ich muss Thomas mal fragen, ob er Lust dazu hat.«

Ruby dachte an ihre Kindheit zurück. Ihre Eltern waren oft zusammen durch die Wohnung getanzt. Dabei hatte ihre Mutter ausgelassen gelacht und ganz unbeschwert ausgesehen. Ruby hätte ihnen ewig dabei zusehen können.

»Wie läuft es im Blumenladen? Hat Tobin dich jetzt fest angestellt?«, erkundigte sich Susan bei Barbara. Sie hatte zu der Zeit, als der Blumenladen in der Valerie Lane eröffnet worden war, ihren Job im Kaufhaus verloren und aushilfsweise bei Tobin angefangen.

Orchid ließ ein abschätziges Knurren heraus. Bald durfte man Tobin wohl überhaupt nicht mehr erwähnen.

Barbara sah sie kurz an, ließ sich aber nicht beirren.

»Es macht mir unglaublich Spaß. Ich frage mich, warum ich nicht schon immer mit Blumen gearbeitet habe. Es ist so eine Bereicherung. Und ja, ich arbeite jetzt täglich dort, von neun bis zwei.«

»Das ist doch schön«, fand Keira. »Und ich weiß genau, was du meinst. Blumen zu verkaufen muss ähnlich erfüllend sein, wie Schokolade zu verkaufen. Man weiß, dass der Kunde jemand anderem damit eine große Freude bereiten wird.« Sie zupfte an ihrer pinkfarbenen Bluse herum und lächelte in sich hinein.

»Genau davon spreche ich.« Sie nahm einen Schluck Tee.

»Und wie kommst du mit Tobin zurecht?«, wollte Keira wissen »Ist er ein strenger Boss?«

»Nein, überhaupt nicht. Ich könnte mir keinen besseren vorstellen. Er ist so ein lieber junger Mann. So einen wünsche ich mir für meine Agnes. Die hat jetzt mit einem Punk angebandelt. Na ja, Tobin ist ja leider schon vergeben.«

Orchid sprang wieder auf. »Ich muss gehen, es … warten noch einige Kataloge auf mich.« Sie stürmte aus dem Laden.

»Welche Laus ist der denn über die Leber gelaufen?«, fragte Barbara überrascht.

Laurie schüttelte nur den Kopf. »Eine Laus namens Tandy.«

Als die Freundinnen sich eine Stunde später voneinander verabschiedeten, blieb Ruby noch und half Laurie beim Aufräumen.

»Das ist wirklich nicht nötig, Süße«, sagte diese.

»Ich mach das wirklich gerne.«

»Dann danke ich dir. Schade, dass Mrs. Witherspoon heute Abend nicht vorbeigeschaut hat, oder?«

»Ja. Sie ist sicher mit den Hochzeitsvorbereitungen beschäftigt. Oh, Laurie. Schütte den Tee bitte nicht weg.« Ruby deutete auf den Rest, der sich in der Kanne befand.

Laurie sah sie an und lächelte wissend. »Ich fülle ihn dir in einen Becher. Ich finde es ganz toll, dass du dich so um ihn kümmerst. Er braucht einen Freund in dieser fremden Stadt.« Ruby errötete leicht.

»Die gute Valerie hätte es so gewollt, oder?«

»Ja, das hätte sie.« Laurie zwinkerte ihr zu, und Ruby wusste nicht, was sie damit schon wieder zum Ausdruck bringen wollte. »Sag mal, Ruby, ist wirklich alles in Ordnung? Du wirkst in letzter Zeit so … traurig.«

»Ach«, winkte Ruby ab. »Es ist nichts.«

»Ich bin deine Freundin und immer für dich da, genau wie die anderen auch. Das weißt du doch?«

»Das weiß ich.« Ja, das tat sie, allerdings wollte sie die anderen nicht mit ihren Sorgen belasten.

Laurie legte ihr eine Hand auf die Schulter. »Ruby, ich will dich wirklich nicht drängen, aber wenn du etwas auf dem Herzen hast …«

Ruby seufzte. »Ach, es ist nur … Du und Keira und Mrs. Witherspoon … Ihr seid alle so unglaublich glücklich. Und ich freue mich für euch, dass ihr die große Liebe gefunden habt. Niemand hat es mehr verdient als ihr.« Bei Orchid war sie sich im Moment nicht so sicher, wie es mit der wahren Liebe stand. »Aber … manchmal wünsche ich mir das einfach auch, verstehst du?«

»Natürlich verstehe ich das. Und du hast Angst, dass du sie wegen deines Dads nicht finden wirst, die wahre Liebe?«

Oh. Laurie schien sie besser zu kennen, als sie geglaubt hatte. Sie nickte kaum merklich.

»Süße, das ist Unsinn, ehrlich. Wenn dir der Richtige begegnet, wird er dich nehmen, wie du bist. Mit allem, was du mitbringst.«

»Auch mit einem alten verrückten Kauz, der eine ganze Woche lang Bohnen essen will? Oder Eier oder Pfirsiche aus der Dose?«

Laurie lächelte traurig. »Er ist nicht verrückt, und das weißt du.«

»Das weiß ich, ja. Aber es ist schon nicht normal, dass ich ihn bei mir habe und mich um ihn kümmere, wie andere sich um ein Kind oder einen Hund kümmern.«

»Wenn eines Tages ein Mann daherkommt, der wirklich mit dir zusammen sein will, dann wird er auch das akzeptieren … Vielleicht gibt es da ja sogar schon jemanden?«

Ruby musste schmunzeln und nahm dann den Becher entgegen. Darauf würde sie jetzt nicht weiter eingehen. »Hab noch einen schönen Abend, Laurie. Und grüß Barry bitte von mir.«

»Das mache ich. Und du grüß deinen Dad.«

Sie nickte. Ihren Vater würde es wahrscheinlich wenig interessieren. Viel mehr interessierte ihn sein neues Radio. Ruby hatte ihn seit Sonntag kein einziges Mal aus der Wohnung herausbekommen. Na, vielleicht auch gut so, so musste sie sich weniger Sorgen machen.

Sie überquerte die Straße und ging auf Gary zu, der wie meistens an seiner Ecke vor Susan's Wool Paradise saß. Er war in eine dicke Decke gehüllt. Für einen Augenblick fragte Ruby sich, wo er seine Sachen nur tagsüber ließ, wenn er mal nicht hier anzutreffen war.

»Hallo, Gary.«

»Hi, Ruby.« Er sah auf, und Ruby dachte wieder einmal, dass Gary eigentlich gar nicht aussah wie ein typischer Obdachloser. Er war nicht verwahrlost oder schmutzig, ganz im Gegenteil, man hätte ihn fast als gepflegt bezeichnen können. Seine Haare waren immer gewaschen, seine Kleidung war so sauber, wie sie eben sein konnte, wenn man den ganzen Tag auf der Straße saß, und vor allem sein Wesen war rein.

»Ich bringe dir einen Tee. Er müsste noch warm sein.«

»Oh, danke.«

»Und ich habe ein paar Kekse für dich gemopst.« Sie reichte sie ihm und grinste.

Gary grinste zurück.

»Hast du Lust, morgen mal bei mir vorbeizuschauen? Ich würde dir gern etwas zeigen.«

»Klar, das mache ich.«

Zufrieden nickte sie. »Gute Nacht.«

»Bis morgen.«

Ja. Bis morgen, du wunderbarer Mann, dachte Ruby, und ihr Herz pochte schneller.

KAPITEL 5

»Eines Tages wird der Laden dir gehören«, sagte ihre Mutter.

Ruby war gerade dabei, Silberlöffel zu polieren. Sie half gern im Laden mit und freute sich schon darauf, eines Tages die Eigentümerin zu sein, obwohl sie erst zehn Jahre alt war. Denn dann würde sie endlich auch etwas anderes anbieten können als nur diese muffigen, verstaubten Antiquitäten. Erst am Tag zuvor hatte ihre Mutter einen riesigen Karton mit altem Silberbesteck mitgebracht und ihr erklärt, wie wertvoll und besonders dieses war. Noch mehr Löffel und Gabeln und Messer, die geputzt werden mussten! Und dann all die schrecklichen Gemälde. Und die vielen Stühle, auf denen angeblich mal irgendein Schriftsteller gesessen und seinen weltberühmten Roman geschrieben haben sollte. Da stand sogar ein »Sekretär« im Laden, ein kleiner alter Schreibtisch, der keinem anderen als Charles Dickens gehört haben sollte. Ruby wusste nicht viel von Dickens, außer dass er als gusseiserne Figur draußen auf der Bank vor dem Laden saß. Eines wusste sie aber schon: Den Schreibtisch, den ihre Mutter für ganze zweitausendfünfhundert Pfund anbot, würden sie nie und nimmer loswerden.

So richtig konnte Ruby sich für die Dinge, die ihre Mutter verkaufte, nicht begeistern – außer für die Bücher. Bücher hatten es ihr schon immer angetan, und sie freute sich jedes Mal, wenn ihre Mutter wieder neue auftrieb. Die las Ruby dann im

Hinterzimmer, während vorne im Laden erzählt und gelacht, gehandelt und gekauft wurde.

Die Jahre vergingen, und Dickens' Sekretär stand noch immer im Laden. Ruby hatte keine Lust mehr, Löffel zu polieren. Sie war sechzehn und hätte sich nach der Schule viel lieber mit ihren Freundinnen getroffen. Aber ihre Mutter brauchte sie, wenigstens für ein paar Stunden am Tag. Ihre Grandma konnte aus gesundheitlichen Gründen nicht mehr helfen, und ihr Vater arbeitete selbst von früh bis spät als Hausmeister.

»Eines Tages wird das alles hier dir gehören«, hörte sie ihre Mutter wie so oft sagen.

An diesem Tag fasste sie sich endlich ein Herz. »Mum? Tut mir leid, aber ich … ich glaube, ich will das gar nicht.«

Meryl sah ihre Tochter erstaunt an. »Nicht? Der Laden ist ein Familienunternehmen. Wer soll ihn übernehmen, wenn nicht du?« Geschwister hatte Ruby keine.

»Keine Ahnung, Mum.« Sie atmete einmal tief durch, bevor sie ihrer Mutter beichtete: »Ich möchte gern nach London gehen und studieren. Mich meiner Kunst widmen.«

»Deiner Kunst?«

»Ja. Ich zeichne gern, falls es dir noch nicht aufgefallen ist«, sagte sie ein wenig patzig.

»Natürlich ist es das. Aber ich dachte, es wäre nur ein Hobby.«

»Weil du dich einfach überhaupt nicht für mich interessierst, weil sich bei dir alles nur um den … Laden dreht.«

Sie hatte »blöden Laden« sagen wollen, es jedoch gerade noch unterdrücken können. Ruby war kein aufmüpfiger Teenager wie so viele ihrer Freundinnen. Ganz im Gegenteil, sie war ein *stilles, zurückhaltendes, bescheidenes Mädchen. Wenn es aber um ihre Zukunft und ihre Träume ging, pochte ihr Herz schneller, und es machte sich eine Art Wut in ihr breit.*

Meryl seufzte. »Tut mir leid, wenn du das so siehst, Ruby. Das wusste ich nicht … dass du tatsächlich daran denkst, von hier wegzugehen. Nach London.«

Sie blickte starr vor sich hin auf einen alten Spiegel, der wahrscheinlich auch irgendeiner berühmten Persönlichkeit gehört hatte. Der Queen Mum oder sonst wem.

Sofort bekam Ruby ein schlechtes Gewissen. »London ist doch nicht das Ende der Welt, Mum. Ich werde ganz oft herkommen und euch besuchen.«

»Ja, du hast wohl recht. Ich hatte es mir gedanklich nur immer schon vorgestellt. Wie du und ich in diesem Laden stehen und unsere Antiquitäten verkaufen würden. Wie wir zusammen auf Flohmärkte gehen und Raritäten aufspüren würden.«

»Das tun wir doch jetzt schon.«

»Ja, ich weiß.« Meryl seufzte wieder.

»Und wir werden es auch die nächsten zwei Jahre noch tun, bis ich nach London gehe. Vielleicht sogar eines Tages wieder. Wenn ich zurückkomme.« Das war eigentlich nicht ihr Plan, aber sie musste ihre enttäuschte Mutter irgendwie besänftigen.

Es schien zu wirken. Meryl sah gleich schon wieder viel fröhlicher aus. »Das wäre wirklich schön.« Sie trat ein paar Schritte auf Ruby zu, nahm ihre Hand und drückte sie. »Du bist mein wertvollster Schatz, Ruby. Ich hoffe, das weißt du.«

Ruby wachte schweißgebadet auf. Sie hatte wieder von ihrer Mutter geträumt. Zum Glück war es nicht einer dieser Träume gewesen, in denen sie in einen tiefen Abgrund gefallen war und Ruby verzweifelt versuchte, nach ihrer Hand zu greifen und sie hochzuziehen. Dennoch … Ihre Mutter schlich sich schon den ganzen Tag über in ihre Gedanken. Wenn sie es auch noch nachts tat, war es einfach zu viel. Denn Ruby hatte ein schrecklich schlechtes Gewissen. Weil sie den Laden nicht am Laufen halten konnte. Weil sie ihr Versprechen nicht halten konnte. Weil sie einfach alles aufgegeben hatte für nichts und wieder nichts.

Na ja, »nichts« war wohl etwas übertrieben ausgedrückt. Immerhin waren da noch ihr Vater, ihre lieben Freundinnen und der Laden, der ja schließlich ihr gehörte. Noch zumindest. Wenn die Situation sich in den nächsten drei Monaten nicht besserte, das hatte sie beschlossen oder eher eingesehen, würde sie ihn schweren Herzens schließen müssen.

Seufzend stand sie auf, duschte und zog sich an. Sie machte ihrem Vater eine Portion Bohnen warm und stellte ihm ein paar geöffnete Dosen auf den Wohnzimmertisch. Die würde er später kalt essen müssen. Dass er sich auch unbedingt Bohnen aussuchen musste!

»Dad? Ich muss jetzt los. Wie wäre es denn, wenn du mich heute mal im Laden besuchen kämst?«

»Es regnet.«

»Nein, das tut es nicht. Der Regen hat schon vor Tagen aufgehört. Es ist richtig schön sonnig.« Deshalb hatte sie sich auch für ein hübsches Sommerkleid entschieden. Es war in einem hellen Gelbton gehalten und sie fühlte sich darin ein wenig wie eine Figur aus *Der große Gatsby* oder *Downton Abbey*. Sie mochte diese Epoche, die Zwanziger- und Dreißigerjahre des 20. Jahrhunderts, sehr und hatte deshalb eine Auswahl passender Outfits im Schrank. Sie trug die Kostüme und Kleider nicht nur zu besonderen Anlässen, sondern gern auch im Alltag. Das verlieh ihr ein glaubwürdiges Aussehen für ihre Tätigkeit im Laden, fand sie. Jetzt zog sie passende braune Schuhe mit niedrigem Absatz an und warf noch einen letzten Blick um die Ecke. »Dad? Hörst du mir überhaupt zu?« Noch immer keine Antwort. »Wenn du heute wieder nicht an die frische Luft gehst, muss ich dir am Abend leider das Radio wegnehmen«, warnte sie.

Das weckte ihren Vater auf. »Nein! Du bist gemein!«

»Ja, ich bin *sooo* gemein.« Sie schmunzelte. »Und wenn du rausgehst, vergiss deinen Schlüssel nicht.«

»Du behandelst mich wie ein Kind, Ruby.«

»Du verhältst dich ja auch wie eines«, sagte sie, jedoch so leise, dass er es nicht hören konnte. »*Bye*, Dad! Bis später!«, rief sie ihm noch zu und war schon aus der Wohnung, bevor er weiterdiskutieren konnte.

Sie nahm den Bus, spazierte die Cornmarket Street entlang, kaufte sich anstatt eines Lachs-Bagels und eines frischen Orangensafts im Coffeeshop, wie sie es früher getan hatte, ein abgepacktes 99-Pence-Sandwich und ein Tetra Pak Saft im Supermarkt und bog in die Valerie Lane ein.

Gary saß wie zu erwarten an seiner Ecke und blickte lächelnd auf, als er sie sah. »Guten Morgen, Ruby.«

»Guten Morgen, Gary. Magst du gleich mitkommen, oder schaust du später vorbei?«

Er schien kurz zu überlegen, sammelte dann seine Siebensachen zusammen und ging neben ihr her zu Ruby's Antiques.

»Falls du auch mal bei gutem Wetter im Laden schlafen willst, musst du es nur sagen, ja?«, bot sie vorsichtig an. Sie hätte ihn so gern gefragt, wo er denn sonst schlief, wollte ihn aber nicht in Verlegenheit bringen.

»Ist nicht nötig, trotzdem danke. Was wolltest du mir zeigen?«, lenkte er schnell vom Thema ab.

»Etwas Einzigartiges.« Ruby lächelte geheimnisvoll.

Sie betraten den Laden, und sie bedeutete Gary, Platz zu nehmen. Er stellte seine Sachen ab und setzte sich auf einen der alten restaurierten Holzstühle, während Ruby wieder zuschloss. Dann ging sie zu der lockeren Holzdiele und hob sie an, wie sie es so oft tat, doch an diesem Tag mit extrem pochendem Herzen.

In wenigen Augenblicken würde sie tatsächlich jemandem von Valeries Tagebüchern erzählen, ihr Geheimnis teilen, ihr Wissen offenbaren …

»Oje«, sagte Ruby, als ihr das Fünf-Pence-Stück aus der Hand glitt, auf den Boden fiel und davonrollte. So ein Mist! Ihre Mutter hatte ihr das Herausgeben des Wechselgeldes anvertraut, und nun passierte so was!

Ruby stammelte eine Entschuldigung, kniete sich hin und tastete danach, hielt ganz genau Ausschau. Was für ein Unglück! Die kleine Münze war in einen Spalt zwischen zwei Holzdielen gerutscht. Aber wie seltsam, eine der Dielen stand etwas höher als die andere, ein winziges bisschen nur. Vorsichtig versuchte Ruby sie anzuheben und riss die Augen vor Erstaunen weit auf. Unter der Diele befand sich ein Hohlraum. Eine Art Geheimfach? Ihr Herz begann heftig zu klopfen.

Sie war ein wenig enttäuscht, als sie entdeckte, dass darin nichts als Bücher waren. Sosehr sie Bücher mochte, wäre ihr ein Goldschatz doch lieber gewesen. Ruby nahm das wiedergefundene Fünf-Pence-Stück heraus und schloss die Diele wieder, um ihr Geheimnis, wenn es auf den ersten Blick auch nicht so spannend war wie erwartet, zu bewahren.

Einige Tage später, als sie an einem Samstagmorgen vor Ladenöffnung allein war, weil ihre Mutter ihnen etwas zu frühstücken besorgte, wagte sie einen neuen Versuch. Und diesmal, als sie die staubigen Bücher hervorholte, erkannte sie, welch wertvollen Schatz sie da entdeckt hatte. Wertvoller als alles Gold der Welt – zumindest für sie.

Ruby kannte die Geschichten von der guten Valerie, jeder kannte sie, die Frau war eine Legende, eine Heldin, die ihr schon immer mehr bedeutet hatte, als Supergirl oder Wonderwoman es je könnten. Nun ihre alten Tagebücher vor sich zu haben, ja, sie sogar ihren Besitz nennen zu können, war einfach unglaublich.

Sie wusste nicht, was sie tun sollte. Wenn sie ihrer Mutter davon erzählte, würde diese sie sicher zu einem guten Preis verkaufen oder sie sogar dem Museum spenden wollen. Das durfte Ruby nicht zulassen, nicht, bevor sie nicht wusste, was darin stand. Sie war erst elf Jahre alt, hatte jedoch schon zweimal einen Lesewettbewerb in der Schule gewonnen. Sie las schneller als all ihre Freundinnen, ja selbst als ihre Mutter und ihr Vater.

So brauchte sie nicht lange, bis sie die Tagebücher schließlich gelesen hatte, und dann las sie sie gleich noch einmal. Und danach noch einmal. Wann immer sie unbeobachtet war, öffnete sie die Diele und nahm eines der acht kleinen, in braunes Leder gebundenen Bücher heraus, um darin zu blättern. Manchmal *nahm sie eines der Bücher sogar über Nacht mit nach Hause. Sie zogen sie völlig in ihren Bann, ließen sie einfach nicht mehr los. Ruby beschloss, ihrer Mutter niemals von den Tagebüchern zu erzählen und auch sonst keinem Menschen. Sie blieben in ihrem Versteck.*

Als sie mit achtzehn Jahren nach London ging, fiel es ihr fast so schwer, die Tagebücher zurückzulassen, wie ihre Mutter und ihren Vater. Diese Bücher hatten bewirkt, dass sie sich fühlte wie aus einer früheren Welt, dass sie sein wollte wie Valerie. Dass sie ihre Kindheit zwischen all den Antiquitäten verbracht hatte, hatte sicher auch dazu beigetragen, dennoch hatte Valerie einen ganz besonderen Platz in Rubys Herzen, und den würde sie immer haben. Gleich neben ihrer Mutter.

»Ruby?«

Sie blickte auf, schüttelte sich wach. Sie hatte mal wieder vor sich hin geträumt.

»Wolltest du mir nicht etwas zeigen?« Gary deutete auf das Buch, das sie in ihrer Hand hielt. Es war das älteste der acht Tagebücher, Valerie hatte im Jahr 1882 begonnen zu schreiben.

»Entschuldige bitte, ja. Ich möchte dir gern etwas zeigen, das ich noch nie jemandem gezeigt habe.«

Sie konnte sich selbst nicht richtig erklären, warum sie auf einmal das Bedürfnis verspürte, ihr Geheimnis zu teilen. Es musste an Gary liegen und an dieser besonderen Verbundenheit, die sie zwischen sich und ihm zu spüren glaubte.

»Oh. Das musst du nicht, wenn ... wenn es dein Geheimnis ist.«

»Ich möchte es aber gern.« Sie trat auf Gary zu und reichte ihm behutsam das Buch.

Gary nahm es entgegen und öffnete es ebenso vorsichtig. »Was ist das?«, fragte er. Als er die ersten Sätze las, wurde es ihm jedoch selbst klar, und er machte große Augen. »Ist das etwa von Valerie? Das Tagebuch von Valerie Bonham?«

Wie alle anderen in der Gegend wusste Gary natürlich, wer Valerie gewesen war, und kannte viele Geschichten und Legenden über sie. Nun würde er die ganze Wahrheit erfahren.

Ruby nickte stolz. »Ja. Und es ist nur eines von vielen. Ich habe die Bücher als Kind gefunden, hier im Laden. Sie haben mich mein halbes Leben lang begleitet, mir Rat gegeben und mir Mut gemacht.«

»Wow! Die sind sicher sehr wertvoll. Ich meine nicht in finanziellem Sinne.«

»Ja. Sie sind mir das Wertvollste auf der Welt. Von meinem Dad und meinen Freundinnen mal abgesehen.«

»Kann ich mir vorstellen. Das ist wirklich unglaublich, dass du sie besitzt. Darf ich darin lesen?«

»Nur zu.«

Ehrfürchtig blätterte er durch die Seiten. Als Autor sah er das Buch sicher noch mal in einem ganz anderen Licht. »Danke, dass du dein Geheimnis mit mir teilst. Das bedeutet mir echt viel.«

»Gerne.« Sie lächelte ihn an und wusste, sie hatte das Richtige getan.

Gerade als sie überlegte, was sie antworten sollte, falls Gary fragen würde, warum sie ausgerechnet ihm die Tagebücher zeigte, klopfte es an der Tür.

Sofort klappte Gary das Buch zu und ließ es hinter seinem Rücken verschwinden. Ruby ging zur Tür, um sie zu öffnen, und begrüßte eine Frau mittleren Alters, die eine Touristin aus Bristol war, wie sie ihr erzählte. Ruby fragte, ob sie nach etwas Bestimmtem suche, doch sie antwortete nur, dass sie sich gern in Trödelläden umsehe. Sie liebe Trödelläden.

Kaufen tat sie nichts. Als sie weg war, ließ Ruby die Schultern sinken. »Das war wieder so typisch.«

»Was denn?«

»Dass jemand meinen wundervollen Laden einen Trödelladen genannt hat. Ich verkaufe exquisite, kostbare Antiquitäten und keinen Ramsch.« Manchmal machte es sie wirklich sauer. »Okay, wenn ich ehrlich bin, verkaufe ich die kostbaren Antiquitäten nicht einmal. Ich biete sie an. Abnehmen will sie mir aber keiner.«

»Darf ich etwas fragen? Bitte sei mir aber nicht böse.«

»Natürlich nicht, frag nur.«

»Wenn du nichts verkaufst und die Leute Trödel mögen, warum orientierst du dich dann nicht um?«

»Weil dieser Laden schon immer ein Antiquitätenladen war. Na ja, seit meine Urgroßmutter ihn damals von Samuel gekauft hat. Das ist über hundert Jahre her.«

»Was war es damals für ein Laden?«

»Als Valerie ihn geführt hat? Ein Gemischtwarenladen. Sie hat von Lebensmitteln über Kohle bis hin zu Wolle alles verkauft. Damals war dies das einzige Geschäft hier in der Straße.«

»Hm. Hast du schon mal darüber nachgedacht, auch wieder etwas anderes anzubieten?«

»Etwa Holzkohle?« Sie hatte gedacht, Gary verstünde, wie viel ihr der Laden bedeutete.

»Natürlich nicht. Du könntest ja weiterhin deine Antiquitäten verkaufen, aber dein Angebot ein wenig erweitern. Kommerziellere Dinge anbieten. Günstigere.«

Sie überlegte. Die Leute wollten einfach nicht so viel Geld ausgeben. Doch was könnte sie sonst schon anbieten?

»Ich werde darüber nachdenken«, sagte sie und signalisierte Gary, dass sie erst einmal nicht weiter darüber reden wollte.

»Ruby. Du wolltest mir doch nicht böse sein.«

»Bin ich nicht.«

»Wirklich nicht?«

Sie schüttelte den Kopf.

»Dann bin ich beruhigt. Ich fände es nur schade, wenn du den Laden eines Tages schließen müsstest. Das hätte deine Mutter sicher nicht gewollt«, sagte er sehr behutsam.

Nein, das hätte sie nicht. Aber hätte sie gewollt, dass sie den Laden völlig auf den Kopf stellte? Das ganz sicher auch nicht.

»Du kannst gern so lange hierbleiben, wie du willst, und in dem Tagebuch lesen. Ich muss ein bisschen Inventur machen, okay?«

»Danke.« Gary lächelte sie schüchtern an.

Ruby begab sich an den kleinen Tresen, der eigentlich eine alte Kommode war, die auch schon ewig im Laden herumstand. Den großen Ladentisch aus Valeries Zeit benutzte sie als Auslage. Darauf tummelten sich Vasen und Kerzenleuchter, Porzellanfiguren und Kristallgläser.

Sie wollte sich um die Inventur kümmern …

Ruby machte sich an die Arbeit, war jedoch schon nach einer Stunde fertig. Danach hatte sie rein gar nichts mehr zu tun.

KAPITEL 6

Gary blieb den ganzen Tag und las. Von Zeit zu Zeit sah Ruby zu ihm rüber, wie er dasaß und konzentriert und fasziniert die alten bewegenden Worte in sich aufnahm. Sie wusste genau, was er fühlte, denn diese Emotionen überkamen sie jedes Mal, wenn sie in Valeries Tagebüchern blätterte. Jeder einzelne Satz war mit so viel Bedeutung und Liebe geschrieben, dass es einen einfach in den Bann ziehen musste.

Für Gary mochte das Ganze noch eine andere Bedeutung haben. Denn er hatte ja einmal selbst geschrieben. Schicksalsromane. Das konnte er aber nicht mehr, nachdem ... Sie wusste nicht genau, was ihm passiert war, hatte jedoch eine Vermutung. Vielleicht würde er sich ihr ja eines Tages öffnen. Sie hoffte es von Herzen, denn sie mochte ihn wirklich sehr und wollte ihn gern verstehen. Andererseits hatte Ruby ihm auch noch nichts von den Tragödien in ihrem Leben erzählt, und manchmal fand sie es ganz okay, dass sie einfach nur befreundet waren und einander so akzeptierten, wie sie heute waren. Waren sie doch beide zu anderen Menschen geworden in den letzten Jahren, zu gebrochenen Menschen.

Am Nachmittag hatte Gary das erste Buch durch, und sie gab ihm das zweite. Er nickte ihr nur dankbar zu. Fragte nicht, ob er es mit rausnehmen könne, und sie bot es ihm nicht an. Diese Bücher waren so wertvoll, da war es selbstverständlich, dass sie ihren sicheren Ort nicht verlassen durften.

Als Ruby um sechs den Laden schließen wollte, fragte sie Gary, ob er noch bleiben wolle.

»Wenn das okay für dich ist? Ich kann mich einfach nicht von den Tagebüchern lösen. Was machen sie nur mit einem?«

Sie wusste genau, was er meinte. »So ging es mir auch, als ich sie das erste Mal gelesen habe. Und so geht es mir immer wieder. Ich warne dich – diese Bücher werden dich verändern.«

»Da bin ich mir sicher.«

»Du kannst gern die ganze Nacht hierbleiben. Das Sofa steht dir zur Verfügung. Es sind noch ein paar Äpfel da. Ich wünsche dir viel Spaß beim Lesen!«

»Ruby?«, rief er, als sie schon an der Tür war. Sie drehte sich um. »Danke. Für alles. Du bist … Ich bin froh, dass du mich als den siehst, der ich wirklich bin.«

Ihr wurde warm ums Herz. Sie konnte sich gut vorstellen, dass die meisten Leute Gary als das behandelten, was er für sie war: ein Obdachloser, ein Verlierer, ein Mensch von minderem Wert. Für sie aber war er ein ganz besonderer Mensch, aufrichtig, verständnisvoll, ja, sogar faszinierend in vielerlei Hinsicht.

»Ist doch selbstverständlich, Gary.«

Er sah sie mit seinen warmen grauen Augen an und lächelte. In Momenten wie diesen überkam sie das Gefühl, dass mehr aus ihnen werden konnte. Dass sie, die zwei verwandte Seelen waren, zueinanderfinden sollten. Sie lächelte zurück, winkte und ging.

»Dad, du hast mich ja heute gar nicht besucht. Warst du wieder nicht draußen?«, fragte Ruby am Abend ihren Vater, der wie immer in seinem Sessel saß, heute in einer grünen Jogginghose und einem roten Hemd. Er sah beinahe weihnachtlich aus.

»Doch. Ich war im Supermarkt.«

»Tatsächlich? Was hast du gekauft?«

»Bohnen.«

»Wir haben doch aber noch genug. Gestern habe ich zehn Dosen besorgt.«

»Du hast gesagt, ich soll rausgehen, und ich bin rausgegangen.«

»Kurz in den Supermarkt an der Ecke? So war das eigentlich nicht gedacht. Du solltest ein bisschen frische Luft schnappen. Du bist ein richtiger Einsiedler geworden, Dad. Das geht so nicht weiter.«

»Pah!«, sagte er wie so häufig. Nachdem Ruby ihm einen strengen Blick zugeworfen hatte, ließ er sie wissen: »Ich mag nicht rausgehen.«

Ruby bereute fast schon, dass sie ihm das neue Radio gekauft hatte. »Dad, du weißt, was ich dir gesagt habe. Wenn du nicht rausgehst, muss ich dir leider das Radio wegnehmen.«

»Aber ich war doch draußen.«

»Nicht richtig.«

»Doch, war ich!«, schimpfte er trotzig wie ein Kleinkind.

»Dad! Das zählt nicht. Komm, gib mir das Radio. Wenn du morgen rausgehst, gebe ich es dir zurück. Okay?« Sie streckte ihre Hand nach dem Gerät aus.

»Nein!«, sagte er bestimmt und hielt das Radio ganz fest, umarmte es fast liebevoll. So hatte er *sie* seit Jahren nicht gehalten, wurde ihr bewusst, und es versetzte ihr einen Stich.

»Dad, gib es mir. Bitte. Ich möchte wirklich nicht mit dir streiten.«

»Nein! Nein! Du bekommst es nicht!« Er umfasste es fester.

Sie griff danach und zog ein wenig, ihr Vater tat dasselbe. Und sie kämpften um das grüne Ding vom Flohmarkt, das gerade einmal acht Pfund gekostet hatte, ihrem Vater aber die Welt bedeutete.

Ruby ließ schließlich los und stemmte die Hände in die Hüften. »Dad. Ich möchte nicht mit dir streiten«, sagte sie erneut, doch er schien sie gar nicht zu hören. »Wollen wir dann wenigstens jetzt einen kleinen Spaziergang machen?«

»Gleich wird ein Spiel übertragen. Ich kann nicht weg.«

Wurden eigentlich den ganzen Tag lang irgendwelche Fußballspiele übertragen?

Sie seufzte und schüttelte den Kopf. Was sollte sie denn machen, wenn er partout nicht wollte? Gesund konnte es nicht sein, den ganzen Tag nur drinnen zu hocken. Und nur mal eben in den Supermarkt zu gehen … Moment mal! Woher hatte er eigentlich Geld für die Bohnen? Sie hatte ihm nichts dagelassen. Und eigenes Geld vertraute sie ihm schon lange nicht mehr an, seit er es ständig beim Schachspielen oder an irgendwelche Trickbetrüger im Park verlor.

»Woher hattest du das Geld zum Einkaufen?«

»Aus der Dose.«

Ihr Herz setzte aus. Aus der Dose? Woher wusste er von der Dose?

»Welche Dose meinst du, Dad?«, fragte sie ängstlich, obwohl sie die Antwort schon kannte.

»Die Teedose.«

Schnellen Schrittes lief sie in ihr Zimmer und nahm die hübsche grüne Teedose vom Regal, die sie zwei Jahre zuvor von Laurie zum Geburtstag bekommen hatte. Nachdem der Tee aufgebraucht gewesen war, hatte sie sie als Spardose benutzt, alles reingelegt, was am Ende des Monats übrig geblieben war, für Notfälle oder besondere Ereignisse. Als sie sie öffnete, stellte sie fest, dass die Dose leer war. Komplett leer!

»Dad!«, schrie sie durch die Wohnung. Sie wurde nur selten laut und war so gut wie nie aufgebracht, aber gerade war sie kurz davor auszurasten. Sie stellte sich wütend vor ihrem Vater auf. »Wie kommst du dazu, an meine Dose zu gehen? An mein Gespartes?«

»Ich brauchte doch Geld für die Bohnen.«

Sie war innerlich so aufgewühlt. »Woher wusstest du überhaupt, wo ich mein Geld aufbewahre? Und wieso gehst du in mein Zimmer? Da hast du nichts verloren!« Reichte es etwa nicht, dass sie die verdammte Küchentür tagtäglich abschließen musste?

»Tut mir leid«, murmelte er nun und sah reumütig zu Boden.

»Wo ist das Geld? Der Rest?« Es waren über dreihundert Pfund in der Dose gewesen.

»Ich brauchte es doch für die Bohnen«, wiederholte er.

»Aber doch nicht alles! Wo ist der Rest? Sag es mir!« Sie wusste, ihre Stimme war zu laut, und damit erreichte sie bei ihrem Vater überhaupt nichts. Aber gerade konnte sie einfach nicht anders.

»Weiß nicht.«

»Dann denk mal scharf nach!«

Er fasste sich an die Schläfen und summte ein Lied. Sie wusste nicht, ob er das tat, um sich zu konzentrieren, oder weil er sie und ihr Geschimpfe ausschalten wollte.

Sie ging in den Flur und durchsuchte seine Jackentaschen. Sah überall nach, wo er es hingesteckt haben könnte. Doch sie fand außer ein paar Pence nichts.

Das war eine riesige Katastrophe. Sie waren so gut wie pleite. Ruby wusste nicht einmal mehr, wie sie ihre Miete bezahlen sollte. Dann die Pacht für den Laden. Und die ganzen Nebenkosten. Das Essen war zum Glück billig, ein paar Eier oder Dosenbohnen kosteten nicht die Welt, aber wenn einer von ihnen nun krank wurde oder etwas anderes passieren sollte, wofür sie Geld benötigte? Sie wusste, dass sie sich jederzeit etwas von Laurie oder Keira leihen könnte, das wollte sie jedoch nicht. Sie wollte nicht, dass ihre Freundinnen wussten, wie schlecht es ihr ging.

Ihre Mutter hatte einiges gespart gehabt, doch das war so gut wie aufgebraucht. Ruby und Hugh Riley waren der Insolvenz nahe. Natürlich wusste ihr Vater das nicht. Er wusste nur, dass er diese Woche Bohnen essen wollte und dass heute Abend ein Spiel übertragen werden würde.

»Daddy? Ist es dir wieder eingefallen?«, fragte sie nun ein wenig behutsamer nach. Sie hatte sich etwas beruhigt und ging in die Knie. »Bitte, versuch dich zu erinnern. Wir brauchen dieses Geld.«

Ihr fiel die Hochzeit von Mrs. Witherspoon ein. Sie würde ihr nicht einmal ein Geschenk kaufen können.

Ihr Vater nahm seine Hände von den Schläfen. Er hatte aufgehört zu summen, sah sie an, und einen Moment lang wirkte er fast normal wie früher, doch dann kratzte er sich an der Stirn.

»Ich hab Hunger.«

Sie seufzte und stand auf. Okay, vielleicht würde sein Gedächtnis nach einer Ladung Bohnen wieder besser funktionieren.

Ruby ging in die Küche und erwärmte zwei Dosen. Ihre Bohnen aß sie auf Toast mit Käse überbacken, ihrem Vater füllte sie seine in einen tiefen Teller. Sie versuchte, sich daran zu erinnern, wann es so weit gekommen war, dass er immer nur dasselbe essen wollte. Als sie ein kleines Mädchen war, war er mit ihr zu McDonald's gegangen, und sie hatten Cheeseburger mit Pommes frites gegessen. Oder später, als sie älter geworden war, hatten sie auch mal in richtig schicken Restaurants gespeist. Und es hatte die Taco-Dienstage gegeben, die eine Art Tradition gewesen waren, seit sie in einem von Hughs Lieblingsfilmen vorgekommen waren. Ihr Vater war einmal ein Riesenfilmfan gewesen, war sogar nach Hollywood gereist, um die Paramount- und die Warner-Brothers-Filmstudios und den Walk of Fame zu besichtigen. Damit hatte Hugh sich einen großen Traum erfüllt. Ruby hatte noch immer den Schlüsselanhänger in Form eines Sterns mit ihrem Namen drauf in ihrem Erinnerungskästchen – ihr kostbarster Besitz neben Valeries Büchern. Als er ihr den Anhänger zusammen mit einem I-LOVE-L.A.-T-Shirt und ein paar Postkarten von alten Filmstars überreicht hatte, hatte er gesagt: »Für dich, mein Schatz. Denn du wirst immer mein größter Star sein.«

Manchmal nahm sie den Stern in die Hand und weinte still. So viel hatte sich seitdem verändert.

»Hier, Dad. Deine Bohnen.« Sie stellte ihm den Teller hin, und er stürzte sich gierig darauf.

Ruby hatte keinen Hunger, aß nur ein paar Bissen und schob den Teller beiseite. Sie stützte ihr Gesicht auf die gefalteten Hände und betrachtete ihren Vater.

»Daddy?«, fragte sie nach einer Weile ganz vorsichtig. »Kannst du dich jetzt vielleicht erinnern, wo du das restliche Geld gelassen hast?«

»Ich will noch mehr Bohnen.«

»Die bekommst du, versprochen. Wenn du es mir erzählt hast. Ich werde auch nicht schimpfen.«

Er leckte seinen Teller aus und sagte: »Vor dem Supermarkt saßen ein paar Obdachlose, und die haben gefragt, ob ich was zu essen für sie hätte.« Oje … »Ich konnte ihnen doch nicht meine Bohnen geben.«

Eigentlich brauchte sie gar nicht mehr nachzufragen. »Und was hast du stattdessen getan?«

»Hab ihnen das Geld gegeben. Damit sie sich selbst Bohnen kaufen können.«

»Etwa das ganze Geld?« Dreihundert Pfund in kleinen Scheinen?

Hugh nickte und stellte den sauber geschleckten Teller ab. »Was ist mit meinen Bohnen?«

Ruby stiegen Tränen in die Augen. Wie viel länger sollte sie das noch mitmachen?

Verzweifelt stand sie auf und ging in ihr Zimmer, schloss die Tür ab und legte sich aufs Bett, um ihrem Kummer und ihren Tränen freien Lauf zu lassen.

Kurz darauf klopfte es an ihrer Tür. »Was ist mit meinen Bohnen? Ruby? Ruby?«

»Geh einfach in die Küche und hol sie dir!«, rief sie.

Die Küche war noch nicht wieder abgesperrt, sollte er doch mit den verdammten Bohnen machen, was er wollte. Ihr war gerade alles egal. Sie wollte sich einfach nur wegträumen. An einen besseren Ort. An einen Ort ohne ihren Vater. Die Gedanken, die sie wenige Stunden zuvor noch gehabt hatte, kamen ihr jetzt so lächerlich vor. Wie sollte sie Gary oder überhaupt irgendeinem Mann jemals näherkommen, wenn ihr Leben *so* aussah?

Wütend stand sie auf, öffnete ihre Tür und brauste durch die Wohnung zum Wohnzimmertisch, auf dem das Radio stand und irgendwelche Fußballkommentare von sich gab. Sie riss es an sich, schaltete es aus und nahm es mit. Ihr Vater, der mit seinen Bohnen aus der Küche kam, starrte sie schockiert an und wurde dann ganz hysterisch.

»Mein Radio! Gib mir mein Radio!«

»Das kannst du vergessen. Ich beschlagnahme es, bis du dich endlich wieder normal verhältst!«

Das war dumm, das wusste sie. Ihr Vater würde nie wieder normal sein, und es war nicht seine Schuld, dass er sich so benahm, wie er es halt tat.

»Gib mir mein Radio!« Hugh begann jetzt zu jammern. »Gib es mir.«

»Vergiss es!«, schrie sie und wollte es mit in ihr Zimmer nehmen, als ihr Vater plötzlich den Teller Bohnen fallen ließ, nach dem Radio griff und versuchte, es ihr zu entreißen. Beide zogen daran, bis es mit voller Wucht gegen die Wand knallte und zerbrach.

Hugh ließ sich auf den Boden sinken und betrachtete das Chaos. Er begann zu weinen. Und obwohl Ruby ein unheimlich schlechtes Gewissen hatte, überließ sie ihn sich selbst und ging zurück in ihr Zimmer, wo sie noch lange auf ihrem Bett lag und ihn schluchzen hörte.

An diesem Abend konnte sie einfach kein Mitleid aufbringen, denn ihr eigenes Weinen übertönte alle Gedanken und Gefühle.

In der Nacht stand sie auf, weil sie sich vollkommen ausgetrocknet fühlte. Sie ging in die Küche, um ein Glas Wasser zu trinken, und schloss diese gleich ab, nachdem sie das Bohnenchaos beseitigt hatte. Sie entdeckte ihren Vater auf dem Sessel, sein kaputtes Radio in den Armen.

Was hatte sie nur angerichtet? Ihr Vater war nun einmal so. Sie würde ihn niemals ändern, ihn nur akzeptieren und lieben können, wie er war.

Vor mehr als zwei Jahren hatten Ärzte ihr versichert, dass neurologisch alles in Ordnung mit ihm war. Er hatte halt ein Trauma erlitten, hatte eine Blockade. Hatte die Realität ausgeblendet und lebte in seiner eigenen kleinen Welt, die Ruby von Tag zu Tag eigenartiger vorkam.

Eine Zeit lang war einmal die Woche ein Therapeut vorbeigekommen, der mit ihm gesprochen hatte. Doch Hugh hatte sich nicht geöffnet, und Ruby hatte nicht das Gefühl gehabt, dass es irgendetwas brachte. Aber es gab ja noch andere Therapeuten, es gab auch Kliniken. Wenn sich die Situation nicht besserte, würde sie Hilfe in Anspruch nehmen müssen, dessen war sie sich bewusst. Doch bis dahin wollte sie stark sein und sehen, ob sie es nicht doch allein schaffen konnten.

»Es tut mir leid, Daddy. So etwas wird nicht wieder vorkommen, ich verspreche es«, flüsterte Ruby.

Sie gab ihrem Vater einen Kuss auf die Stirn, nahm ihm das kaputte Radio aus der Hand und deckte ihn mit einer Wolldecke zu. Dann setzte sie sich neben ihn auf den Boden, bettete ihren Kopf in seinen Schoß und erinnerte sich in der Dunkelheit daran, wie alles gekommen war …

»Du musst nach Hause kommen, Ruby«, sagte ihr Vater am anderen Ende der Telefonleitung.

Ruby saß auf dem Fenstersims ihres WG-Zimmers in London und lernte.

»Ich habe diese Woche ein paar wichtige Vorlesungen, Dad. Ich kann jetzt nicht so einfach nach Hause kommen.«

Außerdem war sie am folgenden Abend mit Roger verabredet. Sie und er waren seit zehn Monaten ein Paar, und er hatte irgendeine große Überraschung geplant.

»Du musst«, war alles, was er sagte.

»Ist es wegen Mum? Geht es ihr schlechter?«, erkundigte sie sich besorgt.

Ihre Mutter kränkelte seit Monaten. Ruby hatte es bisher auf den Tod ihrer Großmutter geschoben, die ein Jahr zuvor gestorben war. Sie selbst war schon todtraurig deswegen, wie musste es erst ihrer Mutter ergehen?

»Komm nach Hause«, sagte ihr Vater, und sie konnte an seiner Stimme hören, wie ernst er es meinte.

Einen Tag später kehrte sie aus ihrem glücklichen, unbeschwerten Leben zurück nach Oxford. Ihre Mutter erklärte ihr mit Tränen in den Augen, dass sie im Sterben lag. Sie hatte Bauchspeicheldrüsenkrebs, und es war nichts mehr zu machen.

Ruby weinte lange in ihren Armen, dann fragte sie vorwurfsvoll: »Warum habt ihr mir nicht früher Bescheid gesagt? Ich wäre doch sofort gekommen, wäre bei dir gewesen all die Zeit, an deiner Seite.«

»Ich wollte, dass du dein Leben ganz normal weiterlebst. Dass ich meines so einschränken muss, ist genug.«

»Das heißt, du stehst schon seit Monaten nicht mehr im Laden?« Ruby war fassungslos. Ihre Kehle war wie zugeschnürt.

»Bis vor ein paar Wochen habe ich es noch gekonnt. Dann habe ich deine Tante Carol gebeten, herzukommen und zu übernehmen.« Carol, die Schwester ihrer Mutter, lebte eigentlich in Luton.

»Oh, Mum. Ich will das alles gar nicht glauben. Du wirst bestimmt wieder gesund werden.« Ruby konnte nicht aufhören zu weinen.

Ihre Mutter nahm ihr Kinn in ihre zittrige Hand. »Mein Kind, es gibt keine Rettung. Ich werde sterben, und du musst jetzt ganz tapfer sein, ja?«

Unter Tränen nickte Ruby. »Was kann ich tun, Mum? Ich tue, was du willst.«

»Kümmere dich um den Laden und um deinen Vater. Das ist alles, um das ich dich bitte. Und noch etwas: Nimm von nun an für mich an den Mittwochabendtreffen mit meinen Freundinnen aus der Valerie Lane teil. Sie werden für dich da sein, wie sie es immer für mich gewesen sind.«

Ruby versprach es, und sie wusste in der Sekunde, dass sich ihr Leben schlagartig verändern würde.

Zehn Tage später starb ihre Mutter. Ruby hatte bis zum Schluss an ihrer Seite gesessen und ihre Hand gehalten, zusammen mit ihrem Vater. Nur dass sie im Gegensatz zu ihm zwischendurch auch mal in ihr Bett gegangen war und geschlafen hatte.

Sie und ihre Mutter hatten sich alte Geschichten erzählt, auch welche über die gute Valerie. Und in ihren letzten Stunden hatte Ruby ihr von den Tagebüchern erzählt. Als sie sie holen ging, um ihrer Mutter daraus vorzulesen, war sie für immer eingeschlafen. Ausgerechnet in der kurzen Zeit, in der Ruby weg gewesen war, war sie von ihr gegangen. Ruby konnte es nicht begreifen.

»Sie hat nur darauf gewartet«, sagte ihr Vater. »Sie wollte nicht, dass du es mit ansehen musst.«

Hugh schien tapfer, doch er wollte seiner toten Frau nicht von der Seite weichen. Man musste ihn von ihr wegzerren, als der Leichenbestatter sie abholte. Tagelang sprach er kein Wort. Wochenlang starrte er nur vor sich hin, veränderte sich. Ruby fragte sich oft, ob es das war, was man wahre Liebe nannte. Dass man ohne den anderen einfach keinen Sinn mehr im Leben sah?

Hugh war nicht mehr derselbe und Ruby auch nicht. Während ihr Vater sich mehr und mehr zurückentwickelte, musste sie lernen, Verantwortung zu tragen. Sie kündigte ihr Zimmer in der WG, verließ die Uni und zog zurück nach Hause. Und sie fand sich in genau dem Leben wieder, dem sie hatte entflie-

hen wollen. Um mehr zu erreichen. Um sich ihre Träume zu erfüllen.

Oder war ihr dieses Leben vorherbestimmt? War es ihr Schicksal, den Antiquitätenladen weiterzuführen – im Gedenken an ihre Mutter und ihre Großmutter und ihre Urgroßmutter. Und an Valerie.

Sosehr Roger und sie sich auch bemühten, ihre Beziehung über die Distanz hinweg aufrechtzuerhalten, funktionierte es einfach nicht. Ruby musste jetzt andere Prioritäten setzen. Sie trennte sich von Roger und widmete sich ganz ihrem Vater und dem Laden. Sie war unglaublich dankbar, dass die Freundinnen ihrer Mutter sie bei allem unterstützten. Laurie zum Beispiel brachte ihr Trosttees, Keira schenkte ihr Schokolade, und Susan strickte ihr einen Poncho, in den sie sich wickelte wie in einen Kokon, wenn ihr mal wieder alles zu viel wurde. Doch die anderen Ladeninhaberinnen ließen sie nie allein, versuchten sie aufzuheitern und wurden ganz bald auch zu Rubys Freundinnen. Und sie wurde ein Teil der Valerie Lane.

Noch ein ganzes Jahr behielt ihr Laden den Namen Meryl's Antiques, bis sie ihn eines Tages umbenannte. Er war nun ihr Laden, ihre Mutter würde sowieso für immer ein Teil von ihm sein. Aber sie musste endlich ihre eigenen Pläne verwirklichen. Das war alles, was sie noch hatte.

Ruby betrachtete ihren Vater, der leise vor sich hin schnarchte. »Ich hab dich so lieb, Dad.«

Dann fielen auch ihr die Augen zu, und sie begab sich ins Land der Träume, wo alle gesund und glücklich und am Leben waren. Wo sie umsorgt wurde und nicht umsorgen musste. Wo sie das unbeschwerte Leben leben durfte, das für sie bestimmt gewesen war ... Allerdings ... Wäre sie in London geblieben und hätte ihre Träume verfolgt, hätte sie Gary vielleicht niemals kennengelernt. Und Laurie, Keira, Susan und Orchid wären niemals zu so guten Freundinnen geworden. Vielleicht war das hier ja ihre Bestimmung.

Vielleicht sollte sie sich ihrer nur endlich annehmen und das Beste daraus machen ...

KAPITEL 7

Es war Samstag, und Ruby war schon früh aufgestanden, um auf den Flohmarkt in Park Town zu gehen, den sie so mochte. Er fand manchmal samstags und manchmal sonntags statt, man konnte dort einfach alles finden und die besten Schnäppchen machen. Vor allem jetzt um halb sieben, während die Verkäufer noch dabei waren, ihre Stände aufzubauen.

Sie brauchte gar nicht lange Ausschau zu halten, und schon hatte sie ein Imitat der Vase gefunden, die Laurie neulich bei ihr im Laden so bewundert hatte. Sie war ebenfalls mit hübschen blauen Blumen bemalt oder wahrscheinlich eher bedruckt.

»Wie viel möchten Sie denn dafür haben?«, fragte sie die ältere Dame, die sie verkaufte.

Die Frau überlegte. »Sechs Pfund.«

»Ich gebe Ihnen drei.« Sie war wirklich nicht allzu viel wert, das sah Ruby auf den ersten Blick.

»Fünf.«

Normalerweise hätte sie versucht, die Frau auf vier Pfund herunterzuhandeln, denn so schüchtern sie auch war, verlor sie auf diesen Märkten all ihre Scheu und war völlig in ihrem Element. Aber die Frau brauchte das Geld sicher ebenso sehr wie sie selbst, deshalb nickte sie.

»Abgemacht.«

Die Frau strahlte und wickelte ihr das schöne Stück sogar noch dick in Zeitungspapier ein. »Viel Spaß damit«, wünschte sie, als Ruby ihr die fünf Pfund gab.

Sie konnte eine solche Summe eigentlich im Moment gar nicht erübrigen. Auch wenn es ihr im Herzen wehtat, sie hatte das letzte Geld vom Sparkonto ihrer Mutter abgehoben, das sie für Notfälle aufbewahrt hatte. Aber das war ja nun wirklich ein Notfall. Denn nachdem ihr Vater ihr ganzes Geld verschenkt hatte, waren sie pleite. Die Vase musste aber unbedingt noch drin sein, sie wollte Laurie gern eine Freude machen, vor allem da sie neulich so lieb für sie da gewesen war.

»Danke. Sie ist für meine Freundin.«

»Da kann sie sich wirklich glücklich schätzen.«

Sie lächelten sich an, und Ruby ging weiter. Sie sah sich um und dachte darüber nach, was sie neben Antiquitäten noch anbieten könnte. Gary hatte nämlich recht: Viel länger würde sie den Laden allein mit alten Möbeln, Vasen und Büchern nicht halten können. Es musste etwas Neues her, eine Idee. Ihre Mutter wäre sicher dafür gewesen. Auf jeden Fall hätte sie ihr geraten, alles dafür zu tun, dass sie ihr innig geliebtes Geschäft nicht aufgeben musste.

Manchmal wusste Ruby nicht, ob der Laden ein Segen oder ein Fluch war. Doch dann dachte sie an die gute Valerie und an ihre lieben Freundinnen in der Valerie Lane, und sie sah es wieder klar und deutlich. Er war ein Geschenk, sie durfte nur nicht vergessen, sich ab und zu daran zu erinnern.

Während sie weiterging, sah sie sich um. Ein Stand bot

Gemälde an, und sie überlegte, dass sie vielleicht ihre Zeichnungen verkaufen könnte. Aber waren die gut genug? Sie kam an einem Stand vorbei, der überwiegend Schmuck verkaufte. Selbst gefertigten. Ruby erinnerte sich, dass ihre Mutter das auch mal gemacht hatte. Es war zwar eine Weile her, doch sie hatte mit viel Freude Ketten, Armbänder, Broschen und Ohrringe hergestellt. Irgendwo in ihrer Erinnerungskiste musste sie sogar noch die Ohrringe in Herzform haben, die ihre Mutter ihr zum Schulabschluss geschenkt hatte. Sie nahm sich vor, sie später hervorzusuchen.

Was gab es noch? Jede Menge Krimskrams. Trödel, den die Leute so mochten: Plüschtiere, Puppen, Bauklötze und anderes Kinderspielzeug, Kleidung, Schuhe, Uhren, Porzellan, Figürchen aus Glas, Elektrogeräte … Oh, halt! Sie musste dringend Ausschau nach einem neuen Radio für ihren Vater halten.

Noch bevor sie eines fand, erhaschte sie eine Umhängetasche, wie Gary sie immer bei sich trug. Wahrscheinlich hatte er sein ganzes Hab und Gut darin. Seine hatte aber schon bessere Tage gesehen. Ach, eigentlich zerfiel sie schon fast, und deshalb kaufte Ruby ihm nun diese. Er würde sich sicher freuen. Und als sie schon fast aufgegeben hatte, entdeckte sie tatsächlich ein Radio zu einem annehmbaren Preis, und außerdem erstand sie noch ein paar spottbillige antike Silberlöffel für den Laden, solche, wie Mrs. Witherspoon sie sammelte. Theoretisch könnte sie ihr sogar einen – den schönsten davon – zur Hochzeit schenken. Dann hätte sie die Sache mit dem Geschenk auch schon erledigt.

Nachdem Ruby noch eine entzückende alte Spieluhr erstanden hatte, die leider nicht mehr funktionierte, waren gerade noch drei Pfund siebenunddreißig übrig. Das meiste Geld vom Sparkonto ihrer Mutter hatte sie gleich auf ihr Geschäftskonto eingezahlt. Der neue Monat hatte begonnen, und die Miete für den Laden musste bis zum zehnten überwiesen werden. Für diesen einen Monat brauchte sie sich erst mal keine Sorgen zu machen, aber es würden weitere folgen, in denen sie wieder knapp bei Kasse sein würde. Ein bisschen ärgerte sie sich jetzt darüber, so viel Geld ausgegeben und nicht mal etwas wirklich Wichtiges gekauft zu haben.

Ach, warum gehe ich überhaupt noch jedes Wochenende auf den Flohmarkt und ersteigere Dinge für den Laden?, fragte sie sich. Sie wurde ja kaum die los, die schon seit Ewigkeiten in dem großen Verkaufsraum ausgestellt waren! Sie musste endlich aufhören damit. Musste das wenige Geld beisammenhalten. Ihre Ersparnisse waren aufgebraucht. Ruby blieb gar nichts anderes übrig, als von nun an jeden Penny zweimal umzudrehen.

Sie würde umdenken, sich irgendetwas einfallen lassen müssen. Ach, hätte sie doch nur einen Geistesblitz. Doch der ließ bereits eine ganz schön lange Weile auf sich warten.

Sie fuhr nach Hause, entschuldigte sich noch einmal in aller Ausführlichkeit bei ihrem Vater und machte ihm seine Bohnen warm. Das neue Radio ließ ihn alles andere sofort vergessen. An diesem Morgen war Ruby ausnahmsweise froh, dass er war, wie er war, und ihr ihren Ausbruch nicht ewig nachtrug.

In der Valerie Lane öffnete sie ihre Ladentür und begrüßte Gary, der mit einem der Tagebücher auf dem Bauch – Nummer sieben, wenn sie es richtig erkannte – auf dem Sofa eingeschlafen war. Sie schenkte ihm die neue Umhängetasche, und er bedankte sich schüchtern, nachdem er sie erst gar nicht annehmen wollte. Doch Ruby bestand darauf, schließlich hatte sie sie extra für ihn gekauft.

Gary ging schließlich, und Ruby hängte das GEÖFFNET-Schild in die Tür. Sie legte die neuen Löffel in heißes Salzwasser, später würde sie sie polieren. Dann säuberte sie die Vase, die sie Laurie später vorbeibringen wollte. Leider hatte sie erst im September Geburtstag, sonst hätte sie sie ihr dazu geschenkt, aber so lange wollte sie nicht warten. Außerdem hatte sie die Vase einfach nur gekauft, weil Laurie ihre Freundin war und eine kleine Anerkennung verdiente.

Sie betrachtete das Original und das Imitat und konnte kaum einen Unterschied ausmachen. Warum war die eine Vase so viel mehr wert als die andere? Warum waren einige Menschen mehr wert als andere, oder wurden zumindest so behandelt? Warum waren Lauries Eltern stinkreich und lebten in ihrer imposanten Villa, und der arme Gary hatte nicht einmal ein Dach über dem Kopf? Warum konnten andere Menschen in Rubys Alter ihr eigenes Leben führen, sich entfalten, während sie all diese Last auf ihren Schultern zu tragen hatte?

Plötzlich bimmelte die Türglocke, und sie schrak hoch. Laurie stand vor ihr, einen Becher in der Hand.

»Hallo, Ruby.«

»Guten Morgen, Laurie. Wie geht es dir?«

»Sehr gut, danke. Und dir?«

»Alles gut«, gab sie ihre Standardantwort.

»Das freut mich. Ich bringe dir Tee, den hab ich ganz neu reinbekommen.«

»Wieder mit Pfeffer?«, fragte sie und hoffte, dass dem nicht so war. Den konnte sie nämlich ehrlich nicht mal Laurie zuliebe trinken.

»Nein, nein. Mit Vanille. Aus Mexiko. Den wirst du sicher mögen.«

Sie probierte die heiße Flüssigkeit, während Laurie ihr gespannt zusah.

»Und?«

»Der ist wirklich superlecker. Könnte mein neuer Lieblingstee werden.« Und das meinte sie ernst.

»Wusste ich's doch! Da freu ich mich aber, dass ich deinen Geschmack getroffen habe.«

»Da trifft es sich ja gut, dass ich auch etwas für dich habe«, sagte Ruby und überreichte ihr die hübsche Vase.

»Oh mein Gott, ist die schön!«, freute sich Laurie und betrachtete das Stück eingehend. »Wo hast du die denn aufgetrieben?«

»Auf dem Flohmarkt heute Morgen.«

»Sie sieht fast aus wie die andere. Ich danke dir, dass du für mich Ausschau gehalten hast.«

»Sehr gerne.« Ruby lächelte, glücklich darüber, dass die Vase Laurie gefiel.

»Was bekommst du dafür von mir?«, wollte Laurie wissen.

»Ach, so ein Quatsch.« Ruby winkte ab. »Die schenke ich dir.«

»Nein, das kommt gar nicht infrage.«

»Sie war wirklich nicht sehr teuer. Ich möchte sie dir gern geben als Dankeschön dafür, dass du deinen Tee so großzügig an uns ausschenkst und nicht nur mittwochs. Und weil du immer für mich da bist«, fügte sie hinzu.

»Das bin ich doch gern. Wozu hat man Freundinnen? Du bist ein Schatz«, sagte Laurie und nahm sie in den Arm. Erneut musterte sie die Vase. »Du hast echt ein Händchen für gute Schnäppchen. Du solltest so etwas auch in deinem Laden anbieten.«

»Trödel, meinst du?« Das hörte sie öfter in letzter Zeit.

»Dinge, die sich auch Normalsterbliche leisten können. Du weißt, wir alle hier unterstützen einander, so gut wir können. Nur deine Preise für die zugegebenermaßen wunderschönen Antiquitäten liegen leider nicht in unserem Budget. Wenn du aber auch nicht so wertvolle, aber ebenso hübsche Sachen anbieten würdest, sähe das ganz anders aus. Du könntest damit neue Kunden anlocken… Ich wollte es nur mal vorgeschlagen haben.«

»Ich denke ja selbst über eine Veränderung nach, bin mir allerdings noch nicht sicher, in welche Richtung ich gehen will.«

»Ich wusste nicht, dass du über eine Veränderung nachdenkst. Was würdest du denn gern verkaufen? Ich meine, wenn du eine Sache sagen müsstest, ohne lange drüber nachzudenken… Was kommt dir als Erstes in den Sinn?«

»Bücher«, gab Ruby zur Antwort.

»Du meinst eine Buchhandlung? Davon gibt es doch schon etliche in Oxford.«

»Nein, ich spreche von antiken Büchern. Raritäten.

Erstausgaben. Signierten Exemplaren.« Eine wundervolle Idee, dachte Ruby. Warum bin ich da nicht schon eher drauf gekommen?

»Hmmm … Die bietest du doch schon an, oder?«

»Ja, aber nur eine kleine Auswahl. Siehst du?« Sie zeigte auf die beiden Regalfächer ganz hinten im Laden. »Wenn ich es mir aussuchen könnte, hätte ich gern einen ganzen Laden voller alter Bücher. Ich liebe Bücher«, schwärmte sie.

Laurie lächelte. »Na, da haben wir's doch!«

Plötzlich wurde Ruby etwas bewusst. »Das ist nicht so einfach, Laurie. Bücherraritäten sind sehr kostspielig. Und was sollte ich mit all den anderen Sachen machen?«

»Du musst die Idee ja nicht auf der Stelle umsetzen. Aber es könnte doch eine schöne Sache für die Zukunft sein.«

Ruby überlegte. Ehrlich? Bücher? Ein Laden voller Bücher? Allein die Vorstellung ließ ihr Herz schneller schlagen. Das wäre wirklich ein wahr gewordener Traum …

»Mal sehen. Irgendwann vielleicht.« Sie lächelte Laurie an.

Laurie legte ihr eine Hand auf die Schulter. »Süße, wir stehen hinter dir, egal was du tust, ja? Wenn du Hilfe benötigst, lass es uns einfach wissen.«

Ruby nickte. »Danke.«

»Ich muss dann wieder rüber. Heute ist Samstag, da kommen immer Stammgäste, die ein bisschen quatschen wollen.« Laurie drehte sich noch einmal zu ihr um, als ob sie etwas vergessen hätte. »Sag mal, hast du eigentlich endlich Mrs. Witherspoons Einladung erhalten?«

Sie schüttelte den Kopf. »Nein, leider immer noch nicht.«

»Merkwürdig. Na, falls sie irgendwie verloren gegangen sein sollte, nimmt dich einfach jemand von uns als seine Begleitung mit, ja?«

Ruby fand es auch merkwürdig. Denn sie hatte gedacht, Mrs. Witherspoon würde sie mögen. Aufdrängen wollte sie sich aber auch nicht.

Sie begleitete Laurie zur Tür und erkannte, dass die Valerie Lane sehr belebt war. Wie sehr sie hoffte, dass es endlich mal wieder ein paar Kunden auch in ihren Laden verschlagen würde!

Zwei Stunden später waren gerade einmal vier Leute da gewesen, und nur einer hatte etwas gekauft.

Ruby stand am Handwerkstisch, der sich zwar im Hinterzimmer befand, von dem aus man jedoch den Laden überblicken konnte. Sie hatte die neu erstandene Spieluhr vor sich stehen und betrachtete sie. Wie zauberhaft sie doch war mit ihrer kleinen Balletttänzerin, die sich leider nicht mehr drehte. Auch erklang keine Musik mehr, wenn man die Uhr aufzog. Ruby fragte sich, welches Lied sie wohl einmal gespielt hatte und ob sie sie wieder reparieren konnte. Da das hübsche Stück aus Frankreich zu stammen schien, wie der Aufdruck ihr sagte, tippte sie auf irgendein altes Chanson.

Sie drehte die Spieluhr um, entfernte die kleine Schraube und öffnete den Deckel. Darunter versteckte sich das Uhrwerk mit mehreren kleinen Rädern, das sie zuallererst ölte und dann hier und da ein wenig schliff, wie ihre Grandma es ihr einst gezeigt hatte. Diese hatte Spieluhren über alles geliebt und an keiner vorbeigehen können. Als sie den Laden noch geführt hatte, hatten überall Uhren gestanden. Nun waren nur noch zwei übrig – ein Hund, der zu Mozarts »Kleiner Nachtmusik« tanzte und mit dem Schwanz wedelte, und ein alter Mann, der auf einem Schaukelstuhl saß, ein Buch las und sich dabei zu Chopins Musik drehte. Die Spieluhr mit dem lesenden Mann kam aus der Schweiz, und Ruby hatte sie schon immer gern gemocht. Seit bestimmt zehn Jahren stand sie ganz oben auf einem der Regale, so hoch, dass niemand sie sehen konnte, denn sie mochte sich einfach nicht von ihr trennen.

Jetzt schloss sie die kleine Klappe auf der Unterseite der Spieluhr mit der Balletttänzerin wieder, drehte sie auf, stellte sie hin und hielt die Luft an. Und da! Tatsächlich erklang liebliche Musik, ein Stück, das Ruby nicht kannte, und die Ballerina führte einen Tanz auf.

Verzückt lächelte Ruby. Sie fand, dass es ein wirklich befriedigendes Gefühl war, kaputte Dinge wieder zu reparieren. Nicht alles Defekte war gezwungenermaßen verloren.

Nachdem sie die Spieluhr gesäubert hatte, lackierte Ruby sie mit Klarlack, damit sie wieder so richtig schön glänzte. Am nächsten Morgen würde sie sie nach vorne in den Laden bringen und für fünfundzwanzig Pfund anbieten. Wie alt oder wie wertvoll sie war, konnte man schlecht sagen. Aber war das nicht egal? Die Uhr war hübsch anzusehen und -zuhören, das war das Wichtigste. Die Leute wollten doch eh lieber erschwingliche Dinge und schienen kaum noch Wert auf Antikes zu legen, das eine eigene Geschichte erzählte.

Ruby selbst fragte sich oft, wo die Stücke wohl herstammten, wem sie einst gehört hatten, ob sie jemandem

Freude bereitet hatten oder gar Kummer. Sie konnte sich völlig in der Vergangenheit der Dinge verlieren. Manchmal fand sie in einem alten Buch ein Foto, eine Postkarte oder einen Brief. Diese Dinge brachten ihr den Vorbesitzer näher, und immer bewahrte sie ihre besonderen Funde auf, betrachtete sie dann und wann und war dankbar, dass sie über so viele Jahrzehnte hinweg zu ihr gefunden hatten.

Sie ging hinüber zum Bücherregal und holte den lesenden alten Mann herunter. Begutachtete ihn. Er war schon wieder eingestaubt, und sie nahm einen kleinen Pinsel, um auch in die winzigste Furche zu gelangen. Dann drehte sie auch diese Spieluhr auf und schloss die Augen. Chopin erklang, und Ruby hatte einen Kloß im Hals. Sie wusste selbst nicht, was mit ihr los war, aber sie fühlte sich auf einmal ganz verloren. Sie war nicht mehr glücklich mit den Dingen, wie sie waren. Ja, sie verspürte einen richtigen Drang nach einem Neuanfang.

Und deshalb ging sie nach hinten, suchte im Lagerraum nach einem großen Karton und nahm ihn mit nach vorne. Sie legte alles hinein, das schon seit Ewigkeiten herumstand und sowieso nicht weggehen würde – Metalldosen, einen Schuhanzieher, der angeblich aus dem beginnenden 20. Jahrhundert stammte, alte Bücher, die nicht mehr ganz so gut erhalten waren, ein Fernrohr, ein paar silberne Haarspangen, einen Kamm, Besteck, einen Handspiegel, zwei ägyptische Holzfiguren und noch einiges mehr. Diesen Karton stellte sie draußen auf die Bank neben Charles Dickens. Dann machte sie drinnen weiter. Sie leerte den alten Verkaufstisch und stellte Dinge darauf, die sie ebenfalls unbedingt loswerden wollte, die aber entweder zu groß oder zu zerbrechlich waren, um sie in den Karton zu tun – eine ausgestopfte Eule, einen mittelgroßen Globus, einen Schminkspiegel, einige Porzellanfigürchen, Gläser, Tassen inklusive Untertassen und Bilderrahmen. Sie schrieb auf ein DIN-A4-Blatt JEDES TEIL 10 PFUND und befestigte es an dem Tisch, auf ein anderes schrieb sie JEDES TEIL 5 PFUND und klebte es draußen an den Karton. Bei der Gelegenheit nahm sie die Bücher wieder aus dem Karton heraus und stellte sie zurück ins Regal. Nur für den Fall, dass sie sich wirklich mehr auf Bücher spezialisieren wollte.

Sie atmete ein paarmal tief durch. Auch wenn es ihr in der Seele wehtat, ihren Bestand zu verramschen, würde es vielleicht wenigstens so viel einbringen, dass sie doch die Miete würde bezahlen können, ohne das Geld ihrer Mutter zu verbrauchen, und vielleicht würde sie dadurch ja sogar ein paar neue Kunden herbeilocken, die neben den Schnäppchen auch noch etwas anderes kauften.

Orchid platzte in den Laden. »Was zum Teufel machst du denn da?«, rief sie.

»Ich will alles Unnötige loswerden«, sagte Ruby entschlossen.

»Für fünf Pfund? Sind die Sachen nicht weit mehr wert?«

»Einige schon. Es will sie aber keiner kaufen für mehr, und sie stehen nur dumm herum. Seit Jahren teilweise. Was bringt mir das denn?«

Vieles hatte noch ihre Mutter aufgetrieben, oder Ruby mit ihr zusammen. Sie erinnerte sich, dass sie die Eule bei einem Garagenverkauf erstanden hatten, da konnte sie nicht älter als dreizehn oder vierzehn gewesen sein. Das

hässliche Ding war sicher schon an die tausendmal abgestaubt worden.

»Okay, du hast recht! Raus mit dem alten Zeug!« Orchid
machte eine Siegergeste, als fände sie, dass Ruby absolut
richtig handelte.

Sie lächelte. »Es wäre lieb, wenn du es weitersagen
könntest. Dass ich einen Ausverkauf mache.«

»Na klar! Wie wär's, wenn du noch ein großes Schild ins
Schaufenster hängen oder Flyer verteilen würdest?«

»Eine gute Idee.« Eigentlich hielt sie nicht viel von
Flyern, doch in diesem Fall würde es der Sache dienen.

»Ach, hier. Die hab ich heute in einem meiner Kataloge
gefunden. Sie muss dem Postboten reingerutscht sein.«
Orchid reichte ihr einen Umschlag.

Mrs. Witherspoons Hochzeitseinladung. Ruby wurde
warm ums Herz. Sie hatte sie also doch nicht vergessen.

»Danke. Darauf habe ich schon gewartet. Und danke
auch für die Idee mit den Flyern.«

»Immer wieder gerne. Ich muss zurück in meinen Laden.«

»Ich wünsche dir einen erfolgreichen Tag.«

»Danke. Ich bin gerade damit beschäftigt herauszufinden, wie man Babys zum Einschlafen bringt. Ich muss nämlich nächste Woche Mittwoch auf Emily aufpassen.« Emily
war Orchids entzückende zweieinhalb Monate alte Nichte.

»Ausgerechnet am Mittwoch? Kommst du dann gar
nicht zu unserer Teestunde?«

»Ich bin mir nicht sicher. Denkst du, ich kann die Kleine
mitbringen?«

»Auf jeden Fall! Die anderen wären bestimmt total
begeistert.«

»Na gut, dann kommen wir wohl. Dir auch noch einen erfolgreichen Tag, Ruby.«

Und sie wünschte ihn sich selbst auch.

Okay. Flyer mussten her. Wie sollte sie die herstellen? Gary hatte vielleicht eine Idee.

Sie trat aus dem Laden. Draußen stieg ihr der Duft von Blumen entgegen. Die Ladenbesitzerinnen hatten die acht Kübel, die die Valerie Lane säumten, in diesem Frühling mit Lavendel, pinkfarbenen Pfingstrosen und gelben Nelken bepflanzt. Dabei hatte Tobin sie beraten und unterstützt. Kästen und Körbe mit den verschiedensten Blumenarten schmückten die einzelnen Geschäfte – blaue und weiße Japanrosen Laurie's Tea Corner, rosa Petunien Keira's Chocolates und strahlende Margeriten Orchid's Gift Shop. In die runden Kübel links und rechts von Susans Ladentür hatten sie lila Hortensien gepflanzt, und vor Tobins Laden standen sowieso zu jeder Zeit Gewächse in allen Farben und Gattungen. In den beiden Ampeln, die über Ruby's Antiques hingen, befand sich eine Mischung aus kunterbunten Frühlingsblumen. Unwillkürlich musste Ruby lächeln. Wie hübsch das aussah. Es war, als würde sie all dies gerade zum ersten Mal richtig wahrnehmen.

Sie entdeckte Gary zum Glück an seiner Ecke, winkte ihn herbei und hatte, als er auf sie zukam, plötzlich eine ganz andere Frage auf dem Herzen. Viel lieber hätte sie ihn nämlich gefragt, ob er sie zu der Hochzeit begleiten würde.

KAPITEL 8

Wieder einmal konnte Ruby in Worten gar nicht ausdrücken, wie dankbar sie war, so tolle Freundinnen zu haben. Orchid und die anderen Ladeninhaberinnen der Valerie Lane teilten all ihren Kunden mit, dass es bei Ruby einen Sale gab. Und die Leute kamen tatsächlich. Bereits am Samstagnachmittag musste Ruby den Karton draußen auf der Bank nachfüllen. In jeder Ecke und in jedem Regal fanden sich Dinge, die sie einfach loswerden wollte, und es wurde eine regelrechte Mission, sich von den alten Ladenhütern zu trennen – eine Erleichterung, die sie nicht für möglich gehalten hätte.

Es tat gut, Altlasten loszuwerden. Mit jedem Stück, das sie verkaufte, merkte sie, wie sie ein klein wenig Platz für Neues schaffte. Neue Waren, neue Aufgaben, ein neues Leben.

Am wundervollsten aber war Gary, der es sich zur Aufgabe gemacht hatte, einen Flyer zu entwerfen. Er saß bei ihr im Laden an Dickens' Sekretär und zeichnete und schrieb und radierte und schrieb erneut … und hatte am Ende die Vorlage für einen großartigen Handzettel. Der zeigte eine Miniaturausgabe von ihrem Laden, man sah sogar die dunkelgrüne Fassade, die Blumenampeln und die Bank mit Dickens vor der Tür. Darüber stand groß RUBY'S ANTI-

95

QUES, und darunter das Wort SALE. Neben der Adresse und der Telefonnummer stand: *Einzigartige Kostbarkeiten! Finden Sie bei Ruby, wonach Sie schon lange suchen.* Als Gary fertig war, ging er zum nächsten Copyshop und ließ den Entwurf fünfhundertmal drucken, was Ruby natürlich bezahlte. Und das Beste war: Er stellte sich für sie an die Ecke Cornmarket Street und verteilte die Flyer auch noch!

Ruby wusste gar nicht, wie ihr geschah. Mit so viel Unterstützung hätte sie nie in ihrem Leben gerechnet. Sie würde sich unbedingt angemessen bei Gary revanchieren.

»Gary, ich weiß nicht, was ich sagen soll«, gestand sie ihm am Abend nach Ladenschluss. »Ich kann nur aus tiefstem Herzen Danke sagen. Es bedeutet mir so viel, dass du das für mich tust.«

Gary, dessen schwarzes Haar ein wenig zu lang war und ihm ins Gesicht hing, lächelte sie an. »Das tue ich wirklich gern. So habe ich wenigstens eine Aufgabe und kann helfen.«

»Darf ich dich dafür auf eine Pizza einladen? Oder etwas anderes, falls du keine Pizza magst?«

Er sah sie merkwürdig an und nahm sofort wieder diese Abwehrhaltung an, die ihr schon oft aufgefallen war. Er stutzte, sagte dann: »Das ist wirklich nett, aber heute Abend kann ich leider nicht. Vielleicht ein anderes Mal.«

»Oh. Schon okay. Dann ein anderes Mal.« Ruby musste zugeben, dass sie mehr als enttäuscht war. Sie hätte so gern einen schönen Abend mit ihm verbracht. Andererseits wartete ja auch ihr Vater auf sie und wollte seine Bohnen haben. Sie seufzte und machte sich auf nach Hause, jedoch nicht, ohne Gary noch einmal aufrichtig zu danken.

Am Sonntagmorgen saß Gary vor ihrem Laden auf der Bank und wartete schon auf sie.

»Guten Morgen, Gary«, begrüßte Ruby ihn erfreut.

»Guten Morgen«, sagte Gary fast ein wenig bedrückt. »Ich wollte mich wegen gestern entschuldigen.«

»Aber wofür denn?« Erstaunt sah sie ihn an. Er hatte ihr doch so geholfen.

»Dafür, dass ich dich hab abblitzen lassen.«

»Kein Problem, ehrlich nicht.«

Er musste ihr ansehen, dass sie schwindelte, denn er stand nun auf und sagte: »Ich glaube, ich schulde dir eine Erklärung.«

Nein, wirklich nicht, hätte sie sagen sollen. Doch sie wollte so sehr erfahren, was in ihm vorging, dass sie ihn nicht unterbrach und weiterreden ließ.

»Es fällt mir nicht leicht … Ich möchte dir trotzdem gern einige Dinge erklären, die …« Er stockte. Seine Stimme zitterte. »Das geht aber nicht hier und jetzt. Wollen wir heute Abend nach Ladenschluss einen kleinen Spaziergang machen? Und reden?«

»Ich kann mir überhaupt nichts Schöneres vorstellen«, rutschte es ihr heraus, und sie errötete.

Gary schien ebenfalls verlegen zu sein. Er schob sich den langen Pony aus dem Gesicht und trat von einem Bein aufs andere.

»Alles klar. Dann … hole ich dich um sechs ab?«

Ruby nickte. Sie konnte es kaum erwarten.

Auch heute kamen die Leute in Scharen. Ruby verkaufte an diesem Wochenende so viel wie in den letzten beiden

Monaten nicht. Natürlich lag es nur an den günstigen Preisen, aber es war einfach so erfüllend, endlich mal wieder Kunden zu bedienen und Geld einzunehmen.

Am späten Sonntagnachmittag kam ein glückliches Pärchen in den Laden. Die beiden waren vielleicht Anfang dreißig und auf ihrer Hochzeitsreise, wie sie ihr erzählten. Sie kamen aus Liverpool und reisten einmal quer durch England. In London, Brighton und Bath waren sie schon gewesen.

»Meine Frau ist ganz angetan von Jane Austen«, erzählte der Mann ihr. »Haben Sie zufällig irgendetwas aus der Zeit der Autorin?«

»Hm ...« Ruby musste überlegen. »Ich habe Haarschmuck aus dem 19. Jahrhundert, Besteck und Silberschmuck.« Die Stücke waren wohl nicht so alt wie Jane Austen, doch immerhin viktorianisch. Sie zeigte ihnen alles. Diese sehr alten Antiquitäten bewahrte sie in einem schweren Schrank mit verschlossenen Panzerglastüren auf, den ihre Mutter irgendwann angeschafft hatte. Nicht dass man in der Valerie Lane wirklich Angst vor Einbrüchen haben musste, aber man wusste ja nie ...

»Die Haarspangen sind wunderschön«, sagte die Frau. »Ich liebe diese Epoche einfach.«

»Ja, ich auch«, erwiderte Ruby. »Oh, warten Sie. Ich habe eine sehr seltene Ausgabe von *Mansfield Park*.« Sie suchte das alte, gut erhaltene Jane-Austen-Werk heraus, und die Frau war gleich angetan. Ruby schlug das Buch auf und zeigte ihr das Erscheinungsdatum. »Von 1889.«

»Wie viel soll es kosten?«

Ruby wusste, dass sie dieser Frau wahrscheinlich jeden

Preis hätte nennen können, denn sie sah das Verlangen, dieses Buch zu besitzen, in ihren Augen. Doch sie blieb wie immer fair.

»Zweihundertzwanzig.«

Die Frau sah ihren Mann an und hielt bettelnd die Hände aneinander.

Der Mann schüttelte den Kopf. »Wie kann ich da Nein sagen?«

Seine Frau umarmte ihn stürmisch, und Ruby lächelte. Sie freute sich nicht nur über den Verkauf, sondern auch, weil sie diese Menschen so glücklich machen konnte.

»Danke, danke, danke«, sagte die Frau. »Aber gib's schon zu: Würdest du ein ähnlich altes Buch von Dickens entdecken, müsstest du es auch haben.« Sie wandte sich an Ruby. »Sie haben nicht zufällig eines?«

Sie schüttelte den Kopf, dann jedoch … »Ich habe aber einen Sekretär von Dickens. Daran soll er einen seiner Romane geschrieben haben.« Sie führte die Leute zu dem alten Tisch aus dunklem Holz und fragte sich im selben Moment, ob ihre Mutter nicht all die Jahre geschwindelt hatte. Konnte dieser Sekretär wirklich Dickens gehört haben? Stünde er dann jetzt nicht in einem Museum? Und wäre er nicht weit mehr wert als die zweitausendfünfhundert Pfund, für die ihre Mutter ihn angeboten hatte?

Der Mann aber machte sofort große Augen und begutachtete den Sekretär. »Und der ist wirklich von Charles Dickens? Haben Sie dafür ein Zertifikat?«

»Leider nicht. Nur das Wort meiner Mutter.«

»Ich weiß nicht … Wie viel soll er denn kosten?«

»Zweitausendfünfhundert.«

Das kam wohl auch dem Mann komisch vor. »Er ist ohne Frage schön. Aber ob er wirklich von Dickens ist …«

»Ganz bestimmt«, sagte sie, kam sich aber selbst vor wie eine Lügnerin.

»Ich weiß nicht«, sagte der Mann wieder, und man konnte ihm ansehen, dass er ihr kein Wort glaubte. Im nächsten Moment entdeckte er einen anderen Schreibtisch, einen, der zwar nicht so wertvoll war, der ihm aber unglaublich gut zu gefallen schien. »Der hier, von wann stammt der?«

»Aus den Zwanzigerjahren.« Das war wenigstens etwas, das sie mit Bestimmtheit wusste.

»Er ist wirklich großartig!«, sagte der Kunde, ging in die Hocke und betrachtete das Teil von allen Seiten. »Eigentlich wollte ich nicht so eine große Anschaffung machen … Würden Sie ihn denn nach Liverpool liefern lassen?«

»Ja, natürlich«, versicherte Ruby. Dafür wandte sie sich stets an ein sehr zuverlässiges Speditionsunternehmen.

»Was wollen Sie dafür haben?«

Ruby überlegte. Eigentlich bot sie ihn für achthundert Pfund an, allerdings wollte sie ihn unbedingt loswerden …

»Siebenhundertfünfzig Pfund«, sagte sie also.

»Ich gebe Ihnen sechshundert«, sagte der Mann.

Sechshundert Pfund! Das war eine Menge Geld. Es würde bedeuten, dass sie – wenigstens für eine Weile – keine Geldsorgen mehr hätte.

»Wissen Sie was? Sagen wir siebenhundert inklusive der Versandgebühren«, bot sie an.

»Abgemacht!« Der Mann hielt ihr die Hand hin, und sie schlug ein.

Sie nickte mehr als zufrieden. Dann ging sie hinüber

zum Ladentisch, um das Buch einzupacken, die Rechnung zu schreiben, sich die Adresse der beiden zu notieren und zu kassieren.

Das junge Paar verabschiedete sich, die Frau nahm fröhlich ihr Jane-Austen-Buch in der kleinen grünen Papiertüte mit der Aufschrift RUBY'S ANTIQUES entgegen.

Ruby strahlte. Na, das war doch super gelaufen. Neunhundertzwanzig Pfund auf einen Schlag – sie konnte sich nicht daran erinnern, wann sie jemals so viel auf einmal eingenommen hatte. Ihr Blick fiel wieder auf den Dickens-Sekretär. Sie nahm sich fest vor, nach Ladenschluss Fred anzurufen, um ihn zu bitten, ihn sich einmal genauer anzusehen. Fred kannte sie noch von früher, er arbeitete im Ashmolean Museum und hatte schon etliche Stücke aus dem Laden auf ihre Echtheit geprüft. Ihre Mutter hatte ihn stets mit einer Flasche Wein bezahlt. Ob er bei ihr ebenfalls so leicht zu entlohnen sein würde, müsste sie sehen. Seit sie den Laden führte, hatte Ruby seine Hilfe noch nicht in Anspruch genommen.

Tatsächlich verkaufte sie einer älteren Dame kurz vor Ladenschluss sogar noch die hässliche alte Eule. Als sie ihr die Tür aufhielt, schnappte Ruby kurz frische Luft, und ihr Blick fiel auf Tobins Blumenladen gegenüber. Dort spielte sich gerade eine seltsame Szene ab. Orchid und Tobin stritten miteinander. Oder neckten sie sich? Ihre Freundinnen hatten da ja ihre Theorien, und Ruby hatte es natürlich auch schon ein paarmal mitangesehen, allerdings wäre ihr nie eine Liebelei in den Sinn gekommen. Sie fragte sich, was das nur sollte. Warum zankten sich ein erwachsener Mann und eine erwachsene Frau auf diese Weise, es sei denn, sie wären tatsächlich ineinander verliebt? Aber Orchid hatte ihren Patrick, und Tobin hatte seine superhübsche Tandy. Wahrscheinlich hätte Jane Austen ein Buch darüber zu schreiben gewusst, vielleicht hätte es den Titel *Zank und Leidenschaft* getragen, aber Ruby konnte sich einfach keinen Reim darauf machen.

Ihr Blick fiel auf das Schild von Tobins Laden, den er nach seiner Grandma Emily's Flowers genannt hatte. Wie schön er zu den anderen passte. Die türkisfarbene Fassade fügte sich perfekt in die Reihe der Läden ein. Orchids Geschäft links daneben war in einem warmen Gelb gestrichen, Susans Wollladen auf der rechten Seite strahlte weiß. Laurie's Tea Corner auf Rubys Seite der Straße war blau und Keira hatte ihrer Chocolaterie erst vor Kurzem einen pinkfarbenen Anstrich verpasst. Kurz fragte Ruby sich, ob sie ihren Laden vielleicht auch neu streichen sollte, doch diesen Gedanken verwarf sie schnell wieder. Schon Valerie hatte damals eine dunkelgrüne Fassade gehabt, und auch wenn sie sich auf Neues einlassen wollte, so viel Veränderung war dann doch nicht nötig.

»Idiot!«, hörte sie Orchid rufen und sah sie dann wütend in ihren Geschenkartikelladen stapfen.

Tobin sah ihr nach und hatte ein Funkeln in den Augen, das wahrscheinlich auch nur eine Liebesexpertin wie Jane Austen richtig würde deuten können.

Kurze Zeit später kamen Mrs. Witherspoon und ihr Humphrey in den Laden. Ruby begrüßte beide herzlich, sie freute sich immer, wenn ihre liebe ältere Freundin vorbeischaute, was sie häufig tat, auch wenn sie nie etwas kaufte.

Rubys Preise entsprachen einfach nicht ihrem Budget, aber sie mochte Altes genauso gern wie sie selbst und war stolz auf ihre umfangreiche Sammlung antiker Löffel.

»Welch eine schöne Überraschung, dass Sie mir einen Besuch abstatten.«

Das schüttere weiße Haar der alten Dame war wieder einmal total zerzaust, wahrscheinlich bewirkte das der kleinste Windzug. Humphrey schien sich allerdings nicht daran zu stören. Er trug eine alte Pilotenmütze, er war nämlich früher ein solcher gewesen und vermisste es anscheinend.

»Wir haben bei Laurie Tee getrunken. Dazu hat sie einen vorzüglichen Blaubeerkäsekuchen gereicht.«

»Freut mich, dass Sie einen schönen Nachmittag hatten. Humphrey, wollen Sie heute noch irgendwohin fliegen?«

Ruby grinste ihn an. Normalerweise war sie nicht so locker und lustig, das überließ sie lieber Laurie oder Orchid, doch sie war einfach guter Laune.

»Ja, nach Kuba. Und ich nehme meine Verlobte mit.« Der alte Mann lachte.

»Bringen Sie mir ein paar Zigarren mit.« Sie erinnerte sich an eine Zeit, als ihr Vater eine gute Zigarre geschätzt hatte.

»Werde ich machen.« Humphrey zwinkerte ihr spitzbübisch zu.

»Wie ich sehe, hast du einen Ausverkauf«, sagte Mrs. Witherspoon, und schon betrachtete sie interessiert die Löffel.

»Ja. Ich muss mich einfach von ein paar Dingen trennen. Ich habe nämlich vor, bald ein ganz neues Sortiment anzubieten.«

»Ach ja? Was denn für eins?«

Ruby lachte nervös. »Das weiß ich selbst noch nicht so genau. Aber ich habe das Gefühl, es ist Zeit für eine Veränderung.«

»Ja. Manchmal ist es das«, entgegnete die alte Dame und strich ihrem Humphrey liebevoll über die Wange.

Ruby hatte einen Kloß im Hals. Die beiden waren so unglaublich süß miteinander.

»Übrigens ist Ihre Hochzeitseinladung bei mir angekommen. Sie war zwischen einen von Orchids Katalogen geraten. Ich freue mich wirklich, dass Sie mich bedacht haben, und sage gerne zu.«

»Na, da freuen wir uns aber. Es wird allerdings nur eine ganz kleine Feier mit den lieben Leuten aus der Valerie Lane und Humphreys Tochter mit ihrer Familie. Wusstest du schon, dass Humphrey vier Enkelkinder hat?«

»Nein, das wusste ich noch nicht. Das ist ja schön.« Ruby wusste aber, was das der alten Dame, die einmal Hebamme gewesen war, bedeuten musste. Sie hatte leider wie die gute Valerie nie das Glück gehabt, eigene Kinder zu bekommen. »Ich freue mich darauf, sie kennenzulernen.«

Mrs. Witherspoon lächelte und hielt nun einen Löffel in den Händen, von dem sie sich anscheinend einfach nicht trennen konnte. Humphrey fragte, ob sie nun weiterwollten.

»Ja, sofort«, gab die alte Dame zurück, legte den Löffel mit dem Stiel in Form einer Rose aber immer noch nicht wieder weg. »Sag, Ruby, ist der hier auch im Angebot?«

Das war er nicht. Es war einer ihrer wertvolleren Löffel, die sie ganz sicher nicht in die Kiste werfen und für fünf

Pfund anbieten würde. Doch Mrs. Witherspoons Augen strahlten so ...

»Ja, natürlich. Ich habe noch nicht alle Löffel sortiert, diesen hier kann ich Ihnen jedoch auch für fünf Pfund überlassen«, sagte sie deshalb.

Wenn es überhaupt möglich war, strahlten Mrs. Witherspoons Augen nun noch mehr. »Wirklich?«

»Und den bezahle ich«, sagte Humphrey, ganz gentlemanlike.

»Ooooh.« Die alte Dame legte ihre Hände aneinander, wie sie es immer tat, wenn sie aufgeregt war.

Ruby wickelte den Löffel in Papier, steckte ihn in eine Tüte und nahm die fünf Pfund. Was soll's?, dachte sie. Immerhin hatte sie an diesem Tag schon Jane Austens Buch und einen Schreibtisch verkauft. Was waren da schon ein paar Pfund mehr oder weniger?

Sie winkte den beiden von der Tür aus nach und sah Thomas auf die Chocolaterie zugehen. Der sympathische Lehrer war ein richtiger Schatz, er hatte schon an einigen Mittwochabenden teilgenommen, sogar Schach mit Rubys Dad gespielt, und zu Keira könnte er gar nicht aufmerksamer sein.

»Hallo, Ruby. Wie läuft das Geschäft?«, rief er ihr zu.

»Sehr gut an diesem Wochenende, danke.«

»Das freut mich. Ich habe heute ein Doppeldate. Keira und ich gehen mit Laurie und Barry aus. Drück mir nur die Daumen, dass die Damen im Kino nicht die schnulzigste aller Schnulzen auswählen.« Er zwinkerte ihr zu.

Oh, von dem Doppeldate hatte Laurie ihr gar nichts erzählt. Keira auch nicht. Wollten sie sie mit solchen Liebesdingen verschonen, weil sie sie nicht unnötig verletzen wollten? Es machte ihr doch gar nichts aus. Nein, wirklich nicht. Sie freute sich doch für ihre Freundinnen …

Aber warum tat ihr Herz dann plötzlich so weh?

Die letzten Jahre war sie so damit beschäftigt gewesen, sich um ihren Vater zu kümmern und den Laden am Laufen zu halten, dass sie gar nicht viel über die Liebe nachgedacht hatte. Doch jetzt … jetzt wäre sie auch gern auf ein Doppeldate mit einer ihrer Freundinnen gegangen. Und sie wusste ganz genau, wen sie dabei an ihrer Seite haben wollte.

Doch ob er genauso fühlte wie sie, wusste Ruby nicht. Und die Wahrscheinlichkeit, dass ihr Vater in so ein Doppeldate platzen würde, sei es auch nur mit einem Anruf, weil er Nachschub an Bohnen brauchte, war groß. Sie erinnerte sich an einen Abend kurz vor dem Valentinstag zurück, an dem sie mit ihren Freundinnen in Keiras Chocolaterie Kekse gebacken hatte. Beziehungsweise hatte backen wollen. Denn es hatte plötzlich jemand nach ihr gerufen, ihr Name war durch die ganze Nachbarschaft gehallt. Als sie nach draußen gelaufen war, hatte sie ihren Vater vorgefunden, der nach ihr suchte. Seine sauren Gurken, die er in der Woche tagtäglich gegessen hatte, waren ihm ausgegangen, und er hatte beinahe geweint vor Verzweiflung. Sie hatte ihn nach Hause bringen müssen, so aufgelöst war er gewesen. Dass er nur seine dünne Sommerjacke und zwei verschiedene Schuhe getragen hatte, war nebensächlich.

Wenn Hugh Riley sogar ein einfaches Keksebacken ruinieren konnte, wie peinlich würde es dann erst bei einem Date werden?

Nein, sie war nicht zu mehr bestimmt. Nicht, solange sie noch mit ihrem Vater zusammenwohnte. Nicht, solange diese Verantwortung auf ihr lastete.

Plötzlich fühlte sie sich gar nicht mehr so beschwingt wie noch ein paar Minuten zuvor.

»Ich wünsche euch viel Spaß! Grüß Keira bitte von mir«, rief sie Thomas zu und ging in ihren Laden zurück. Sie brauchte dringend ein Stück Schokolade und war froh, als sie in ihrer Handtasche einen Riegel fand. Wie alt der war, wusste sie nicht, aber das war ihr gerade auch herzlich egal.

KAPITEL 9

Eine neue Woche begann und damit ein neues Essen. Dieses Mal waren es Bananen. Das erfuhr Ruby schon früh an diesem Montagmorgen. Als nämlich ihr Vater um halb sechs wie wild an ihre Tür klopfte.

»Ja, Dad?«, fragte sie verschlafen, als sie ihm öffnete.

»Ich will Bananen«, verkündete er.

»Okay, okay. Ich werde noch vor der Arbeit in den Supermarkt gehen und dir welche besorgen. Darf ich erst mal richtig wach werden?«

»Klar.« Er sah sie liebevoll an. »Ohne Schminke im Gesicht schaust du so jung aus. Für einen Moment hab ich geglaubt, ich hätte wieder mein zwölfjähriges Mädchen vor mir.«

Ruby wurde warm ums Herz. Manchmal war ihr Vater fast der Alte. Sie fiel ihm um den Hals und drückte ihn. »Danke, Daddy.«

»Wofür denn?«

Dafür, dass du mich doch noch hoffen lässt.

»Einfach nur so. Ich geh mich schnell fertig machen, dann husche ich rüber zum Supermarkt.« Gut, dass es einen in der Nähe gab, der schon um sechs Uhr morgens öffnete.

Keine halbe Stunde später stand sie bei Tesco an der Kasse und träumte vor sich hin. Natürlich gab es nur eine

Person, die ihr in den Sinn kam, was ja auch kein Wunder war, schließlich hatte diese sie am Abend zuvor einfach versetzt. Um Viertel nach sechs war Gary noch immer nicht im Laden gewesen, weshalb sie abgeschlossen und sich auf die Suche nach ihm gemacht hatte. Sie war zu seiner Ecke gegangen, hatte Susan, die gerade Terry Gassi führte, gefragt, ob sie ihn gesehen habe, und war ein Stück weit die Cornmarket Street entlanggelaufen. Dann war sie zurück zum Laden geschlendert, hatte sich neben Charles Dickens gesetzt und gewartet. Doch Gary war nicht aufgetaucht.

Sie musste zugeben, dass es sie enttäuscht hatte. Und sie war verletzt gewesen, mehr als sie es sich eingestehen mochte. Sie hatte extra ihren Vater angerufen, um ihm zu sagen, dass sie etwas später kommen würde. Um Viertel nach sieben hatte sie schließlich aufgegeben und sich auf den Weg nach Hause gemacht, um zum letzten Mal Bohnen zuzubereiten.

»Das sind aber eine Menge Bananen«, hörte sie von irgendwoher und rüttelte sich wach. Sie sah, dass die Kassiererin sie angrinste.

Oh, die ist ja gut drauf so früh am Morgen, dachte Ruby.

»Ja. Mein Dad hat Bananenwoche«, erklärte sie.

Die Frau lächelte ihr wissend zu, und Ruby ging, zwei Stoffbeutel voller Bananen um die Schultern gehängt, zurück nach Hause.

Nachdem ihr Vater versorgt war, nahm sie den Bus in die City. In der Valerie Lane erwarteten sie schon Orchid, Laurie und Susan, die vor Orchids Schaufenster standen und zu diskutieren schienen.

»Guten Morgen, ihr Lieben«, sagte Ruby.

»Hallo, Kleines. Alles gut bei dir?«, fragte Laurie.

»Alles bestens.«

»Hast du Gary gestern Abend noch gefunden?«, wollte Susan wissen.

Das ließ Orchid aufhorchen. Mit einem riesengroßen Lächeln im Gesicht drehte sie sich zu Ruby um. »Gary, ja?«

»Lass es, Orchid«, bat Ruby, die sich nur zu gut daran erinnerte, wie die begeisterte Kupplerin damals Laurie und Barry auf die Sprünge geholfen hatte. Bei den beiden mochte es funktioniert haben, Ruby wollte aber keine Hilfe. Sie war nicht der Typ dafür.

»Schon gut, schon gut. Ich sag ja gar nichts.«

Laurie lachte. »Was ist nur los mit dir, Orchid, dass du plötzlich alle verkuppeln willst?«

»Ich bin halt gut darin. Falls du dich erinnerst.«

»Ich erinnere mich daran, dass du mich so nervös ge-macht hast, dass ich mir deswegen das Bein aufgeratscht habe und zwei Wochen lang mit einem Riesenpflaster he-rumlaufen musste.«

»Als ob das meine Schuld gewesen wäre …«

»Hast recht. Es war nur meine schreckliche Unsicher-heit Barry gegenüber. Aber die hab ich ja zum Glück über-wunden.«

»Ich sehe das so«, sagte Orchid. »Wenn du dir nicht das Bein aufgeschrammt hättest, hätte Barry es nicht verarztet, wäret ihr euch nicht nähergekommen, hättet ihr euch nicht verabredet, wäret ihr jetzt nicht das hinreißendste Pärchen, das ich mir nur vorstellen kann.«

»Oh, du bist ja süß.« Laurie lächelte verzückt.

»Was macht ihr hier eigentlich?«, erkundigte sich Ruby, die keine Lust mehr hatte, über die wahre Liebe zu sprechen. Oder Gespräche über die wahre Liebe mit anzuhören. Denn beitragen konnte sie dazu eh nichts.

»Wir überlegen, was wir Mrs. Witherspoon zur Hochzeit schenken könnten. Die ist immerhin schon übernächste Woche.«

Ah. Schon wieder das Thema wahre Liebe.

»Ich habe schon was für sie«, ließ Ruby die anderen schnell wissen.

Sie hatte doch den hübschen Löffel vom Flohmarkt. Wenn die anderen aber wieder so eine Riesensache daraus machten wie beim letzten Mal, als sie alle eine Spendenaktion gestartet hatten, um Mrs. Witherspoon einen neuen Kühlschrank zu kaufen, nachdem ihrer den Geist aufgegeben hatte, wäre Ruby erledigt. Sie ahnte schon, dass ihre Freundinnen irgendeine ganz tolle Überraschung im Sinn hatten, und das bedeutete, dass sie Geld dazugeben musste, das sie nicht hatte. Nun, im Moment war sie dank der vielen Verkäufe in den letzten Tagen zwar wieder etwas flüssig, doch sie hatte sich eigentlich vorgenommen, wichtige Rechnungen mit dem Geld zu bezahlen und den Rest beiseitezulegen, die Dose wieder aufzufüllen. Denn wenn erst mal der »Trödel« verkauft war, würde sie sicher wieder vor demselben Problem stehen, dass sich nämlich kaum Kunden in ihren Laden verirrten.

»Wir brauchen aber etwas ganz Besonderes für die beiden«, entgegnete Susan.

»Findet ihr nicht, dass die zwei sich gefunden haben, und das noch in dem Alter, ist schon besonders genug? Sie wollen doch nur ganz klein feiern, unter sich. Wir sollten vielleicht auch nur Kleinigkeiten schenken. Die von Herzen kommen, natürlich«, warf Ruby ein. Die anderen sahen sie an, als hätte sie den Verstand verloren. Oder als hätte sie gerade vorgeschlagen, dass sie alle in Jogginganzügen zur Hochzeit gehen sollten. »Ich dachte ja nur …« Sie seufzte innerlich. »Wenn ihr findet, wir sollten was Großes machen, dann bin ich natürlich dabei«, endete sie schließlich.

»Wir *müssen* was Großes machen. Unbedingt!«, sagte Orchid.

»Der Meinung bin ich auch«, bestätigte Laurie.

Auch Susan stimmte zu: »Die beiden sollen den schönsten Tag ihres Lebens haben. Und dazu gehört nun mal eine ganz, ganz tolle Überraschung.«

»Und woran habt ihr gedacht?«, fragte Ruby.

»Das ist es ja«, sagte Laurie. »Wir wissen es noch nicht und müssen uns schnell etwas einfallen lassen.«

Sie alle standen da und grübelten. Dann stieß auch noch Keira zu ihnen. Sie legte zwei Finger ans Kinn, um mitzugrübeln, nachdem Laurie sie darüber aufgeklärt hatte, was sie da taten.

»Ich hab's!«, sagte Orchid. »Mrs. Witherspoon hat doch mal erwähnt, dass sie gern noch einmal in ihrem Leben nach Cornwall fahren würde, ihre Heimat, in der es diese eklige Stargazy Pie gibt.« Sie alle konnten sich gut an die Pastete mit den herausguckenden Fischköpfen erinnern, die sie Mrs. Witherspoon zuliebe gegessen hatten.

»Eine tolle Idee eigentlich«, fand Susan. »Aber so eine Reise ist nicht billig. Und ob die Gute sie überhaupt problemlos überstehen würde, ist ebenfalls die Frage.«

»Hast du eine bessere Idee?«

»Hm … Wir könnten den beiden Gutscheine schenken. Fürs Theater und ein romantisches Candle-Light-Dinner.«

»Sehr schön!«, rief Keira. »Die Idee gefällt mir.«

Ruby überschlug im Kopf, wie viel sie das Ganze kosten würde. Wenn sie Tobin dazu bringen könnten, dabei zu sein, müssten sie circa zweihundert Pfund durch sechs teilen. Das machte gut dreißig für jeden. Hm, das konnte sie wohl gerade noch aufbringen, immerhin lief es zurzeit nicht schlecht mit den Antiquitäten … Pardon, mit dem Trödel.

»Und dazu eine Riesenschachtel leckere Pralinen«, fand Keira.

Fünfunddreißig …

»Und Blumen natürlich«, war Susan der Meinung. »Tobin macht uns sicher einen guten Preis.«

Vierzig mindestens …

»Und eine Karte! Ich habe gerade ganz bezaubernde Glückwunschkarten reinbekommen«, kam dann noch von Orchid.

Einundvierzig?

»*Hi*, ihr Hübschen. Was plant ihr?«

Plötzlich war Tobin aufgetaucht, ohne dass eine von ihnen es mitbekommen hatte.

»Mrs. Witherspoons Hochzeit. Hast du auch eine Einladung erhalten?«, wollte Keira wissen.

Keira und Tobin waren, seit er in die Valerie Lane Einzug gehalten hatte, so etwas wie beste Freunde geworden.

»Oh ja. Und ich bin ganz gerührt, da ich die Dame ja erst seit wenigen Monaten kenne. Sie ist ein wahrer Schatz, oder?«

Sie alle – außer Orchid – stimmten nickend und lächelnd zu, und Ruby musste schmunzeln. Wie er und Orchid in letzter Zeit Katz und Maus spielten – da waren ganz eindeutig Schwingungen in der Luft. Patrick tat ihr schon ein bisschen leid, der Arme. Ob er wohl etwas von seinem Unglück ahnte?

Und als sie gerade an Katzen und Mäuse dachte …

»Und? Bringst du deine Tandy mit?«, fragte Orchid. So desinteressiert sie es auch versuchte, klingen zu lassen, hörte man einen Tick Eifersucht heraus.

»Klar, wen sonst? Und du? Kommst du mit Patrick?«, fragte er im selben Tonfall.

»Natürlich. Ich würde solch einen romantischen Anlass mit keinem anderen als mit Patrick verbringen wollen.«

Sie funkelten sich aus glänzenden Augen an, und Ruby fragte sich, ob die beiden, wenn sie allein gewesen wären, wütend aufeinander losgegangen oder lüstern übereinander hergefallen wären.

»Möchtest du dich uns dann anschließen?«, fragte Susan, die immer auf Harmonie bedacht war, schleunigst. »Wegen des Geschenks?«

»Klar. Was schenken wir Mrs. Witherspoon und ihrem Humphrey?«

Susan klärte ihn auf, während Orchid in ihr Geschäft verschwand. Ruby fragte sich, wie lange das wohl noch so weitergehen mochte, und ob Orchid sich irgendwann wohl eingestehen würde, dass sie etwas für Tobin empfand. Ihr kam wieder Gary in den Sinn, der an diesem Morgen nicht an seiner Ecke saß.

Was wohl mit ihm los war? Langsam begann sie, sich Sorgen um ihn zu machen.

»Hat einer von euch Gary gesehen?«, fragte sie in die Runde.

»Gestern Abend. Wir waren zusammen ein Bier trinken«, erzählte Tobin.

Oh. Aha. Ein Bier. Na, gut zu wissen, dass es ihm gut ging. Und dass er lieber ein Bier mit dem Blumenverkäufer trank, anstatt die Verabredung mit ihr einzuhalten.

Der Kloß in ihrem Hals ließ sie die Runde verlassen und in ihren Laden eilen. Sie betrachtete sich in einem der vielen Spiegel und fragte sich, was sie denn nur falsch gemacht hatte.

Dann klopfte es plötzlich an der Tür. Tobin stand draußen und bedeutete ihr aufzumachen.

Ruby atmete tief durch. »Tobin, womit kann ich dir helfen?«

»Ich wollte dich nur kurz etwas wissen lassen …« Erwartungsvoll sah sie ihn an. »Na ja, ich dachte, es interessiert dich vielleicht, dass ich gestern Abend beinahe das Gefühl gehabt habe, dass du auch mit dabei wärst, so viel hat Gary von dir erzählt.«

Ihr Herz pochte wie verrückt. Sie wusste gar nicht, was sie darauf antworten sollte. »Danke«, sagte sie also schlicht und sah Tobin nach, der lächelnd zu seinem Laden rüberging.

Himmel! Konnte das wahr sein? Gary hatte sie erwähnt? Sogar »viel von ihr erzählt«? Sofort war ihre Enttäuschung darüber, dass er sie versetzt hatte, wie weggeblasen. Gary hatte mit Tobin über sie gesprochen, das war … das war … einfach nur wundervoll!

KAPITEL 10

»Hallo, ihr Lieben! Ich bringe euch Schokokekse!«, ver-kündete Keira, als sie am Mittwochabend Laurie's Tea Corner betrat. Sie saßen schon seit ein paar Minuten bei-sammen, sogar Mrs. Witherspoon hatte sich wieder einmal zu ihnen gesellt. Nur Orchid fehlte noch. Susan berichtete gerade von Terry, der ihre Lieblingsschuhe anscheinend so köstlich fand, dass er sie völlig zernagt hatte. »Welche denn?«, wollte Keira wissen und stellte die Dose mit dem leckeren Backwerk auf den Tisch.

»Meine dunkelroten Sandalen.«

»Herrje«, machte Laurie und pustete Luft aus. »Die hast du schon getragen, als wir uns vor sieben Jahren kennen-gelernt haben.« Das war, als Laurie ihren Teeladen bezogen hatte.

»Na und? Ich mochte sie halt sehr.«

Laurie sah sie eindringlich an. »Ich glaube, wir sollten dringend mal zusammen Schuhe shoppen gehen.«

»Ich bin dabei. Vielleicht finden wir ja ein ähnliches Paar«, erwiderte Susan ganz motiviert.

»Oder du findest mal was ganz Neues. Etwas Attrakti-veres.«

»Da hab ich gar keinen Bedarf, danke. Du weißt genau, dass ich nicht auf der Suche nach einem Mann bin.«

»Du sollst ja auch gar keinem Mann gefallen, sondern dir selbst.«

»Wie schon gesagt: Ich mochte die roten Sandalen. Und ich mochte mich darin.«

Nun schüttelte Keira den Kopf. »Laurie hat recht. Die gingen gar nicht. Wir suchen dir was hübsches Neues aus, ja?«

»Von mir aus ...«

Sehr überzeugt hörte Susan sich nicht an, fand Ruby. Sie wollte wohl einfach nachgeben, weil sie wusste, dass ihre Freundinnen nicht eher Ruhe geben würden.

»Und was soll das eigentlich heißen, du seist nicht auf der Suche nach einem Mann?«, wollte Keira wissen. »Ich weiß, du bist gern allein, oder bildest es dir zumindest ein, aber das ist doch kein Dauerzustand. Jeder sehnt sich nach der großen Liebe.«

»Ich nicht«, stellte Susan klar.

»Oh, wie schade«, sagte Mrs. Witherspoon, die dem Gespräch bisher nur still gelauscht hatte.

Keira beachtete Susans Einwand gar nicht. »Siehst du nicht, wie glücklich ich bin, seit ich Thomas begegnet bin? Ich kann mir ein Leben ohne ihn überhaupt nicht mehr vorstellen.«

Keiras Augen nahmen einen schwärmerischen Ausdruck an, wie sie es immer taten seit dem Tag im März, an dem sie und Thomas endlich zusammengefunden hatten.

»Das mag auf dich zutreffen, auf Laurie und auf Mrs. Witherspoon. Auch auf Orchid – okay, bei der bin ich mir nicht mehr so sicher. Aber ich habe einfach kein Interesse an einer Partnerschaft.«

»Partnerschaft, pfff!«, machte Laurie. »Das hört sich so steril an. Du sollst den Richtigen finden, deinen Märchenprinzen. Oder wenigstens offen dafür sein, dass er dir jederzeit über den Weg laufen könnte und…«

Ruby sah Susan an, wie unangenehm ihr dieses Gespräch war. Was genau ihr in der Vergangenheit passiert war, hatte sie ihnen nie anvertraut, aber es konnte nicht schön gewesen sein, es hatte einen bitteren Nachgeschmack hinterlassen. Und sie ständig zu etwas bewegen zu wollen, das sie nicht wollte, würde ihr auch nicht helfen. Sie wollte oder konnte es einfach nicht hinter sich lassen, und das mussten sie akzeptieren. Deshalb unterbrach Ruby Laurie jetzt.

»Apropos Orchid. Euch ist also auch aufgefallen, dass da irgendetwas vor sich geht?«

Susan, erleichtert, das Thema wechseln zu können, atmete kaum hörbar auf und nickte überschwänglich. »Jaaa! Dir auch?«

Ruby nickte ebenfalls. Mrs. Witherspoon machte große Augen.

Sie alle waren gute Freundinnen, die nicht über die anderen lästerten, besonders in deren Abwesenheit. Das hier war allerdings ein ganz besonderer Fall.

»Bahnt sich da was zwischen ihr und Tobin an? Ich weiß, wir necken sie andauernd damit, aber es könnte wirklich was dran sein, oder?«, fragte nun auch Laurie.

»Ich dachte schon, ich hätte Halluzinationen«, meldete Keira sich zu Wort.

»Dann sehen wir es also alle«, schloss Laurie. »Und nun?«

»Das müssen die beiden unter sich ausmachen.« Susan blickte zur Tür, von Orchid war jedoch noch immer nichts zu sehen.

»Und Patrick?«

Keira nahm sich einen Keks und knabberte aufgeregt daran herum. Keine von ihnen hatte eine besonders gute Verbindung zu Patrick. Er schaute zwar ab und zu in der Valerie Lane vorbei, zum Beispiel um Orchid nach Ladenschluss abzuholen, an einem Mittwochabendtreffen hatte er aber höchstens zwei- oder dreimal teilgenommen. Obwohl er gut aussah und sympathisch war, hatte er die Herzen der anderen Ladeninhaberinnen nie erobern können, vielleicht lag es daran, dass er nie etwas von sich preisgab und immer ein wenig unnahbar erschien. Ganz anders als Tobin, der offen und herzlich war.

»Das können wir auch nur Orchid überlassen«, fand Susan.

»Das solltet ihr«, stimmte Mrs. Witherspoon zu. Sie war an diesem Abend ein wenig ruhiger als sonst, wahrscheinlich war sie erschöpft von den Hochzeitsvorbereitungen.

»Wieso ist Orchid heute eigentlich so spät dran?«, fragte Laurie. »Ob sie sich heimlich mit Tobin trifft?«

Ruby schüttelte schmunzelnd den Kopf. Ihre Freundinnen waren einfach unglaublich, machten aus einer Mücke gleich einen Elefanten. Na ja, ein ganz schön großer Moskito war da schon am Werk, aber ein riesiger Dickhäuter noch lange nicht. Das würde erst der Fall sein, wenn Orchid und Tobin tatsächlich etwas miteinander anfingen – womöglich sogar hinter Patricks Rücken.

Sie musste lachen. Nun fing sie auch schon mit diesen

Fantasien an. Bisher war doch außer ein paar sehr mysteriösen Blicken und Worten überhaupt noch nichts passiert.

»Warum lachst du?«, wollte Keira wissen.

»Ach, nur weil mir wieder eingefallen ist, womit Orchid
gerade beschäftigt ist. Sie …«

Sie brauchte ihren Satz gar nicht zu Ende zu führen, da
Orchid in diesem Moment durch die Tür kam, und zwar
mit einem Maxi-Cosi, in dem ein zuckersüßes Baby vor sich
hin schlummerte, wie sie sogleich feststellen durften.

»Du meine Güte! Ist die süß!«, schwärmte Keira, die es
kaum erwarten konnte, selbst Babys in die Welt zu setzen.

»Ganz entzückend«, kam es von Mrs. Witherspoon.

»Oh mein Gott, ist das etwa die kleine Emily?« Laurie
stand auf und begutachtete das schlafende Etwas.

Orchid verzog das Gesicht. »Ja, das ist meine Nichte, die
Phoebe unbedingt nach Tobins Grandma benennen musste.
Seit sie das neue Schild über dem Blumenladen entdeckt
hat, ist sie ganz hin und weg von dem Namen. Sie hat alle
Namensideen wie Elizabeth und Martha über Bord ge-
worfen.«

Elizabeth, so würde Ruby ihre Tochter nennen, wenn sie
je eine bekäme. So wie in Jane Austens *Stolz und Vorurteil*.

»Martha? So hieß meine Urgroßmutter.« Susan schüttelte sich. »Da bin ich aber froh, dass sie ihr Baby nach Tobins
Grandma benannt hat. Wie geht es der alten Dame eigentlich? Ich hab sie seit der Eröffnung erst einmal gesehen.«

»Oh, sie ruft jeden Tag an und erkundigt sich, wie das
Geschäft läuft. Schließlich ist sie Mitinhaberin«, berichtete
Laurie. Als alle sie fragend ansahen, fügte sie hinzu: »Hat
Barbara mir erzählt.«

»Na, du bist ja bestens informiert.« Keira lachte.

»Das muss ich doch. Um euch auf dem Laufenden halten zu können.«

Sie alle stimmten fröhlich ein, und Orchid versuchte, sie mit einem »Schhhhh!« zum Schweigen zu bringen. »Bitte, nicht so laut. Ich hab ewig gebraucht, um Emily zum Einschlafen zu bringen. Mann, können so winzige Babys laut schreien. Unglaublich. Vielleicht überleg ich mir noch mal, ob ich wirklich welche haben will.«

»Wie steht denn Patrick dazu?«, erkundigte Susan sich, und Ruby durchschaute sie sofort. Eigentlich wollte sie etwas ganz anderes herausbekommen.

»Der wünscht sich welche. Sagt er. Er hätte gern eine eigene Familie. Ihr wisst doch, dass er ohne Eltern aufgewachsen ist und auch keine Geschwister hatte.«

»Stimmt. In Virginia, richtig?«, fragte Ruby noch einmal nach, denn sie hatte einfach das Gefühl, etwas sagen zu müssen.

Eigentlich war ihr nicht nach Reden zumute, aber sie wollte auch nicht desinteressiert wirken, obwohl sie immer noch das im Kopf hatte, was Tobin ihr über Gary erzählt hatte, und sie ihn wirklich gern aufgesucht hätte, um ihn zu fragen, ob alles in Ordnung war.

Gary.

Gary.

Gary.

»Ruby?«, fragte Orchid. »Erde an Ruby! Hörst du mich? Patrick kommt aus West Virginia.«

»Ach. Aha.«

Orchid lachte. »Wo bist du denn mit deinen Gedanken?«

»Soll ich ehrlich sein? Bei Gary«, sagte sie schüchtern und errötete prompt.

»Ooooh«, sagte Orchid.

»Nicht, was du wieder denkst. Ich mache mir wirklich Sorgen. Ist euch nicht aufgefallen, dass er schon seit drei Tagen nicht an seiner Ecke sitzt?«

Sie wusste zwar, dass Gary manchmal auch in einer Obdachlosenunterkunft schlief, dort gefiel es ihm jedoch nicht wirklich. Zweimal war ihm schon etwas gestohlen worden, er ging dort nur noch zum Duschen und bei ganz schlechtem Wetter hin. Viel lieber saß er an seiner gewohnten Ecke in der Valerie Lane oder verbrachte die Nacht hinten bei ihr im Laden. Zumindest hatte er das bis vor Kurzem noch getan ...

Susan richtete sich auf. »Ich hab ihn an der Ecke Cornmarket und High Street gesehen, heute Morgen erst.«

»Ich habe ihn auch dort gesehen«, verkündete Mrs. Witherspoon. »Auf dem Weg hierher.«

Rubys Herz schlug schneller. »Was meint ihr mit gesehen? Hat er da etwa sein Lager aufgeschlagen?«

Susan warf ihr diesen gewissen Blick zu. »Er saß dort, Ruby. Er hat sich eine neue Ecke gesucht, das ist doch nicht verboten.«

Ruby wusste, dass sie ihre Worte mit Bedacht gewählt hatte. Sie wollte mehr über ihre Gefühle erfahren.

»Natürlich ist das nicht verboten. Ich wundere mich nur. Ich ... ich ...«

»Vielleicht wurde es ihm einfach langweilig hier bei uns. Jeden Tag die gleichen Leute ...«, versuchte Keira es zu erklären.

»Sei nicht traurig«, sagte Mrs. Witherspoon. »Er wird seine Gründe haben. Und er wird wieder zurückkommen, ganz sicher.«

Sie nickte und hoffte es sehr. Trotzdem war sie zu Tode betrübt. Gary war weg. Und auch wenn er nur ein paar Blocks weitergewandert war, schien diese Geste doch so viel mehr zu bedeuten.

Emily machte im Schlaf ein niedliches Geräusch, und sie alle waren hin und weg.

»Wenn die Kleine aufwacht, will ich sie aber mal halten«, forderte Keira. »Sie ist zum Anbeißen. Seht euch nur ihre Haut an, wie Mokkaschokolade.«

Orchid lachte. »War ja klar, dass du einen Vergleich mit Schokolade machst.«

»Ich mache immer Vergleiche mit Schokolade«, sagte die Liebhaberin der süßen Sünde selbstbewusst.

»Ja? Womit vergleichst du mich denn so?«

»Du bist ein Vanilletrüffel. Zuckersüß, aber mit einer Prise Chili, weswegen du jeden Moment explodieren kannst.« Sie grinste.

Orchid tat beleidigt. »Und du frag noch mal, ob du Emily halten darfst.«

»Das ist doch nichts Schlechtes. Du hast halt Temperament. Ich stimme Keira zu hundert Prozent zu«, sagte Susan.

»Ach ja? Na, wenn ihr meint. Und was für eine Sorte ist Susan in deinen Augen?«, wandte sie sich wieder an Keira.

»Susan ist eine Zartbitterpraline mit einer dicken Nuss in der Mitte. Sie ist schlicht, bitter und süß zugleich und ziemlich hart zu knacken.«

»Willst du dir heute Abend all deine Freundinnen ver-graulen?« Nun war Susan an der Reihe, beleidigt zu sein.

»Seid mir nicht böse. So empfinde ich nun mal. Ich selbst bin doch auch eine Praline, eine viel zu dicke, viel zu süße.«

»Ach, nun hör schon auf! Du bist nicht dick«, sagte Laurie. Und Ruby stimmte ihr zu. Keira war vielleicht ein wenig kurviger als sie und die anderen drei Mädels, aber es stand ihr und betonte ihre Weiblichkeit.

»Doch, bin ich. Es macht mir allerdings nichts mehr aus und Thomas auch nicht.« Ihre Wangen nahmen wieder diese gesunde Röte an.

»Ihr anderen solltet euch lieber nicht danach erkundi-gen, als was Keira euch sieht«, warf Orchid eine Warnung in die Runde.

»Ich weiß längst, was ich bin«, teilte Laurie mit. »Keira sagt, ich bin eine dieser Matcha-weiße-Schokolade-Prali-nen, die Keira und ich mal zusammen gemacht haben. Au-ßergewöhnlich und besonders in Farbe und Geschmack.« Die Pralinen waren durch das Grünteepulver und die Pistazien grün.

Ja, das konnte man bei Lauries leidenschaftlichem Wesen und den auffälligen kirschroten Haaren wirklich sagen.

»Verrätst du mir auch, als was du mich siehst?«, wollte Mrs. Witherspoon wissen.

»Oh, Sie, meine Liebe, sind einer dieser warmen Muf-fins mit flüssiger Schokoladenfüllung. Sie schenken einem ein wohliges Gefühl und Geborgenheit.«

Mrs. Witherspoon faltete die Hände und legte sie ans Herz. »Ich bin ganz gerührt.«

»Wie laufen denn die Hochzeitsvorbereitungen?«, erkundigte sich Orchid.

»Ich bin noch immer auf der Suche nach einem Kleid. Es soll etwas ganz Besonderes sein.«

»Natürlich soll es das«, sagte Susan. »Wenn Sie wollen, gehe ich mal mit Ihnen los, und wir suchen was Hübsches aus. Ich kann es Ihnen auch ändern, wenn nötig.« Susan war schon fünfunddreißig. Bevor sie Susan's Wool Paradise eröffnet hatte, war sie Modedesignerin gewesen.

»Das fände ich ganz wunderbar. Vielleicht könntest du mir dann auch beim Anprobieren helfen. Allein schaffe ich das nämlich nicht so gut, und Humphrey darf mich doch vor der Hochzeit nicht in dem Kleid sehen.«

»Auf jeden Fall. Wie wäre es gleich mit morgen? Um sechs schließe ich den Laden, dann haben wir noch zwei Stunden, bis die großen Kaufhäuser schließen.«

»Abgemacht.« Mrs. Witherspoon strahlte glücklich.

Ruby freute sich mit ihr. Doch eines wollte sie nun unbedingt noch wissen. »Was für eine Praline bin ich?«, wagte sie zu fragen.

Keira legte ihr eine Hand auf den Arm. »Süße, du bist die zarteste Schokoladentafel von allen. Anmutig und zerbrechlich und dennoch stark und tapfer.«

Oh. Ging es hier noch um Schokolade? Seit wann konnte die denn stark sein? Oder tapfer?

Die anderen stimmten Keira nickend zu und lächelten Ruby liebevoll an. Doch ehe noch jemand etwas sagen konnte, deutete Susan zum Schaufenster. Gary ging dort entlang, und wenig später erklang die Ladenglocke.

Ruby sah ihn erwartungsvoll an. Er war ihr doch eine

Erklärung schuldig, oder? Musste sie endlich wissen lassen, warum er von heute auf morgen verschwunden war, warum er sie hatte sitzen lassen am Sonntagabend.

Doch Gary stand nur unsicher da und steckte die Hände in die Hosentaschen. »Hallo, alle miteinander«, sagte er fast im Flüsterton.

»Hallo, Gary.« Laurie stand sofort auf. »Darf ich dir einen Tee anbieten? Wir trinken heute den leckeren Schokotee.«

»Gerne, danke.«

Ruby vernahm ganz genau, dass Gary ihrem Blick auszuweichen versuchte. Keine Erklärung. Kein an sie gerichtetes Wort. Er nahm seinen Tee entgegen und auch ein paar Kekse, die Keira ihm auf einer pinkfarbenen Serviette reichte, schlug Lauries Einladung aus, sich zu ihnen zu setzen, wünschte noch einen schönen Abend und ging.

Völlig perplex verabschiedete auch Ruby sich und lief Gary nach. Er hatte beinahe schon wieder seine neue Ecke erreicht. Eine braun-grün karierte Decke lag auf dem Boden, ein altes Kissen darauf, ein Rucksack und eine Plastiktüte standen daneben, ein Pappbecher davor.

»Gary!«, rief sie, und er drehte sich um.

»Ruby«, war alles, was er sagte.

Hatte sie denn keine Erklärung verdient, verdammt noch mal?

»Was ist denn los, Gary? Ist irgendetwas passiert? Geht es dir nicht gut?«

Sie blieb einen Meter entfernt von ihm stehen, sah ihm in die Augen. Sie nahm einen strengen Geruch wahr, und überhaupt schien es, als hätte Gary sich zum ersten Mal richtig gehen lassen. Was war nur geschehen? Und wie hatte sie annehmen können, es läge an ihr, dass er ihr ausweich? Sicher ging es um weitaus Bedeutenderes.

Er sah sie nun betrübt an. »Ich bin nicht gut genug für dich, Ruby.«

Oh. Also lag es doch an ihr?

»Gary, ich weiß nicht, was du mir damit sagen willst ...«

»Wir beide ...« Er sah sie durchdringend an, seine Augen sahen so traurig aus. »Du solltest dir wirklich jemand anderes zum Abhängen suchen.«

Abhängen?

Sie waren doch keine Teenager, die zusammen auf dem Spielplatz abhingen und Zigaretten rauchten. Sie hatte wirklich geglaubt, sie hätten eine besondere Verbindung.

»Okay«, sagte sie. »Wenn es das ist, was du willst.«

Sie drehte sich um und ließ Gary einfach stehen. Nur gut, dass er ihre Tränen nicht sehen konnte.

KAPITEL 11

Als Ruby am nächsten Morgen erwachte, wollte sie gar
nicht aufstehen. Sie hatte sich die halbe Nacht lang Filme
angesehen – *Stolz und Vorurteil*, *Jane Eyre* und *Sturmhöhe* –
und wollte es einfach nicht verstehen. Warum konnte die
wahre Liebe nicht endlich auch ihr begegnen? Sie war
doch ein liebenswerter Mensch, oder?

Oder?

Nun, Gary schien das nicht so zu empfinden. Nur zu gut
erinnerte sie sich an seine Worte vom vergangenen Abend.
Verletzender hätte er gar nicht sein können. Wusste er das
überhaupt? Ahnte er denn nicht, was sie für ihn empfand?

Wie konnte er es nicht?

Immerhin hatte sie sich ihm anvertraut. Ihm von ihrer
Mutter erzählt. Ihm Valeries Tagebücher gezeigt … Sie
fühlte sich schrecklich. Es war wirklich an der Zeit, dass sie
sie auch ihren Freundinnen zeigte. Am kommenden Mittwoch, das nahm sie sich fest vor.

Doch jetzt musste sie es erst einmal schaffen aufzuste-
hen, sich anzuziehen und zur Arbeit zu gehen. Oh, klar,
natürlich nicht, ohne ihrem Vater zuvor seine drei Kilo
Bananen zu besorgen, die er die letzten Tage stets bis zum
Abendessen verputzt hatte. Dass er davon bereits unter Ver-
stopfung litt, hatte er sich selbst zuzuschreiben. Sie hatte

ihm das Pulver dagegen einfach unter das Bananenmus gerührt und es ihm vor dem Schlafengehen, mit Zimtzucker
bestreut, hingestellt. So wie sie die Vitamintabletten zerbröselte und ihm unters Essen mischte, wenn er seinen
morgendlichen Vitamintrunk verweigerte.

Als sie nachsehen ging, entdeckte sie mit Erleichterung,
dass der Teller leer war. Sie fragte sich, ob es bis in alle
Ewigkeit so weitergehen sollte oder ob ihr Vater eines
Tages doch wieder wie ein normaler Mensch essen würde.

»Guten Morgen, Dad«, wünschte sie und gab ihm einen
Kuss auf die Stirn.

Hugh saß im Sessel vor dem Fernseher. Das tat er nicht
oft, seit er seine Vorliebe für das Radio entdeckt hatte.
Aber so früh am Morgen gab es anscheinend keine Fußball-
übertragungen oder sonstige spannende Ereignisse, denen
er lauschen konnte.

»Was siehst du dir da an?«, fragte sie.

Er deutete auf den Fernseher. »Bienen. Sie sind vom
Aussterben bedroht«, erklärte er.

Ruby verfolgte in ihrem rosafarbenen Blümchenpyjama
die Dokumentation eine Weile und erwiderte dann: »Ja,
ich weiß.«

Erst kürzlich hatte sie wieder einen Artikel darüber gelesen. Fünfundachtzig Prozent der Bienenvölker seien verschwunden, es waren aber zirka achtzig Prozent aller Pflanzen auf die Bienenbestäubung angewiesen. Das könnten
die anderen Insekten gar nicht ersetzen. Wenn man das
Problem nicht schnell in den Griff bekam, würden neben
den Bienen auch die Pflanzen aussterben, ja, ganze Öko-
systeme waren dem Untergang geweiht.

»Da sollte man doch was dagegen tun, oder?« Plötzlich bekam Hugh ganz große Augen. »Ich sollte mir Bienen anschaffen, Imker werden!«, rief er mit Begeisterung aus.

»Oh Dad, ich glaube, das ist keine so gute Idee.«

»Doch, ist es.«

»Wo willst du die Bienen denn züchten? Etwa in der Wohnung?« Sie hätte gelacht, wenn sie nicht gewusst hätte, dass es ihm ganz ernst damit war.

»Draußen im Garten.«

»Du meinst im Hinterhof? Neben den Mülltonnen und den Fahrrädern? Na, die Nachbarn würden sich freuen.«

»Aber ...«

»Wir reden später noch mal drüber, ja? Was hältst du denn fürs Erste davon, wenn du mal wieder an die frische Luft kämst? Wie die Bienen? Vielleicht siehst du da draußen ja ein paar.«

Für einen Augenblick sah ihr Vater aus, als wäre er nicht abgeneigt, dann schüttelte er den Kopf. »Nee. Ich bleib lieber hier.«

Ruby seufzte. »Ich würde mich wirklich über einen Besuch von dir freuen. Ich bekomme in letzter Zeit leider nur sehr wenig Besuch.«

»Es kommen doch den ganzen Tag lang Leute zu dir.«

»Das ist was anderes. Das sind Kunden.« Sie wünschte sich aber, dass Mr. Darcy in den Laden spazierte. Oder wenigstens ihr Vater.

»Irgendwann komme ich mal wieder vorbei, okay?«

»Ach, Dad«, sagte sie und wusste selbst, wie traurig sie dabei klang. Aber was sollte sie denn machen? »Ich geh dir deine Bananen holen, ja?«

»Danke, Ruby.« Er starrte wieder auf den Bildschirm. »Ruby?«, sagte er noch, ohne seinen Blick abzuwenden.

»Ja?«

»Danke für alles. Du bist eine gute Tochter.«

Ihre Augen füllten sich mit Tränen. Kleine Momente wie dieser, in dem ihr Vater ganz klar zu sein schien, in dem er so war wie früher, waren alles wert. Einfach alles.

Sie ging noch einmal zurück zum Sessel, schlang ihrem Vater von hinten die Arme um den schmalen Körper und drückte ihn. »Ich danke *dir*, Daddy.«

»Wofür?«

»Dafür, dass es dich gibt.«

»Gern geschehen«, erwiderte er und schaute dann weiter, als wäre nichts geschehen.

»Hallo, Ruby. Störe ich?« Keira betrat den Antiquitätenladen und hielt eine kleine Schachtel in den Händen.

»Nein, überhaupt nicht. Seit ich all die alten Sachen losgeworden bin, ist es wieder ruhig geworden.« Draußen in der Kiste befanden sich lediglich noch eine Metalldose, ein Kamm und die ägyptischen Figuren.

»Oh, das tut mir leid.«

»Ist schon okay. Ich habe genug eingenommen, um eine Weile über die Runden zu kommen. Was bringst du denn da Schönes?«

»Meine neuen kandierten Zitronen und Limonen. Kimberly hilft mir jetzt auch in der Woche aus. Sie spart auf ein eigenes Auto, sie ist nämlich gerade achtzehn geworden und dabei, den Führerschein zu machen. Da dachte ich, ich nutze die Gelegenheit, um dir ein paar von den Früchten vorbeizubringen. Die musst du probieren, sie schmecken total nach Sommer.«

Das passte ja zum herrlichen Wetter, die Sonne schien nämlich warm vom Himmel und brachte die Valerie Lane mit ihren bunten Blumen noch mehr zum Strahlen.

»Gerne.« Ruby, die ein zum Wetter passendes gelbes Sechzigerjahre-Kleid trug, nahm sich eine Frucht. »Kandierte Limonen … Woher kenne ich die nur? Hmmm … Ah, jetzt hab ich's! Aus *Betty und ihre Schwestern*! Da kauft Amy sie sich unerlaubt von dem Kleidergeld, das Meg ihr gibt.«

»Meg? Ist das die Schwester, die Schriftstellerin werden will? Ich hab das Buch als Kind gelesen, das ist aber so lange her.«

»Nein, das war Jo. Josephine. Meg ist die älteste Schwester.«

»Du bist so belesen«, schwärmte Keira. »Ich wünschte, ich würde auch mehr Zeit zum Lesen finden.«

Wenn Keira wüsste, dass ich nur so viel zum Lesen komme, weil ich im Laden kaum etwas zu tun habe, würde sie mich wohl nicht mehr beneiden, dachte Ruby. Ihr war klar, dass ihre Freundin es nicht wissen konnte, weil sie nur so selten über ihre Probleme sprach. Dass sie in den letzten Tagen außerdem so viel Extrazeit hatte, weil Gary sich nicht mehr blicken ließ, kam noch dazu.

»Du hast doch deinen Thomas. Du solltest glücklich sein, Zeit mit ihm zu verbringen.«

»Das bin ich.« Keira strahlte. »Wie schmecken dir die Limonen?«

»Einfach köstlich.« Das war nicht gelogen.

»Ich lasse dir welche hier.« Sie legte eine Serviette auf den Tresen und ein paar der kandierten Früchte darauf. »Ich bin dann auch schon wieder weg, ich muss die anderen auch noch fragen, wie sie die Zitrusfrüchte finden, bevor ich sie im Laden anbie… Sag mal, was ist das denn?«

Keira deutete auf den Skizzenblock, den Ruby abgelegt hatte.

»Das ist meine Mutter.« Sie lächelte wehmütig.

»Ich wusste nicht, dass du so zeichnen kannst. Wow! Darf ich?« Sie wartete auf Rubys Nicken und nahm dann den Block in die Hand, blätterte ihn durch. »Das ist einfach unglaublich. Du solltest deine Bilder verkaufen. Die Leute würden sie dir mit Begeisterung abnehmen, da bin ich mir sicher.«

»Ich mache das eigentlich nur so für mich.« Wer wollte ihre Zeichnungen schon haben? Es war doch fast immer nur ihre Mutter dargestellt. Und …

»Das sind ja wir alle! Wann hast du das gemacht?«

»Vor ein paar Wochen.«

»Aus dem Kopf?«

»Ja. Ich kann mir Gesichtszüge gut merken.«

»Ich bin wirklich sprachlos. Oooh. Da ist ja auch …« Sie drehte das Bild in ihre Richtung.

Gary. Da war auch Gary.

Ruby nickte und nahm Keira den Block wieder ab.

»Danke für die Früchte, Keira. Ich muss jetzt … Inventur machen.« Ihr fiel nichts Besseres ein. Sie wollte nicht mit Keira über Gary reden. Nicht jetzt. Nicht, bevor sie mit Gary geredet und erfahren hatte, warum er sie so abweisend behandelte.

»Okay, ich will dich nicht aufhalten. Aber du, mir kommt da gerade eine Idee. Glaubst du, du könntest Mrs. Witherspoon und Humphrey zeichnen? Wir könnten das Bild hübsch einrahmen und ihnen zur Hochzeit schenken. Darüber würden sie sich sicher riesig freuen.«

»Ich denke, das könnte ich schon. Ich bezweifle aber, dass ich gut genug bin.«

»Machst du Witze? Das bist du auf jeden Fall. Süße, du bist wirklich talentiert und solltest dein Licht nicht immer unter den Scheffel stellen. Ich würde es gern den anderen vorschlagen, wenn du erlaubst.«

Ruby war sichtlich gerührt von Keiras Komplimenten und stimmte zu. Und auch als ihre Freundin schon längst weitergegangen war, freute sie sich noch über ihre Worte. Sie hatte ihre Bilder bisher kaum jemandem gezeigt. Ihren Eltern und den Dozenten in den Kunstkursen an der Uni natürlich. Und Gary. Selbstverständlich hatte sie ihm nicht die Porträts gezeigt, die sie von ihm gefertigt hatte. Er hatte ihr erzählt, dass auch er einmal gezeichnet hatte, Illustrationen für ein Kinderbuch, das er vor langer Zeit einmal geschrieben hatte. In einem anderen Leben.

Ruby hatte nicht weiter nachgehakt, aber doch im Internet und auch auf Flohmärkten danach gesucht. Nach dem Kinderbuch oder überhaupt irgendeinem Buch von Gary. Leider wusste sie Garys Nachnamen nicht, den er niemals jemandem verriet, und so war sie nicht fündig geworden.

Sie betrachtete noch immer die Zeichnung ihrer Mutter – die hohe Stirn, das wallende Haar, die hübsche, zierliche Nase, die sie leider nicht geerbt hatte, das freundliche

Lächeln –, als die Ladentür geöffnet wurde und die Glocke erklang.

Sie sah auf, sah direkt in Garys Augen, die sie entschuldigend anblickten. An diesem Morgen sah Gary im Gegensatz zum Vortag wieder sauber und gepflegt aus, er war sogar frisch rasiert und roch nach After Shave. Wüsste sie nicht, dass er auf der Straße lebte, hätte sie es niemals vermutet.

»Bitte, verzeih mir, Ruby«, sagte er aufrichtig.

»Weshalb denn? Es gibt nichts zu verzeihen«, entgegnete sie. Doch sie hörte selbst, wie wenig überzeugend es klang. Enttäuschung lag in ihrer Stimme.

»Ich hätte gestern nicht … Ich wollte nicht … Es tut mir leid. Wirklich. Du hast es immer nur gut mit mir gemeint, im Gegensatz zu den meisten anderen Menschen.«

Sie sah ihn lange an, zu lange. Bevor es unbehaglich werden konnte, sagte sie: »Dir sei verziehen«, und lächelte.

Garys Mund verzog sich auch zu einem Lächeln. Zu diesem wunderschönen Lächeln, das sie jedes Mal so verzauberte.

»Danke. Da bin ich erleichtert.« Sie nickte. Wusste nicht, was sie nun sagen sollte. Hoffte, er würde ihr irgendeine Erklärung geben. Doch er fragte nur: »Wie läuft es? Haben die Flyer etwas gebracht?«

»Ja, sie haben mir viele neue Kunden gebracht. Leider bin ich jetzt fast all meinen alten Trödel los. Nur noch wertvolle Stücke sind übrig, die ich wirklich nicht zu solchen Ramschpreisen hergeben kann. Es ist also alles wieder beim Alten. Die Kunden bleiben aus.«

»Es war also wirklich so, dass der *Trödel* sich besser verkauft hat? Ich meine, Dinge zu einem günstigeren Preis?«

»Kunterbunt Zusammengewürfeltes zu einem Spottpreis, meinst du?« Sie grinste schief und stellte eine Porzellanfigur in Form eines Blumenkorbes um. »Ja, damit hattest du recht.«

»Vielleicht solltest du darüber nachdenken, öfter so eine Aktion zu machen.«

»Ich habe doch aber gar keine Ware mehr.«

»Dann gehen wir neue besorgen.« Sie nahm sehr wohl das »wir« wahr und fragte sich, ob es Gary unbeabsichtigt herausgerutscht war oder ob er es tatsächlich so meinte. Sie sah ihn fragend an. »Du kannst mich ja mal mitnehmen auf einen deiner Flohmärkte. Nur wenn du magst, natürlich.« Das würde sie wirklich gern, nur hatte sie Angst, am Ende wieder enttäuscht zu werden. Gary schien ihre Gedanken zu lesen. »Ich lasse dich auch bestimmt nicht wieder hängen. Das verspreche ich.«

»Ich würde mich freuen. Ich gehe am Samstag wieder. Wenn du willst, kann ich dich abholen.«

»Kommst du denn hier vorbei?«

»Das ist gar kein Problem. Ich fahre mit dem Auto.«

Es war das alte Auto ihrer Mutter, das sie nur für Flohmarkteinkäufe nutzte und um die neu ersteigerten Sachen zum Laden zu bringen. Zur Arbeit nahm sie den Bus. Es waren nur ein paar Haltestellen, und da man in der Einkaufszone nicht parken durfte …

»Also gut, dann stehe ich Samstagmorgen bereit.«

»Es wird aber sehr früh sein. Ich muss ja zum Öffnen des Ladens zurück sein. Ich bin immer schon gegen halb sieben auf dem Flohmarkt, wenn die Leute gerade eben ihre Stände aufbauen.«

»Kein Problem.«

»Gut, dann freue ich mich.«

Sie lächelten einander schüchtern an.

»Darf ich dir noch ein wenig Gesellschaft leisten?«, fragte Gary dann vorsichtig.

»Sehr gerne.«

Er blieb, und sie unterhielten sich. Dabei erfuhr sie auch, dass er selbst gern auf Flohmärkte ging. Er kaufte sich dort seine Kleidung.

Gerade, als es so schön war und das Band zwischen ihnen sich wieder zu festigen begann, klingelte Rubys Handy.

»Ja? Dad?«

»Du musst nach Hause kommen. Bitte, Ruby. Du musst ganz schnell kommen!«

»Warum denn, Dad? Was ist passiert?«

»Ich hab mich verletzt. Ganz schlimm.«

»Oh nein! Ich komme, so schnell ich kann. Bleib, wo du bist, und warte auf mich.« Was für ein dummer Befehl – er blieb doch immer, wo er war.

»Alles in Ordnung?«, fragte Gary besorgt, als sie das Gespräch beendet hatte und wohl leicht panisch dreinblickte.

»Mein Dad hat sich verletzt.«

»Oh nein, wie schlimm ist es?«

»Das weiß ich nicht. Ich muss aber sofort zu ihm. Ich muss den Laden schließen. Ich muss ...«

»Ich kann hier für dich übernehmen, wenn du willst. Ich meine, wenn du mir deinen Laden anvertraust.«

Sie musste nicht lange überlegen. Was sollte Gary schon tun? Die Kasse mit den achtundsiebzig Pfund plündern? Oder sich mit dem schweren Dickens-Sekretär davonmachen, den am Freitag endlich Fred begutachten kommen wollte?

»Natürlich vertraue ich dir. Macht es dir wirklich nichts aus?«

»Wirklich nicht. Die Sachen sind ja mit Preisen beschildert. Sei also unbesorgt. Und nun mach, dass du loskommst. Kümmere dich um deinen Dad.«

»Danke, Gary. Das werde ich dir nie vergessen«, sagte sie und umarmte ihn kurz, bevor sie registrierte, was sie da gerade getan hatte.

Irritiert sah sie, dass auch Gary perplex war, und lief schnell davon. Sie hoffte, dass ihr Vater nur wieder einmal übertrieben hatte und dass nichts wirklich Schlimmes geschehen war.

KAPITEL 12

Zu Hause stellte Ruby erleichtert fest, dass ihr Vater sich lediglich an der scharfen Papierkante einer Fußballzeitschrift verletzt hatte. Ein kleiner Schnitt in seinem Zeigefinger blutete ein wenig. Für ihn war es aber ein halber Weltuntergang. Er jammerte hysterisch, bis sie ihn verarztet und das kleine Wehwehchen mit einem Pflaster versehen hatte.

»So, Daddy. Jetzt ist alles wieder gut.«

»Geh nicht weg, Ruby. Bitte, bleib bei mir.«

»Ich muss doch zurück zur Arbeit. Aber ich verspreche, heute Abend sofort nach Ladenschluss nach Hause zu kommen. Ja?«

»Bringst du mir noch mehr Bananen?«

»Sicher doch. Pass gut auf dich auf, Dad. Bis später.«

Wie immer hatte sie kein gutes Gefühl, ihren Vater allein zu lassen. Aber was konnte sie schon tun? Längst hatte sie Vorsorge getroffen, dass nichts Gefährliches passieren konnte. Die Küche war abgeschlossen. Ihr Zimmer auch. Die Wohnung verließ er eh nicht. Und Fußballzeitschriften konnten einen nicht umbringen.

Sie eilte zurück zum Laden, wo Gary gerade eine Kundin beriet. Gespannt sah sie den beiden zu, ohne sich einzumischen. Gary pries einen Globus an, und wie! So überzeugend – sogar sie selbst hätte ihm die alte, nicht ganz billige Weltkugel abgekauft. Die Dame ließ sich ebenfalls von seinem Charme betören und reichte ihm wenig später die siebzig Pfund für das schöne Teil.

»Wow! Ich wusste nicht, dass du ein Verkaufstalent bist. Ich sollte dich einstellen«, sagte Ruby lachend, als die Kundin weg war. Sofort nahm Garys Gesicht diesen panischen Ausdruck an. »War nur ein Scherz, keine Sorge«, erklärte sie schnell.

»Ach so.«

Sie hätte ihm gern vorgeschlagen, ihn zum Dank für den verkauften Globus zum Essen oder irgendetwas anderem einzuladen, aber sie hatte ihrem Vater ja versprochen, gleich nach der Arbeit nach Hause zu kommen. Vielleicht könnte sie ein kleines Mittagessen ausgeben …

»Ist mit deinem Dad alles in Ordnung?«, erkundigte Gary sich.

»Ja. Alles bestens. Es war nur wieder einer dieser Notfälle, die eigentlich keine sind.«

»Oh.«

Gary kannte ihren Vater flüchtig. Er hatte sogar einmal an einem Mittwochabend in der Tea Corner Schach mit ihm gespielt. Von seinen Macken wusste er allerdings noch nicht allzu viel. Ruby hatte es bisher vermieden, darüber zu sprechen.

»Mein Dad ist …« Ja, was war er? »Er ist ein wenig … seltsam. Du hast das, glaube ich, mitbekommen, als er vor ein paar Monaten die Valerie Lane schreiend auf und ab gelaufen ist, weil ihm die sauren Gurken ausgegangen waren.«

140

Gary nickte. »Er scheint saure Gurken sehr zu mögen.«
Er versuchte zu grinsen.

»Ha! Ja, hin und wieder. Und dann eine ganze Woche
lang.« Gary sah sie stirnrunzelnd an. »Mit ihm ist das so: Er
isst immer genau eine Woche lang ein bestimmtes Lebensmittel. Von Montag bis Sonntag. Er hat einen Kalender,
da hat er bei jedem Tag in dieser Woche Bananen eingetra-
gen.«

»Oh. Äh … interessant.«

»Interessant? Verrückt, meinst du wohl eher. Dafür hält
ihn nämlich jeder.«

»Sind wir nicht alle ein bisschen verrückt? Die einen
mehr, die anderen weniger?«

»Kann schon sein. Weißt du, eigentlich ist er auch gar
nicht wirklich verrückt. Er ist nur … gebrochen. Verletzt.
Seit dem Tod meiner Mum verschanzt er sich in seiner
eigenen heilen Welt, die halt in dieser Woche aus Bananen
besteht.«

»Das tut mir sehr leid. Für dich ist das sicher nicht einfach.«

»Ach, ich hab mich dran gewöhnt. Und ich hab ihn
trotz allem lieb. Wir haben nur noch einander, mein Dad
und ich.«

»Ich kann mich an Meryl erinnern. Damals war ich
noch nicht lange in Oxford. Sie hat mich immer freundlich
angelächelt.«

»Sie war eine wundervolle Frau. Eine gute Mutter. Ich
kann verstehen, dass es meinen Dad in den Wahnsinn getrieben hat, dass sie auf einmal nicht mehr da war. Sie hat
alles zusammengehalten.«

Gary blickte zu Boden. Keiner sagte mehr ein Wort. Dann sah er wieder auf.

»Ich würde ihn gern kennenlernen. So richtig, meine ich«, sagte er.

»Wen? Meinen sonderbaren Dad?«

»Ja. Und ich denke, er ist gar nicht sonderbar.«

»Du wirst ihn sicher dafür halten.«

»Und wenn. Das macht mir nichts. Die meisten Leute halten mich ebenfalls für sonderbar, weißt du?«

»Ich nicht.« Sie wagte es, ihm direkt in die Augen zu blicken.

»Und das weiß ich zu schätzen.«

Ruby war sich sicher, dass in der Tiefe seiner grauen Augen eine ganze Welt voller außergewöhnlicher Dinge zu finden war.

»Okay. Also, wenn du willst, kannst du heute nach Ladenschluss mit zu uns nach Hause kommen. Ich könnte was Leckeres kochen«, bot sie vorsichtig an.

»Etwas mit Bananen?« Er lachte.

»Oh Gott, bloß nicht! Es ist erst Donnerstag und ich kann jetzt schon keine mehr sehen. Ich muss aber auf dem Weg noch welche für meinen Dad besorgen. Die von heute Morgen sind fast schon wieder aufgegessen.«

»Wie viele Bananen kann er denn am Tag verdrücken?«

»Oh, eine Menge. Zwanzig bestimmt.«

»Wow! Na, zum Glück sind es nur Bananen.«

»Er hatte mal seine Shrimpswoche. Und einmal wollte er nur Papayas essen. Hätte mich fast in den Ruin getrieben.«

»Kann ich mir denken. Okay. Ich nehme dein Angebot

gern an. Dann komme ich um sechs vorbei, und wir gehen gemeinsam los?« Ruby nickte. Sie hoffte so, dass er es dieses Mal auch ernst meinte. »Ich freue mich. Besonders auf die Hausmannskost. Hatte ich schon sehr lange nicht mehr.«

»Ich freue mich auch.« Sie merkte, wie ihre Wangen erröteten.

Gary ging in Richtung Tür. »Ach, übrigens«, sagte er, den Griff in der Hand. »Ich hab deinen Skizzenblock entdeckt. Ich hoffe, es war okay, dass ich mir die Zeichnungen angesehen habe?«

»Oh.« Oje. Hatte er etwa auch …

»Ich bin zutiefst beeindruckt, wie du Dinge einfangen kannst. Menschen. Mich.«

»Tut mir leid, ich hätte dich nicht ungefragt porträtieren sollen.«

»Dir muss nichts leidtun«, erwiderte Gary, lächelte sie warm an und ging.

Wäre Ruby der Mensch gewesen, der freudige Luftsprünge macht, hätte sie genau dies jetzt getan. Stattdessen legte sie die Hände ans Herz und strahlte heller als die Sonne.

Um Punkt sechs schloss Ruby ihren Laden und sah sich in der Valerie Lane um. Von Gary war noch nichts zu sehen. Orchid kam gerade aus ihrem Gift Shop und winkte ihr zu.

»Hab einen schönen Feierabend, Ruby!«

»Danke, du auch!«

»Du siehst in dem Kleid aus wie die Frauen in dieser Serie … Wie heißt sie doch gleich? *Mad Men!*«

Ruby fasste es als Kompliment auf. Sie freute sich sogar riesig, dass Orchid in ihrem altmodischen Kleid das erkannte, was sie damit darstellen wollte. Wie sie die verschiedenen Epochen der Vergangenheit liebte ... Zu Hause hatte sie die Kleidung in ihrem Schrank sogar nach Jahrzehnten geordnet und nahm sich morgens heraus, wonach ihr an dem Tag war. An diesem Morgen war ihr nach den Beatles gewesen und nach Flower Power – deshalb das gelbe Kleid und die dazu passende Blume im Haar.

»Danke!«, rief sie Orchid zu, die eine enge Jeans und eine hübsche türkisfarbene Tunika trug.

Als Ruby sich wieder in Richtung Cornmarket Street drehte, sah sie Gary um die Ecke der Valerie Lane biegen und lächelnd auf sie zukommen. Er winkte Orchid kurz zu, und sie machten sich davon, bevor diese noch irgendwas Unangemessenes sagen konnte.

Nebeneinander spazierten sie die Cornmarket Street entlang. Es waren nur drei Bushaltestellen bis zu Rubys Wohnung, und da sie ja noch schnell in den Supermarkt wollten, beschlossen sie, zu Fuß zu gehen. Dabei betrachtete Ruby wieder einmal hingerissen all die alten Sandsteingebäude, die Oxford ausmachten. Die vielen Kirchen und wunderschönen gotischen Bauwerke verliehen dem Ort einen ganz eigenen Charme. Die Universitäten und Colleges mit ihren Studenten trugen zu dem besonderen Flair bei. Zwei Flüsse, die Themse und der Cherwell River, zogen sich durch Oxford, es gab Parkanlagen und Wiesen, auf denen man verweilen und ein bisschen der Hektik des Alltags entfliehen konnte. Auch wenn Ruby manchmal noch London und ihren Träumen nachtrauerte, wusste sie tief in ihrem Herzen doch, dass sie hierhergehörte in diese historische Stadt, die so viele Geschichten zu erzählen hatte.

Als sie an Garys neuer Ecke vorbeikamen, traute Ruby sich zu sagen: »Du solltest wieder zurückkommen, in die Valerie Lane.«

»Das ... Ganze ist mir echt peinlich ...«

»Was denn?«

»Es sieht so aus, als wäre ich vor dir geflohen, oder nicht?«

»Vor ...«

»Es stimmt.« Huch? Überrascht sah sie Gary an. »Na ja, eher vor meinen Gefühlen.«

Oh. Sie wusste nicht, was sie darauf sagen sollte. War nicht sicher, ob sie verstand, was Gary sagen wollte.

Welche Gefühle?

Er hegte Gefühle für sie?

Sie wurde schon wieder rot. Ihre Wangen, ja, ihr ganzes Gesicht wurde heiß. Am liebsten hätte sie den Kopf in ein Wasserbecken getaucht. In eines dieser wunderhübschen blumenumrankten Becken aus Stein, auf denen kleine Vögel saßen. Wie in diesen alten Filmen ...

Oh! Sie schweifte gedanklich vom Thema ab. Wo waren sie stehen geblieben? Ach ja, genau. Gefühle.

Sie blickte Gary aus den Augenwinkeln an. Ihm jetzt direkt in die Augen zu sehen, hätte bei ihr eine Herzattacke auslösen können. Zumindest aber einen Ohnmachtsanfall. So wie zu Jane Austens Zeiten, als Frauen noch bei jeder Kleinigkeit bewusstlos geworden waren.

Die Gouvernante hat dem Hausherrn schöne Augen gemacht ... Ohnmachtsanfall.

Die unverheiratete Lady X ist schwanger von Lord Y ... Ohnmachtsanfall.

Die aus Paris bestellten Schuhe passen nicht zu dem Hochzeitskleid ... Ohnmachtsanfall.

Gary hat Ruby gestanden, dass er Gefühle für sie hegt ... Ohnmachtsanfall.

Na ja, eigentlich hatte er ihr überhaupt nicht gestanden, dass er Gefühle für sie hegte. Er hatte lediglich gesagt, dass er vor seinen Gefühlen davonlief. Und was, wenn es nun gar nicht um sie ging? Wenn er stattdessen Gefühle für Orchid entwickelt hatte? Oder für Laurie? Für Susan? Oder Keira? Oder gar für Tobin? Was wusste sie denn schon von Gary?

Ihr Innerstes war völlig aufgewühlt. Sie musste sich dringend wieder beruhigen.

»Was isst du denn gern?«, fragte sie also, um ihre Gedanken auf etwas anderes zu bringen. »Da wir eh in den Supermarkt gehen, können wir auch gleich Zutaten für ein schönes Abendessen besorgen.«

»Ach, das ist mir gleich. Ich bin nicht besonders anspruchsvoll. Egal, was du kochst, ich werde es essen.«

»Nein, ehrlich. Such du was aus. Was würdest du gern essen? Außer Stargazy Pie mache ich dir alles.« Sie zwinkerte ihm zu.

»Ruby, such du etwas aus, ja?«

Sie hätte ihm so gern eine Freude gemacht, ihm sein Lieblingsgericht gekocht. Aber wenn er ihr dieses nicht einmal verriet? Gary war so unglaublich verschlossen. Ruby glaubte nicht, dass sie ihn jemals dazu bringen konnte, sich zu öffnen. Vielleicht ja aber ein kleines bisschen ...

»Magst du Süßkartoffeln? Ich habe da ein richtig leckeres Rezept für einen orientalischen Eintopf.«

»Hört sich gut an.«

»Okay.« Das war beschlossene Sache.

Im Supermarkt an der Ecke kauften sie also Bananen, Süßkartoffeln, Kichererbsen, Brokkoli und Kokosmilch. Sie hoffte sehr, ihr Lieblingsgericht würde Gary schmecken.

Er half beim Kochen. Schälte die Kartoffeln, ließ die Kichererbsen aus der Dose abtropfen und öffnete die Kokosmilchkonserve. Während der Eintopf auf dem Herd vor sich hin köchelte, saßen sie an dem winzigen roten Küchentisch und unterhielten sich.

Hugh steckte den Kopf zur Küchentür herein. »Was macht ihr da?«

Er hatte es unerwartet gut aufgenommen, dass Ruby Gary mit nach Hause gebracht hatte. Wahrscheinlich weil er ihn bereits vom Schachspielen kannte. Das war im März gewesen, wenn Ruby sich richtig erinnerte. Danach war ihr Vater höchstens noch zwei- oder dreimal aus der Wohnung gegangen.

»Wir kochen einen Eintopf.«

»Ich will aber keinen Eintopf.«

»Das weiß ich doch. Du bekommst deine Bananen.«

»Dann ist ja gut. Ich gehe jetzt Radio hören und will nicht gestört werden.«

»Alles klar. Ich ruf dich, wenn das Essen fertig ist.«

Hugh verschwand zurück ins Wohnzimmer.

»Er geht nicht mehr raus«, erklärte Ruby. »Seit Wochen nicht. Ich weiß einfach nicht, wie ich ihn dazu bewegen soll.«

Beim Essen sagte Gary dann wie nebenbei: »Ich würde

wirklich gern mal wieder Schach spielen. Im Park. Leider finde ich einfach keinen würdigen Gegner.« Hugh horchte auf, doch Gary aß weiter, als bemerkte er es nicht. Er machte Ruby ein Kompliment. »Es schmeckt wirklich vorzüglich.«

Vorzüglich. Sie musste lächeln. Sie mochte es, wie Gary sich ausdrückte. So kultiviert. Es war eine Schande, dass er nicht mehr schrieb.

Sie hätte ihn gern auf seine Werke angesprochen, erfahren, was genau er geschrieben hatte. Schicksalsromane hatte er einmal erwähnt, ein Kinderbuch ein anderes Mal. Er war nicht näher darauf eingegangen. Sie ließ es aber bleiben zu fragen, denn sie war sich ziemlich sicher, dass er sich dann nur wieder verschlossen hätte. Er sollte selbst entscheiden, wie viel er von sich preisgeben wollte.

Hugh starrte seine Banane an, biss ab. Sah hinüber zu Garys Teller, dann zu Rubys. Biss ein weiteres Mal ab. Es war spannend, ihn zu beobachten. Es sah so aus, als würde er jeden Moment auch um einen Teller Eintopf bitten.

Doch er sagte nur: »*Ich* spiele Schach.«

»Ich erinnere mich«, erwiderte Gary wie nebenbei. »Kennst du zufällig jemanden, der Interesse an einem Spiel hätte? Er muss aber gut sein, ich mag Herausforderungen.«

Hugh schien zu grübeln. Aß seine Banane auf, während Ruby sich das Schmunzeln kaum noch verkneifen konnte.

»Ich komme in den Park und spiel mit dir.«

»Ehrlich?«, fragte Gary noch immer so, als wäre er nicht sonderlich interessiert. Im Park waren auf einigen Tischplatten aus Stein Schachbretter aufgemalt. Viele ältere Männer trafen sich dort täglich auf eine Partie. Figuren musste man selbst mitbringen. Hugh nickte mit glänzenden

Augen. »Okay. Ich werde morgen Vormittag ab elf Uhr da sein. Wenn du kommen willst, dann komm. Mal sehen, ob du mir das Wasser reichen kannst.«

Gary nahm mit dem Löffel eine Brokkolirose auf und führte sie an den Mund. Auch er konnte ein Lächeln nicht mehr unterdrücken.

Ruby wäre ihm am liebsten um den Hals gefallen.

Gary half beim Abwasch, während Hugh wieder friedlich mit seinem Radio auf seinem Sessel saß. Als sie fertig waren, standen sie ein wenig unbeholfen da. Weil Ruby nicht wollte, dass Gary schon ging, fragte sie ihn, ob er ihr Zimmer sehen wolle.

Zögernd nickte er, und sie führte ihn in ihr Reich. Zeigte ihm ihre Bücherregale, reichte ihm ein paar signierte Exemplare, die ihn sichtlich beeindruckten, und bat ihn dann, auf dem Sessel in ihrer kleinen Sitzecke Platz zu nehmen.

Gary setzte sich, erhob sich aber keine zehn Sekunden später auch schon wieder. »Ich werde mich jetzt aufmachen. Danke für das Essen.«

»Gern. Gary … wo schläfst du heute Abend?«

»In der Kirche. Die stellen neuerdings jede Nacht Feldbetten auf. Wenn ich rechtzeitig da bin …«

»Du weißt, dass du jederzeit im Laden schlafen kannst, oder?«

»Ich hab schon viel zu viel von dir angenommen.«

»Gary, das mache ich wirklich gern. Es braucht dir nicht … Ich … Ich bin dir so dankbar, dass du meinen Vater überzeugt hast, mal wieder das Haus zu verlassen«, lenkte sie schnell von dem unangenehmen Thema ab.

»Ich freu mich ehrlich drauf.«

»Ich kann nur nicht versprechen, dass er auch wirklich kommt. Morgen kann seine Stimmung schon wieder ganz anders sein.«

Gary ging noch einmal ins Wohnzimmer zu Hugh, der gerade Sportnachrichten hörte.

»Es war nett, dich zu sehen, Hugh. Bis morgen dann. Ach, und ich bringe Snacks mit. Bananen. Die esse ich immer gern beim Schachspielen, sie sind gut für die Nerven. Du magst Bananen, richtig?« Hugh nickte überschwänglich. »Sehr gut. Wir sehen uns.«

Ruby brachte Gary zur Tür. »Du bist einfach unglaublich.«

»Nein, du bist unglaublich. Ich bin ein Niemand.«

»Gary ...«

»*Bye*, Ruby.«

»*Bye*.«

Sie blieb an der Tür stehen, bis er die Treppen hinuntergelaufen war. Dann ging sie in die Küche und stellte sich ans Fenster.

Gary. Er *war* unglaublich. Er war unglaublich klug. Unglaublich belesen. Unglaublich lieb. Unglaublich attraktiv. Allerdings glaubte sie, dass er davon nicht die geringste Ahnung hatte.

Sie schloss die Küchentür ab und sagte ihrem Vater gute Nacht. Sie wollte vor dem Schlafengehen noch ein bisschen lesen.

Doch während sie von Henry James' Damen in Boston las, wanderten ihre Gedanken immer wieder zu Gary und zu seinem warmen Lächeln, das er ihr an diesem Abend so oft geschenkt hatte.

Sie nahm sich vor, es herauszufinden. Unbedingt. Ob er wirklich Gefühle für sie hegte. Denn sie empfand so unendlich viel für ihn. Konnte ihre Sinne kaum noch unter Kontrolle halten. Und ihr war es egal, warum er auf der Straße lebte, wovor er weglief, wer er früher einmal gewesen war. Für sie zählte nur, wer er jetzt war.

Wie gern wäre sie ein Teil von ihm.

KAPITEL 13

Am Freitagnachmittag, nachdem Ruby eine gefühlte Ewigkeit im Laden gestanden hatte, ohne dass auch nur ein Kunde sich zu ihr verirrt hatte, hängte sie das »GESCHLOSSEN«-Schild in die Ladentür und ging zu Laurie, um sich einen Tee zu holen.

Tee hatte noch immer gegen Depristimmung geholfen, oder? Deprimiert war sie nicht nur wegen der ausbleibenden Kundschaft, sondern auch wegen etwas, das sie erst am Vormittag erfahren hatte, als nämlich Fred bei ihr im Laden vorbeigeschaut hatte. Er hatte den alten Dickens-Sekretär gründlich begutachtet und ihr mitgeteilt, dass er keinesfalls echt war. Ein hübsches Stück aus den Siebziger- oder Achtzigerjahren des 19. Jahrhunderts, allerdings nicht nachweisbar aus dem Besitz von irgendjemand Berühmtem und schon gar nicht aus dem von Charles Dickens, da der bereits 1870 verstorben war. Ruby war zu Tode betrübt. Nicht nur weil ihre Mutter sie all die Jahre angeschwindelt hatte, sondern auch, weil sie gehofft hatte, dass dieser Tisch sie aus ihrer Misere herausholen konnte.

Die neue Aushilfe Hannah stand hinterm Tresen, während Laurie die Kunden an den Tischen bediente.

»Ruby! Wie schön, dich zu sehen«, rief Laurie ihr zu. »Ich bin gleich bei dir.«

Hannah, heute in einem weiten grünen Gewand und einem dazu passenden grün-braunen Tuch um die imposanten Haare, lächelte sie an.

»Willkommen, Ruby. Was für einen Tee darf ich dir anbieten?«

»Irgendwas Belebendes, bitte.«

»Da empfehle ich dir Jasmintee. Oder Grüntee.«

Da ihr grüner Tee schon immer ein wenig zu bitter gewesen war, entschied sie sich für Ersteren.

»Du solltest es mal mit Aromatherapie versuchen«, riet Hannah ihr.

»Ich werde darüber nachdenken«, erwiderte Ruby, obwohl sie nicht gedachte, dies wirklich zu tun.

Während sie auf ihr Getränk wartete, trat Laurie zu ihr und umarmte sie. Und sie kam gleich auf die Hochzeit zu sprechen. »Keira hat mir von deinen Bildern erzählt. Würdest du wirklich Mrs. Witherspoon und ihren Humphrey porträtieren? Ich finde die Idee großartig. Die anderen sind auch begeistert, soviel ich weiß.«

Oh. Es wussten schon alle Bescheid. Dann konnte sie wohl schlecht Nein sagen.

»Das mache ich gern.« Sie lächelte und sagte, als Hannah ihr den Tee gereicht hatte: »Ich muss dann auch wieder rüber in meinen Laden. Es könnte jeden Moment Kundschaft kommen.«

Wem machte sie eigentlich etwas vor?

Laurie lächelte. »Ich hab schon gehört, dass es bei dir in letzter Zeit super läuft.«

»Ja. Super.« Sie nickte, ließ aber einen Seufzer heraus, sobald sie aus der Tür war. Ja, ein paar Tage war es super gelaufen, sie hatte den alten Schreibtisch verkauft, der schon ewig herumgestanden hatte, und mithilfe von Gary sogar den Globus. Auch waren all die Schnäppchen gut weggegangen. Dennoch war Ruby unzufrieden, sie war einfach nicht mehr glücklich mit der Situation und wusste nicht, was sie tun sollte. Sie hätte gern mit jemandem darüber geredet, wollte ihre Freundinnen aber nicht belasten. Es wäre eine Tragödie für sie, würde sie auch nur erwägen, Ruby's Antiques aufzugeben. Sie alle hingen an Meryl, ihrem Laden und den gemeinsamen Erinnerungen mit ihr. Vielleicht könnte sie sich ja Gary anvertrauen …

Ein Blick rüber zu Garys Ecke sagte ihr, dass er immer noch nicht wieder zurück war. Sie fragte sich, was wohl aus dem gemeinsamen Schachspielen mit ihrem Vater geworden war.

Mit dem wohlduftenden Tee setzte sie sich auf die Bank zu Charles Dickens. Den fast leeren Karton stellte sie auf den Boden. Im Grunde machte es gar keinen Sinn mehr, ihn noch stehen zu lassen. Wollte sie ihn wirklich mit neuem Krempel wieder auffüllen? Mit Billigware? Trödel?

Sie sah die Postbotin Nicole auf ihrem Fahrrad in die Valerie Lane einbiegen, zuerst bei Susan Halt machen, dann bei Tobin und bei Orchid. Als sie zu ihr herüberkam, lächelte sie breit. Ihr braunes Haar hatte Nicole zu einem Pferdeschwanz gebunden, der hin und her wippte, als sie die riesige Tasche auf dem Sattel nach Post für Ruby durchsuchte.

»Heute ist leider nichts für dich dabei«, sagte sie. »Vielleicht auch gut so, was? Man bekommt ja doch meist nur lästige Rechnungen.«

Ruby versuchte zu lächeln, was ihr aber sehr schwerfiel.

»Dann halt beim nächsten Mal wieder«, brachte sie hervor.

Die immer fröhliche Nicole schob ihre Brille zurecht, lachte und wünschte noch einen angenehmen Tag.

Gegenüber verließ gerade ein junger Mann Emily's Flowers, einen Riesenblumenstrauß in der Hand. Wem er den wohl schenken wollte? Seiner Frau? Freundin? Geliebten? Mutter?

»Ruby«, hörte sie plötzlich eine Stimme. Sie hatte keine Ahnung, wie viel Zeit vergangen war. Als sie einen Schluck von ihrem Tee nahm, stellte sie fest, dass er inzwischen kalt geworden war.

Gary stand neben ihr, seine Umhängetasche um die Schulter, den Rucksack und eine Plastiktüte in der Hand.

»Gary! Setz dich doch.« Ruby rutschte näher an die gusseiserne Figur heran, sodass sie sich zu dritt die Bank teilen konnten.

Gary nahm ihr Angebot an, und sie fühlte sich ein wenig unbehaglich, so ganz nah bei ihm. Unbehaglich, weil es einfach zu gut war, um es zuzulassen.

»Danke.« Er stellte sein Hab und Gut auf dem Boden ab. »Was trinkst du da?«

»Kalten Tee.«

Gary grinste. »Schmeckt er?«

»Ehrlich gesagt weiß ich das gar nicht.«

Er runzelte die Stirn und sah sie fragend an. Ruby starrte auf sein graues T-Shirt, das neu zu sein schien und überhaupt nicht zu der verwaschenen alten Jeans passte.

»Ruby, willst du reden?«

»Ach, weißt du, es geht mir nur vieles durch den Kopf zurzeit.«

»Wegen des Ladens?«

»Der Laden, mein Dad ...« Du, hätte sie am liebsten hinzugefügt.

»Ich war heute mit deinem Vater Schach spielen«, informierte Gary sie.

Überrascht sah Ruby auf. »Tatsächlich? Er ist gekommen?«

»Ja. Und er hat mich dreimal geschlagen.«

»Und du ihn?«

»Einmal. Ich glaube aber, das habe ich nur geschafft, weil er von den Bananen so abgelenkt war.«

»Du hast ihm Bananen gebracht? Das war wirklich nett von dir. Vielen Dank.«

»Wir haben uns für morgen wieder verabredet.«

Ruby konnte es kaum glauben. Gary hatte ihren Vater dazu gebracht, das Haus zu verlassen. Und gleich am Samstag wollten sie es wiederholen?

»Das finde ich ganz, ganz toll. Apropos Samstag ... Ich denke, ich muss dir wegen des Flohmarkts absagen.«

»Oh, das ist aber schade.« Auch wenn Gary nicht fragte, wieso, fand Ruby, sie war ihm eine Erklärung schuldig. Außerdem musste sie ihre Sorgen endlich einmal loswerden. »Ich muss mir erst mal darüber klar werden, was ich zukünftig überhaupt verkaufen will«, gestand sie deshalb. Beim Gedanken an ihre Mutter stiegen ihr Tränen in die Augen.

»Ich dachte, das wüsstest du längst.«

»Das mit dem Trödel war vielleicht keine so gute Idee.

Ich meine, bringt es denn etwas, wenn ich eine billige Vase für drei Pfund kaufe und sie für fünf wieder verkaufe?«

»Es bringt immerhin zwei Pfund.«

»Damit kann ich aber meine Mieten nicht zahlen.«

»Mieten?«

»Die für die Wohnung und die für den Laden.«

»Du trägst wirklich eine große Verantwortung, oder?«

Sie nickte, und ihr war nun richtig nach Weinen zumute. »Okay. Dann gehen wir vielleicht ein anderes Mal auf den Flohmarkt. Wenn du weißt, wie es mit dem Laden weitergehen soll.«

»Vielleicht sollte ich ihn einfach aufgeben, mir einen ganz normalen Acht-Stunden-Job suchen, mit dem ich ein regelmäßiges Einkommen habe. Dann hätte ich auch mehr Zeit für meinen Dad.«

»Aber du liebst deinen Laden, Ruby.«

»Ja, und? Wenn meine Mutter sehen könnte, was daraus geworden ist, wäre sie sowas von enttäuscht.«

»Und wenn sie sehen könnte, dass du ihn einfach schließt? Wer weiß, was dann daraus werden würde. Sagtest du nicht, es wären einmal Valeries Räumlichkeiten gewesen?«

Er wusste doch ganz genau, dass dem so war.

Ihr Blick fiel auf die Pfingstrosen in dem Blumenkübel vor ihnen, die in einem satten Pink blühten. Sie versuchte, sich daran zu erinnern, was Tobin ihnen über die Symbolik der Pfingstrose gesagt hatte. Stand sie nicht für Geborgenheit und mütterliche Liebe?

Sie spürte, wie Gary nach ihrer Hand griff und sie hielt, sie sachte drückte, wie um ihr zu sagen, dass alles gut werden würde.

Sie schenkte ihm ein trauriges Lächeln. »Ich glaube, ich brauche ein bisschen Zeit zum Nachdenken, Gary.«

»Natürlich, das verstehe ich. Wenn du mich brauchst, bin ich jederzeit für dich da. An meinem gewohnten Platz.« Er lächelte sie ebenfalls an.

»Danke, Gary.« Schweren Herzens ließ sie seine Hand los, erhob sich, ging zurück in den Laden und setzte sich auf den Boden. Holte Valeries Tagebücher hervor. Und suchte nach Antworten.

KAPITEL 14

17. Juni 1883

Liebes Tagebuch,

heute, an unserem zweiten Hochzeitstag, hat mein wunderbarer Ehemann mir meinen größten Wunsch erfüllt: Er hat mir meinen eigenen Laden gekauft. Dieser befindet sich am Ende einer kleinen Gasse, die von einer Hauptstraße abgeht. Ich hoffe von Herzen, es verirrt sich überhaupt mal jemand hierher. Ansonsten ist er aber ganz zauberhaft. Ich möchte ihn gern näher beschreiben. Er ist von außen mit Holz vertäfelt, das Samuel versprochen hat, ganz bald zu streichen, von innen sind bestimmt zehn mal acht Meter Platz für meine Träume. Es gibt einen großen Ladentisch, Holzdielen auf dem Boden, sogar ein hübsches Hinterzimmer, in dem ich eine kleine Küche einrichten kann. Eventuell sogar mit einem Ofen, denn ich habe vor, selbst Brot zu backen und zu verkaufen. Auch Marmelade werde ich kochen und zum Verkauf anbieten. Am Ende der Straße steht ein kleiner Kirschbaum, vielleicht darf ich mir ein paar Früchte pflücken, wenn sie reif sind.

Was ich neben Brot und Marmelade anbieten werde, steht noch nicht fest. Wahrscheinlich alles, was man für den täglichen Bedarf benötigt. Genaueres werde ich noch mit

Samuel besprechen, der mir zur Hand gehen und alle
Waren einkaufen wird, wie er mir bereits sagte.

Ach, es wird ganz wunderbar werden. Mein eigener kleiner
Laden. Wie soll ich ihn nur nennen? Valerie's Grocery
Shop? Oder lieber Valerie's Little Shopping Place? Ich werde
mir einen guten Namen einfallen lassen, und jeder, der ihn
hört, wird sofort wissen, wer ich bin. Denn ich habe
Großes vor. Ich werde nicht nur die Menschen der Umgebung mit allen wichtigen Dingen versorgen, sondern
außerdem immer ein offenes Ohr für meine Kunden haben
und ihnen mit Rat und Tat zur Seite stehen. Auch werde
ich sie anschreiben lassen, wenn sie gerade in Geldnot sind.
Denn ich möchte zurückgeben, womit ich gesegnet bin.
Ich möchte mein unfassbares Glück teilen. Und ich möchte,
dass man mich, wenn ich eines Tages nicht mehr bin, in
Erinnerung behält.

All das wünsche ich mir und noch viel mehr: fröhliche
Kunden, lächelnde Kinder, gute Gespräche, erfüllende
Tage, Musik und Gesang und Feste rund um meinen
Laden. Er soll einzigartig werden.

Valerie

Ruby schlug das Buch zu und sah sich in ihrem Laden um.
Warum konnte sie nicht auch so zuversichtlich sein wie
Valerie? So motiviert? Sie brauchte dringend eine Strate-
gie. Ideen. Sie musste nachdenken.

Und bis sie eine Lösung gefunden hatte, würde sie ihre
Türen schließen. Es brachte rein gar nichts, in einem leeren Laden zu sitzen und vor sich hin zu jammern.

Gut. Also los!

Sie nahm die nicht erwähnenswerten Einnahmen der letzten Tage aus der Kasse, beschrieb ein Schild und hängte es ins Fenster.

BIS AUF WEITERES GESCHLOSSEN!

Da sie keine Ahnung hatte, wie lange ihre Selbstfindung dauern würde, hatte sie kein konkretes Datum angegeben. Das würde man dann sehen.

Sie holte den Karton von draußen herein und stellte erleichtert fest, dass Gary tatsächlich wieder an seiner gewohnten Ecke saß. Sie musste lächeln.

In diesem Moment aber kam eine aufgebrachte Susan angerannt, Terry an der Leine. »Sag, was um Himmels willen machst du denn da?« Sie betrachtete das Schild im Fenster eingehend. Dann sah sie Ruby schockiert an.

»Ich schließe meinen Laden.«

»Bis auf Weiteres. Was heißt das?«

»Das weiß ich selbst noch nicht.«

»Hast du den Verstand verloren, Kleines? Warum denn nur?«

Sie atmete tief durch. Es war wohl an der Zeit, ihre Freundinnen teilhaben zu lassen. »Weil ich mir erst darüber klar werden muss, was ich eigentlich will. Was ich verkaufen möchte. Ich habe da einige Dinge zu überdenken.« Susan starrte sie an, als wäre sie völlig übergeschnappt. Ruby musste trotz ihrer misslichen Lage lachen. »Es geht mir gut, Susan. Du brauchst dir keine Sorgen zu machen. So kann es nur nicht weitergehen.«

»Aber du wirst doch wieder öffnen, oder?«

»Ja, natürlich. Ganz sicher. Irgendwann.«

»Irgendwann. Oh, Himmel, Ruby! Ist was passiert? Wurdest du von Aliens entführt oder so? Das bist doch nicht du! Du hast deinen Laden keinen einzigen Tag lang geschlossen, seit … du wieder hier bist.«

»Ja, das weiß ich, Susan. Nur … Der Laden läuft leider mehr als schlecht …«

»Und all die vielen Kunden in letzter Zeit?«

»Die hab ich mit meinem Trödel angelockt, davon ist aber nichts mehr übrig.«

»Du hast mir sogar erzählt, dass du einen Schreibtisch zu einem guten Preis verkauft hast …«

»Ja, das habe ich. Und hätte ich solche Glücksmomente nicht ab und zu gehabt, hätte ich den Laden wahrscheinlich schon längst geschlossen. Ein verkaufter Schreibtisch alle paar Monate bringt nicht genug ein, um alle Kosten zu decken. Ich bräuchte etwas, das mir ein geregeltes Einkommen verspricht.«

»Ach, Ruby. Ich wusste nicht, dass du finanzielle Probleme hast. Warum hast du denn nichts gesagt, dann hätten wir anderen dir geholfen.«

»Das habt ihr doch schon. Ihr habt die Anzeige in der Zeitung für mich geschaltet, erzählt jedem, der nach Antiquitäten sucht, von meinem Laden …«

»Das meine ich nicht. Ich wollte damit sagen, dass wir dir finanziell unter die Arme gegriffen hätten, dir was geliehen hätten.«

»Ich weiß. Und genau deshalb hab ich es euch nicht erzählt. Ich will es allein schaffen, verstehst du?«

Es reichte, dass bereits die Ersparnisse ihrer Mutter aufgebraucht waren, sie wollte jetzt nicht auch noch Schulden bei ihren Freundinnen machen.

Susan sah sie wissend an. »Ganz deine Mutter. Sie war genauso stur.«

Ruby lächelte traurig. »Ja, das höre ich öfter.«

Ihre Tante Carol hatte ihr dasselbe gesagt, als sie jegliche Hilfe abgeschlagen hatte, die sie ihr bezüglich ihres Vaters oder des Ladens angeboten hatte.

»Dann hoffe ich, dass du dir bald darüber klar wirst, was du machen möchtest, Kleines. Und bitte komm zu mir, wenn ich dir irgendwie helfen kann. Ich bin immer für dich da. Das sind wir alle.«

»Ja, das weiß ich. Das ist aber etwas, das ich ganz allein herausfinden muss, Susan. Es geht um meine Zukunft und um die des Ladens.«

Susan sah sie liebevoll an und drückte sie. »Deine Mutter wäre sehr stolz auf dich, das weißt du, oder?«

»Wäre sie das?« Sie hatte da noch immer ihre Zweifel.

»Aber natürlich. Du warst ihr Ein und Alles. Und ich bin mir sicher, egal, was du aus dem Laden machen willst, sie wäre mit allem einverstanden. Gib ihn nur nicht auf, okay?«

Ruby nickte. Sie glaubte Susan, denn sie hatte ihre Mutter gut gekannt. Ein wenig positiver gestimmt ging sie nun die Valerie Lane entlang.

»Gary, hast du Lust auf einen Spaziergang?«, fragte sie, als sie die Ecke erreicht hatte.

»Klar.«

Er sammelte seine Sachen und folgte ihr.

»Du hast deinen Laden geschlossen?«, fragte er, jedoch weit weniger schockiert als Susan. Eigentlich so, als hätte er etwas in der Art erwartet.

»Ja, das habe ich. Ich werde ihn erst wieder öffnen, wenn ich weiß, was ich zukünftig machen möchte.«

»Sehr gut.«

Überrascht sah sie ihn an. »Ja? Findest du?«

»Ich bin der Meinung, manchmal ist es einfach Zeit für einen Neubeginn.«

Sie fragte sich, ob er sich seinen eigenen Ratschlag selbst auch zu Herzen nahm.

»Möchtest du nicht auch einen Neuanfang?«, traute sie sich zu fragen, so leise, dass sie sich nicht sicher war, ob er es überhaupt gehört hatte.

Gary sah zu Boden, auf seine Schuhe, die auch schon einmal bessere Tage gesehen hatten. Der linke hatte vorne ein kleines Loch, und am rechten war ein Schnürsenkel abgerissen.

»Ich habe keinen verdient«, gab er zur Antwort, und Ruby verspürte tieferes Mitleid, als sie es je zuvor getan hatte.

»Warum sagst du so etwas, Gary?«

Nun blieb er stehen, sah sich um, ging dann auf eine alte steinerne Treppe zu, die zu einem der Universitätsgebäude führte. Er setzte sich und presste die Lippen fest aufeinander.

Ruby nahm direkt neben ihm Platz und sah hinauf zum Himmel, der noch immer hellblau war. Der Mond war aber bereits zu sehen. Es wirkte irgendwie surreal. Genau wie das, was Gary gesagt hatte.

»Ich bin es nicht wert, Ruby. Hab es nicht mal verdient zu leben. Die meiste Zeit über wünschte ich, ich wäre tot.«

Das traf sie unerwartet. Vollkommen unerwartet. Obwohl Gary sie nicht ansah, sondern seinen Blick auf irgendeinen Punkt am Horizont gerichtet hatte, sah sie die unendliche Traurigkeit in seinen Augen. Sie wusste nicht, was sie sagen sollte – was konnte man auf so eine Offenbarung schon erwidern? Dennoch wollte sie, ja, musste sie ihm doch etwas sagen, oder? Ihm gut zusprechen. Ihn wissen lassen, dass er nicht allein war.

»Oh, Gary«, war jedoch alles, was sie herausbrachte.

Ruby hakte sich bei ihm ein und legte den Kopf an seine Schulter. Wollte ihm einfach nur zeigen, dass sie für ihn da war. Bildete sie es sich nur ein, oder war das ein leises Schluchzen, das sie vernahm? Ohne aufzublicken, sagte sie: »Jeder hat es verdient zu leben. Jeder wird gebraucht. Sieh dir nur meinen Dad an, was wäre er ohne mich? Und irgendwer braucht auch dich.«

Sie war erleichtert, dass ihr Gesicht an seiner Schulter verborgen war, so konnte er nicht erkennen, wie rot sie ganz sicher geworden war. Er musste doch begriffen haben, dass sie von sich sprach, oder?

Er atmete einmal tief aus und sah zu ihr herunter. »Danke, Ruby.«

Sie saßen noch eine ganze Weile da, bevor sie aufstanden und weitergingen. Es kam ihnen eine Gruppe von Studenten entgegen, die so wunderbar sorglos wirkten. Sie erinnerten Ruby an eine Zeit, die sie manchmal so sehr vermisste, dass es wehtat. Wehmütig sah sie sich um. Zu ihrer Linken befand sich jetzt das Magdalen College mit der Magdalen Chapel, zu ihrer Rechten der botanische Garten.

Gary räusperte sich. »Du fragst dich sicher, was mir passiert ist, oder? Wie ein Mann in meinem Alter schon so trostlos sein kann?«, sagte er, als sie den Cherwell River erreichten.

Ruby blieb auf der Brücke – der Magdalen Bridge – stehen. »Natürlich frage ich mich das. Du musst es aber nicht erzählen. Wir haben alle unser Päckchen zu tragen. Und ich spreche, ehrlich gesagt, auch nicht gern über meine Vergangenheit.«

»Da haben wir ja was gemeinsam.«

»Hm ...«

Sie schwiegen wieder, stützten sich auf dem Brückengeländer ab und sahen auf das sachte vorüberfließende Wasser, das in der Abendsonne glitzerte und hier und da etwas aus dem Nichts hervorzauberte: eine alte Cola-Dose, einen Styroporbecher, ein Stück Papier, das noch nicht lange auf seiner Reise sein konnte, sonst wäre es sicher schon durchweicht. Was wohl daraufstand?

»Ich vermisse meine Mum«, gab Ruby irgendwann mit zittriger Stimme preis.

»Natürlich vermisst du sie. Es wäre doch sehr unmenschlich, wenn wir die geliebten Menschen, die von uns gegangen sind, nicht vermissen würden.«

»Hast du auch jemanden verloren?«

Gary nickte. »Nicht nur das. Ich bin sogar schuld an ihrem Tod.« Rubys Herz pochte schneller. Wie meinte er das? Sie schwieg, denn sie wollte diesen Moment nicht mit Nachfragen zerstören. »Und du kannst mir glauben, dieses Gefühl ist schlimmer als alles andere. Zu wissen, dass sie noch leben würden, wenn du anders gehandelt hättest.« Sosehr sie sich freute, dass Gary sich ihr gegenüber endlich öffnete, war Ruby sich doch nicht sicher, ob sie noch mehr hören wollte. Ein kleines Schluchzen entfuhr ihm, das seine ganze Verzweiflung ausdrückte. »Meine Frau und mein Sohn. Sie sind beide tot. Wegen mir.« Gary schlug die Hände vors Gesicht. »Ich weiß gar nicht, warum ich dir das überhaupt erzähle.«

Sprachlos starrte Ruby ihn an. Gary hatte eine Frau und einen Sohn gehabt? Und sie waren beide tot?

»Gary … Es tut mir so leid.« Sie legte ihm eine Hand auf den Arm.

Er schüttelte sie sanft weg. »Du solltest dich besser von mir fernhalten. Ich bringe nur Unglück.«

Im ersten Augenblick bezog sie sein Verhalten wieder mal auf sich, kam sich aber sofort kindisch vor. Es ging hier nicht um sie, sondern um Gary und seine Ängste. Waren sie der Grund, weshalb er auf der Straße lebte? Weil er niemandem zu nahe kommen wollte? Weil er glaubte, er brächte Unglück? Weil er sich Selbstvorwürfe machte? Weil er fand, er hätte es nicht verdient zu leben? Sie strich ihm vorsichtig über den Rücken. Diesmal ließ er es zu.

»Möchtest du darüber reden?«, fragte sie behutsam. »Ich bin eine gute Zuhörerin.« Er sah sie an, die Augen voller Tränen. »Manchmal müssen wir uns die Dinge einfach von der Seele reden, sonst zerstören sie uns«, fügte sie noch hinzu.

Er nickte kaum sichtbar. »Sie war schwanger. Vivienne, meine Frau.« Erneut entfuhr ihm ein kleiner Schluchzer. »Es ist jetzt fast vier Jahre her. Unser Sohn war zweieinhalb und ging schon in den Kindergarten. Ich … hab geschrieben. Viel zu viel geschrieben. Die Nächte durchgearbeitet.

Damit ich nach der Geburt für Vivienne da sein konnte und für Ben und für das Baby.« Gary hielt kurz inne und schüttelte den Kopf. »Die Geburt stand kurz bevor, der Arzt hatte meiner Frau Bettruhe verordnet. Und eines Morgens ist sie losgefahren, um den Kleinen in den Kindergarten zu bringen, obwohl das meine Aufgabe war. Sie wollte mich nicht wecken, weil ich zu müde war ... Ich hatte die halbe Nacht durchgeschrieben.« Er begann zu weinen. »Sie ...« Seine Worte blieben ihm in der Kehle stecken. Er musste sich erst beruhigen, bevor er weitersprechen konnte. »Sie hatten einen Unfall. Es goss in Strömen. Ein Lkw hat sie erwischt. Beide waren sofort tot. Und das Baby ... das war nicht mehr zu retten.« Ruby hielt den Atem an. Was sie da hörte, war einfach schrecklich. Gary hatte alles, was er liebte, auf einmal verloren. Nicht nur seine Frau und seinen Sohn, sondern auch das ungeborene Kind. Er vergrub das Gesicht in seinen Armen, die zitternd auf dem Brückengeländer lagen. »Es war meine Schuld, ganz allein meine Schuld.«

»Oh mein Gott, Gary. Das darfst du nicht denken. Du kannst doch nichts für das, was an dem Tag passiert ist.« Und doch verstand sie ihn. Sie würde vermutlich genauso empfinden.

»Egal, was du sagst, du kannst mir meine Schuldgefühle nicht nehmen.«

Für einen Augenblick hatte sie tatsächlich den Eindruck, dass er seine Schuld behalten wollte. Dass er nicht wollte, dass jemand sie jemals von ihm nahm. Dass er sich in seinem Selbstmitleid suhlen wollte. Vielleicht, weil es alles war, was er noch hatte?

»Oh Gary, es tut mir so leid«, war alles, was sie sagen konnte. Erneut.

Was sollte man auch anderes sagen, wenn der schlimmste Albtraum für jemanden wahr geworden war?

»Und ich habe geschlafen, weißt du? Während sie starben, habe ich geschlafen. Die Polizei hat mich mit ihrem Klingeln geweckt. Ich wusste gar nicht, wie mir geschah.«

»Das muss einfach schrecklich gewesen sein. Aber Gary, du darfst dich nicht dafür verantwortlich machen. Es *ist* nicht deine Schuld.«

»Ruby ...« Er schüttelte verzweifelt den Kopf. »Wenn es nicht meine Schuld ist, weshalb fühlt es sich dann so an? Ich allein muss dafür verantwortlich gemacht werden. Ich und mein verdammter Egoismus.«

»Egoismus? Etwa, weil du die Nacht durchgeschrieben hast? Du hast mir doch selbst gesagt, weshalb du es getan hast. Du hast dabei nur an deine Familie gedacht. Das ist das Gegenteil von Egoismus.« In diesem Moment verstand Ruby etwas. Wie oft hatte sie sich in den letzten Monaten und Jahren selbst bemitleidet wegen all der Verantwortung, die sie zu tragen hatte ... Schuld jedoch musste noch viel, viel schwerer wiegen. »Lebst du deshalb auf der Straße?«, fragte sie.

Gary nickte. »Ich konnte einfach nicht mit meinem normalen Leben weitermachen. Ohne sie war alles ... sinnlos. Ich wollte nur noch weg aus Manchester, weg von allem, was mich an sie erinnerte. Unsichtbar sein.«

»Und du hast aufgehört zu schreiben ...«

»Ja, aber nicht, weil ich das Schreiben für das tragische Geschehen verantwortlich gemacht habe. Ich hätte ein-

169

fach *weniger* schreiben sollen …« Er blickte nun wieder aufs Wasser. »Eigentlich vermisse ich es sogar.«

Dass man als Obdachloser aber nicht mit einem Computer auf der Straße sitzen und Geschichten tippen konnte, war auch Ruby klar. Selbst wenn man sich einen würde leisten können.

»Vier Jahre sind eine lange Zeit«, sagte sie. Sie mussten Gary wie eine Ewigkeit in der Hölle vorgekommen sein. »Vielleicht solltest du doch mal darüber nachdenken, nach vorne zu blicken. Ich wäre dabei gern an deiner Seite.«

Jetzt war es raus. Sie wusste nicht, ob sie damit alles ruinierte. Vielleicht wollte Gary gar nicht nach vorne blicken. Vielleicht interpretierte er ihre Aussage so, als ob sie wollte, dass er die Vergangenheit hinter sich ließ. Vielleicht hatte sie ihn gerade für immer vergrault.

Doch Gary sah sie an, und er hatte sogar ein kleines, wenn auch trauriges Lächeln auf den Lippen. »Danke, Ruby. Das fände ich sehr schön.«

Nun war sie es, die seine Hand nahm und sie zuversichtlich drückte. Und sie hoffte, er fühlte, was sie ihm mit Worten nicht sagen konnte.

KAPITEL 15

»Ein alter Bekannter war heute Vormittag bei mir im Laden«, erzählte Ruby, während sie sich und Gary eine halbe Stunde später japanische Instantnudeln in ihrer Küche zubereitete. »Fred. Er arbeitet schon lange im Ashmolean Museum und restauriert nebenbei antike Möbelstücke. Er hat sich den Sekretär angesehen, der seit Ewigkeiten bei mir steht, meine Mum hat ihn vor Jahren bei der Auflösung einer imposanten Villa erstanden. Sie hat immer behauptet, er hätte einmal Charles Dickens gehört. Richtig geglaubt habe ich ihr allerdings nie, und Fred hat mir heute auch noch mein letztes bisschen Hoffnung genommen. Der Sekretär stammt zwar aus dem 19. Jahrhundert, sagt er, aber er wurde ziemlich sicher erst nach Dickens' Tod gefertigt.«

»Schade. Wäre wohl auch zu schön gewesen, oder?«

»Ja, aber so schlimm ist das gar nicht. Denn das Ganze hat mich auf etwas gebracht …« Sie sah Gary an, hoffte, sein Interesse geweckt zu haben. Sie wollte ihm zu gern von der Idee erzählen, die sich während der letzten Stunden in ihrem Kopf festgesetzt hatte. Ach, eigentlich war sie schon seit Jahren da gewesen.

»Ach, ehrlich?« Erwartungsvoll sah er sie an.

»Ich fühle mich einfach nicht mehr in meinem Element. Mein ganzes Leben habe ich zwischen all diesen alten

Sachen verbracht und es auch gemocht. Aber jetzt hab ich das Gefühl, als müsste ich endlich eigene Wege gehen. Irgendetwas Neues auf die Beine stellen, etwas, hinter dem ich hundertprozentig stehen kann.« Ruby stellte die Nudeln auf den Küchentisch. Ihrem Vater hatte sie bereits seine Bananen gebracht, ausnahmsweise forderte sie nicht, dass er sich wenigstens zum Abendessen mit an den Tisch setzte. »Ich habe da einen Traum ...«, begann sie, unsicher, ob sie Gary schon davon erzählen sollte. Oder ob der Traum zu verrückt war.

Gary nahm seine Gabel und sah sie gespannt an. »Und?«, machte er ihr Mut fortzufahren.

»Wie du weißt, liebe ich Bücher über alles.«

Er nickte, während er seine Nudeln aß. Kurz dachte Ruby, dass ihre Mutter ihrem Vater niemals Instantnudeln aufgetischt hätte. Sie hatte immer aufwendig gekocht. Das Essen seiner lieben Frau hatte Hugh stets besonders gelobt und ihr nach jeder Mahlzeit dankbar einen Kuss gegeben.

»Ich habe mir überlegt, ich könnte doch einen Buch-laden eröffnen.« Bevor Gary etwas sagen konnte, fuhr sie fort: »Ich weiß, die gibt es in unserer hübschen Universitäts-stadt wie Sand am Meer, aber ich denke an ein etwas ande-res Geschäft. Ich habe ja diese kleine Ecke mit Raritäten im Laden, für die sich immer mal wieder ein Käufer findet. Da könnte ein Antiquariat doch sehr rentabel sein.«

»Eine tolle Idee.« Gary sah sie begeistert an. »Alte Bücher sind begehrt. Wenn du dann noch Erstausgaben anbieten würdest oder solche signierten, wie sie bei dir im Zimmer stehen, würden Sammler, Professoren und Litera-turstudenten dir sicher die Türen einrennen.«

Ruby musste lächeln. Sie freute sich über Garys Reaktion.

»Das hab ich mir auch gedacht. Ich habe neulich mal recherchiert. Sehr viele solcher Läden gibt es in Oxford nicht.«

»Würdest du denn nur Raritäten anbieten?«

»Am liebsten schon. Aber die sind unglaublich kostspielig. Ich würde ewig brauchen, um genügend zu erwerben, damit ich solch einen Laden überhaupt eröffnen könnte. Also müsste wahrscheinlich noch etwas anderes her.«

»Moderne Bücher?«

»Nein, auf keinen Fall. Ich möchte es schon bei Altem belassen. Vor allem um meiner Mutter willen. Aber man könnte vielleicht anderes Buchbezogenes anbieten.«

»Wie zum Beispiel?«

»Ich habe da diese hübsche Spieluhr im Laden, die einen lesenden alten Mann darstellt, der sich zu einem Stück von Chopin dreht. So etwas wäre toll. Schöne alte Dinge, die sich um Bücher und ums Lesen im Allgemeinen drehen. Was meinst du?«

»Wie wäre es mit antiken Buchstützen? Füllfederhaltern? Oder altem Schmuck, der irgendwas mit Literatur zu tun hat?«

Plötzlich hatte Ruby eine Eingebung. »Die Idee ist super! Ich erinnere mich gerade daran, dass meine Mutter früher leidenschaftlich gern Schmuck hergestellt hat. Darunter waren auch Ohrringe mit Anhängern in Form von Büchern.«

»Die wären dann allerdings nicht antik.«

»Hmmm … Es müsste ja nicht alles unbedingt antik sein. Wenn sie im Vintage-Stil wären, man sie auf alt machen würde, könnte das passen. Was denkst du?« Hoffnungsvoll sah sie Gary an.

Er lächelte. »Ich denke wirklich, das könnte funktionieren.«

Innerlich jauchzte sie vor Freude. Endlich hatte sie einen Plan, der zwar noch nicht wirklich ausgereift war, aber wenigstens langsam Gestalt annahm.

»Und Lesezeichen! Man könnte Lesezeichen selbst herstellen. Ebenfalls im Vintage-Stil. Mit hübschen Bildern oder Sprüchen«, überlegte sie laut.

»Du könntest auch ...«, begann Gary, und sie sah ihn erwartungsvoll an. »Du könntest zeichnen oder aquarellieren. Bilder von berühmten Schriftstellern, wie sie ihre bekanntesten Werke schreiben oder in Händen halten. Oder so.« Er sah ein wenig verlegen aus, und Ruby war es sogleich auch.

»Ich bin nicht gut genug dafür, Gary.«

Er sah ihr nun tief in die Augen. »Ruby, hast du wirklich keine Ahnung, *wie* gut du bist? Du bist unglaublich! Deine Zeichnungen sind einzigartig, ausdrucksvoll ... umwerfend«, schwärmte er.

Ruby war sprachlos. So hatte sie Gary, der ja sonst eher zurückhaltend war, noch nie reden hören.

»Meinst du wirklich?«, fragte sie noch einmal nach. Denn so richtig überzeugt war sie trotz allem nicht.

»Ruby, hör mir zu. Wenn jemand es kann, dann du.«

Sie errötete. »Danke.«

»Ich meine es ganz ernst.«

Ihr Herz pochte wie wild.

»Ruby! Hast du noch mehr Bananen?«, hörte sie ihren

Vater in der Sekunde rufen und war froh, sich kurz vom Tisch entfernen zu können. Sie nahm zwei der gelben Früchte von der Küchenarbeitsfläche und brachte sie ins Wohnzimmer. Sie rang nach Fassung. Versuchte durchzuatmen. Was machte Gary nur mit ihr?

Als sie wieder in die Küche kam, stand er schon an der Spüle und wusch das Geschirr.

»Das ist wirklich nicht nötig, Gary.«

»Doch, ist es. Du hast mich jetzt schon zweimal innerhalb von zwei Tagen bekocht.«

»Na, ob man das heute wirklich kochen nennen kann ...«

»Es bedeutet mir sehr viel, und ich möchte mich erkenntlich zeigen.«

»Du bist ein guter Freund, Gary. Das genügt.« Sie sah ihn liebevoll an. Doch als sie Garys Blick wahrnahm, hätte sie ihre Worte am liebsten zurückgenommen oder sie zumindest anders formuliert. Das, was sie gesagt hatte, war völlig falsch rübergekommen. Sie hatte ausdrücken wollen, wie sehr Gary ihr Leben bereicherte, dass allein seine Anwesenheit schon genügte, um das wettzumachen, was sie für ihn tat. Aber er hatte es anscheinend so aufgefasst, als wenn sie wirklich nur mit ihm befreundet sein wollte und nicht mehr. »Gary, ich ...«

»Schon gut, ich verstehe.«

»Nein, ich glaube nicht, denn ...«

»Als genau das sehe ich dich auch, Ruby. Als wunderbare Freundin.« Sie musste schlucken. Seine Worte zerschmetterten ihr Herz in zwanzigtausend Stücke. Rasch drehte sie sich weg, konnte ihm einfach nicht weiter ins Gesicht sehen. Sie fühlte, wie ihr Tränen in die Augen schossen. Und dann fühlte sie eine warme Hand auf ihrem Rücken. »Ruby, eigentlich stimmt das gar nicht.«

»Nicht?«, brachte sie nur krächzend hervor, nicht in der Lage, sich Gary zuzuwenden.

»Nein. Denn eigentlich hab ich dich furchtbar gern.« Ganz langsam drehte sie sich um, konnte ihn aber noch immer nicht wieder ansehen. Er legte eine Hand unter ihr Kinn und zwang sie aufzublicken. »Hast du gehört, was ich gesagt habe, Ruby?« Sie nickte und konnte in seinen Augen sehen, was sie so lange gehofft hatte, dort eines Tages zu sehen. Sie schluchzte und legte ihren Kopf an seine Brust, hüllte ihn mit ihrer Liebe ein. Gary legte behutsam die Arme um sie, und sie tat dasselbe. »Ach, Ruby ...«, fuhr er fort. »Das kann doch gar nicht gut gehen, oder?« Sie wollte nichts hören. Schloss ihre Augen und genoss den Moment. Hielt dieses wundervolle Gefühl fest, Garys Wärme, die Geborgenheit. Sie wollte ihn nie mehr loslassen. Doch irgendwann löste er sich von ihr, sah ihr in die Augen. »Ich weiß nicht, ob ich das kann, Ruby.«

»Mir geht es genauso, Gary.«

Er lachte leise, verzweifelt. »Na, das sind ja gute Aussichten.«

Sie lächelte traurig. Konnten sie eins werden? Einander helfen? Einander heilen?

Ruby atmete tief ein, und dann kamen die Worte einfach so aus ihr heraus. Sie konnte sie gar nicht zurückhalten. »Ich weiß, wir haben nicht die besten Voraussetzungen, Gary«, sagte sie, »aber ich weiß auch, was ich für dich empfinde. Und dass ich nicht mehr ohne dich sein will.«

Diesmal war er es, dessen Augen sich mit Tränen füllten. »Womit habe ich dich nur verdient, Ruby?«

»Ich brauche dich so sehr, wie du mich brauchst. Vielleicht können wir uns eine Chance geben? Damit keiner von uns mehr allein sein muss ...«

Sie fragte sich, ob er es wieder falsch auffasste. Sie wollte nämlich nicht nur mit ihm zusammen sein, weil sie nicht mehr allein sein wollte, sondern weil sie eine Zuneigung für ihn empfand, die sie zuvor nicht gekannt hatte.

Doch er verstand. »Es wäre wirklich schön, nicht mehr allein zu sein.«

Erleichtert und überglücklich atmete Ruby aus. Sah auf zu diesem geschundenen Mann, dem sie wieder ein wenig Hoffnung im Leben geben wollte. Und als seine Lippen sich ihren näherten, schloss sie die Augen und empfing ihn mit all der Liebe, die sie ihm geben konnte.

KAPITEL 16

»Sieh mal, dort vorne. Das sieht nach alten Büchern aus, da könnte was dabei sein«, sagte Gary, als sie am Samstagmorgen über den Flohmarkt spazierten.

Ruby hatte sich dazu entschlossen, doch zu gehen. Sie wollte herausfinden, wie schwer oder einfach es war, besondere Bücher aufzutreiben. Natürlich hatte sie auch zuvor schon danach Ausschau gehalten, da hatte ihr Augenmerk allerdings mehr auf alten Stühlen, Vasen, Besteck und Porzellan gelegen. Sie hatte nur selten ein Buch mitgenommen, und auch nur, wenn sie sich sicher war, dass es sich verkaufte. Dickens ging immer, Austen auch. Poe, Doyle und die Brontës sowieso. Aber alles andere hatte sie eher für sich selbst in Betracht gezogen und da auch nach neueren Ausgaben gegriffen. Jedes Jahr zu Weihnachten sah sie sich in Internetforen um und gönnte sich ein signiertes Exemplar. Sie hatte bereits welche von Virginia Woolf, F. Scott Fitzgerald und sogar eines von John Steinbeck, das ihr besonders viel bedeutete. *Die Perle* – eine todtraurige und berührende Geschichte. Sie hatte das Buch am Abend zuvor Gary empfohlen, als er nach einer Einschlaflektüre gesucht hatte.

Gary hatte bei ihr übernachtet. Sie hatten noch bis spät in die Nacht geredet und Pläne für den neuen Laden geschmiedet. Irgendwann hatte Ruby die Tür zu dem kleinen Zimmer aufgeschlossen, das das Arbeitszimmer ihrer Mutter gewesen war. Hier hatte diese alte Gegenstände restauriert. Ruby erinnerte sich noch gut daran, dass ihre Mutter immer, wenn sie ihren Kopf durch die meist nur angelehnte Tür gesteckt hatte, irgendetwas geschliffen oder gelötet, geschraubt, bemalt oder lackiert hatte. Dabei hatte sie stets ein Lied gesummt. Und nun öffnete Ruby zum ersten Mal seit drei Jahren wieder Meryls heiliges Reich.

»Wonach genau suchst du denn?«, hatte Gary gefragt, als Ruby ehrfürchtig auf die vielen Kartons und Kisten zugegangen war, die in jeder nur erdenklichen Ecke standen.

Bevor Ruby geantwortet hatte, hatte sie die Augen geschlossen und sich einmal um sich selbst gedreht. Die Atmosphäre im Zimmer ihrer Mutter war voller Melancholie gewesen.

Sie hatte in den letzten Jahren nicht nur den Schmerz von ihrem Vater fernhalten wollen, sondern auch von sich selbst, hatte es nicht ertragen können, sich mit dem auseinanderzusetzen, was ihre Mutter einmal ausgemacht hatte. Dass sie so schnell und unerwartet von ihnen gegangen war, hatte eine so große Lücke in ihrer beider Leben hinterlassen. Vielleicht hätte dieser Raum Ruby Trost schenken können, sie hatte die Vorstellung, ihn zu betreten, jedoch als Tortur empfunden. Wie eine offene Wunde, in die man Salz streut, obwohl sie doch schon so schrecklich wehtut. Jetzt … jetzt ist vielleicht endlich der Zeitpunkt gekommen, hatte sie gedacht.

»Ich hab dir doch erzählt, dass meine Mum Schmuck

hergestellt hat«, hatte sie Gary erklärt und das Fenster zum Durchlüften geöffnet. »Ich will sehen, ob ich mit den Utensilien etwas anfangen kann.«

Die nächsten zwei Stunden hatten sie Kiste um Kiste geöffnet und am Ende in einem Meer aus Perlen und Steinen und Glaskugeln und Anhängern in jeder nur erdenklichen Form gesessen. Überall um sie herum glänzte und glitzerte es.

Ruby hatte nicht anders gekonnt, als zu lachen. »Ich kann nicht glauben, was sie da alles angesammelt hat. Das ist total verrückt. Selbst wenn sie hundert geworden wäre, hätte sie nicht die Zeit gehabt, all das zu verarbeiten.« Sie hatte innegehalten und geschluckt.

Gary hatte nach ihrer Hand gegriffen. »Sie hat die Sachen dir hinterlassen. Du kannst doch was damit anfangen, oder?«

»Auf jeden Fall.«

Na ja, nicht mit allem. Was zum Kuckuck sie mit den Glitzerperlen anstellen sollte, wusste sie noch nicht. Aber mit den Anhängern in Buchform oder in Form einer Feder ließ sich garantiert etwas Passendes für den Laden fertigen. Auch hatten sie ein Laminiergerät gefunden, mit dem man eventuell hübsche Lesezeichen herstellen konnte.

Ruby und Gary hatten auf dem Boden gesessen und die Kisten und ihren Inhalt betrachtet wie einen wertvollen Schatz. Es taten sich ihnen so viele neue Möglichkeiten auf.

Nachdem Ruby das, was sie würde gebrauchen können, beiseitegelegt und die restlichen Sachen wieder weggestellt hatte, hatte sie sich noch einmal im Zimmer umgesehen.

Ihr Blick war auf die beige Couch gefallen, die viel zu lange nicht genutzt worden war.

»Gary, es ist zu spät, sich jetzt noch aufzumachen. Möchtest du nicht hier übernachten? Die Couch, das ganze Zimmer steht dir zur Verfügung, wenn du willst.«

Gerührt hatte Gary sie angesehen. »Es ist doch das Zimmer deiner Mutter.«

Sie hatte genickt. »Sie hätte es so gewollt.« Das hätte sie ganz sicher.

»Wenn es dir wirklich nichts ausmacht …«

»Ich würde mich sogar sehr freuen. Und wir könnten uns gleich morgen früh zum Flohmarkt aufmachen. Wenn du noch immer Lust dazu hast.«

Gary hatte sie angestrahlt. »Dann haben wir also einen Plan?«

»Wir haben einen Plan.« Sie hatte zurückgelächelt.

Und hier waren sie nun, um fünf nach sieben auf dem Flohmarkt in Cowley.

Sie gingen zu einem Stand, vor dem kistenweise Bücher auf dem Boden standen. Ruby und Gary durchsuchten die Werke behutsam.

»Sieh mal!«, flüsterte Gary. »Was hältst du davon?« Er hielt ihr ein Buch entgegen. Ein sehr alt aussehendes Buch.

Ruby nahm es und begutachtete es. Eine Ausgabe von *Die Straße der Ölsardinen*. John Steinbeck. Ruby wusste, dass es in den Vierzigerjahren geschrieben worden war. Diese Ausgabe war von 1949. Keine Erstausgabe, aber ein Anfang.

»Wie viel wollen Sie dafür haben?«, fragte Ruby, die nicht mehr als zweihundertfünfzig Pfund bei sich hatte. Das

Geld der letzten Woche aus der Ladenkasse, das, was nach der Zahlung der Miete übrig geblieben war.

Der hippe junge Mann mit Vollbart, der so aussah, als hätte er keine Ahnung von Büchern, sondern würde nur den Haushalt seines verstorbenen Großonkels auflösen, zuckte mit den Schultern.

»Jedes Buch ein Pfund.«

Ruby machte innerlich Luftsprünge. Obwohl sich natürlich auch ein wenig ihr Gewissen bemerkbar machte, denn diesem Mann nur ein Pfund für solch ein wertvolles Buch zu geben, wäre nicht wirklich fair, oder? Andererseits ging es hier um ihren Neuanfang, da musste sie mal über ihre moralischen Bedenken hinwegsehen.

Sie sah Gary an, der sich ein Grinsen nicht verkneifen konnte. Allerdings versteckte er sich so weit unter dem Tisch, dass der Verkäufer es nicht sah.

Sie fanden noch weitere zwölf Bücher, und Ruby reichte dem Mann einen Zwanziger. »Stimmt so. Viel Erfolg noch!«

»Oh, vielen Dank! Und Ihnen viel Spaß beim Lesen.«

Lächelnd gingen sie davon.

Die meisten der soeben erstandenen Bücher hatte Ruby tatsächlich bereits gelesen. Oscar Wildes *Das Bildnis des Dorian Gray*, Dickens' *Große Erwartungen* und natürlich Steinbecks *Die Straße der Ölsardinen*. Arthur Millers *Hexenjagd* von 1953 hatten sie sogar als Erstausgabe ergattert. Ruby war hingerissen.

»Na, wenn wir da nicht ein Megaschnäppchen gemacht haben«, sagte Gary freudig.

»Und wie! Das ist schon ein ganzes Regalfach voll.« Sie würde die anderen Regale auch ausräumen, um Platz für noch mehr Bücher zu schaffen. Vielleicht würde Gary ihr ja helfen. Das fände sie wirklich schön.

»Übrigens bin ich schon halb durch mit *Die Perle*«, ließ Gary sie jetzt wissen.

Sie fragte sich, wann er denn nur Zeit zum Lesen gehabt hatte. Mitten in der Nacht?

»Ja? Und wie findest du es?«

»Du hast nicht zu viel versprochen. Ein wirklich gutes Buch.«

Sie freute sich, dass es ihm gefiel. »Es wird noch besser. Aber auch traurig.« Die meisten Menschen, die in einer ähnlichen Situation waren wie sie, würden nicht auch noch traurige Bücher lesen. Ruby dagegen sah das so: Warum die Augen vor der Wahrheit verschließen? Warum musste man in einer schwierigen Phase des Lebens partout versuchen, die Sorgen zu verdrängen? Wenn man doch sogar Trost finden konnte in diesen tragischen Geschichten. Weil man wusste, dass man nicht allein mit seinem Schmerz war.

Ihr Handy klingelte. Das Display zeigte Keiras Namen an, und sie musste lächeln. Laurie und Orchid hatten bereits am Abend angerufen, um sich zu erkundigen, wie es ihr ging. Die Sache mit der Ladenschließung hatte sich anscheinend im Eiltempo herumgesprochen.

Sie nahm das Gespräch an. »Guten Morgen, Keira.«

»Ruby! Was ist passiert? Susan hat mir erzählt, dass du deinen Laden geschlossen hast? Ich war gerade nebenan, um mich selbst zu überzeugen.«

Keira war aber früh in der Valerie Lane, es war nicht einmal Viertel vor acht. Ruby musste lächeln, war sie doch froh, solch fürsorgliche Freundinnen zu haben.

Sie sagte Keira, was sie auch den anderen gesagt hatte. »Es ist nichts passiert. Du brauchst dir keine Sorgen zu machen. Ich möchte mich nur umorientieren. Bald eröffne ich den Laden wieder. Ich nehme mir nur eine kleine Auszeit.«

»Oh. Eine Auszeit? Aber dir geht es gut?«

»Mir geht es sehr gut.« Sie sah zu Gary, der schon den nächsten Bücherstand anpeilte. Seit dem Kuss am Abend zuvor hatte es keine körperliche Annäherung mehr zwischen ihnen gegeben, aber sie verband eine Vertrautheit, die Ruby einfach nur erfüllend fand.

»Na, wenn du meinst. Kann ich irgendetwas für dich tun?«

»Nein, danke. Wenn was sein sollte, melde ich mich, ja?«

»Du wirst doch deinen Antiquitätenladen wirklich bald wieder öffnen, oder?«

»Hmmm ...«

»Ruby?«

»Ja, das werde ich. Nur dass es dann kein Antiquitätenladen mehr sein wird.«

Sie hörte Keira nach Luft schnappen und wusste mit Gewissheit, dass ihre Freundin, sobald sie das Gespräch beendet hätten, sofort zu den anderen laufen und ihnen davon berichten würde.

»Ich muss jetzt Schluss machen. Ich bin mit Gary auf dem Flohmarkt, und er hat was entdeckt.«

»Na, dann viel Spaß euch beiden. Und Ruby?«

»Ja?«

»Ich bin immer für dich da.«

»Das weiß ich. Danke, Keira.«

Sie hängte auf und folgte Gary.

Zwei Stunden später hatten sie nicht nur mindestens dreißig Bücher gekauft – und fast alle zu einem mehr als günstigen Preis –, sie hatten auch Schmuckständer ergattert, die Ruby sehr gut gebrauchen konnte, wenn sie ihre Idee wirklich umsetzen wollte. Schwer bepackt fuhren sie zurück.

»Dad! Wir sind wieder da!«, rief Ruby, als sie die Wohnungstür aufschloss.

»Ruby! Wieso habt ihr so lange gebraucht? Ich verhungere gleich.«

»Sind die Bananen etwa schon wieder alle?«

»Ich kann schnell in den Supermarkt gehen und neue kaufen«, schlug Gary vor.

»Würdest du das tun? Das wäre lieb von dir. Kannst du auch Brötchen mitbringen oder leckeres Brot? Dann machen wir uns ein schönes Frühstück.«

Sie hatte vergessen, wann sie das letzte Mal ausgiebig gefrühstückt hatte. Die vorübergehende Ladenschließung hatte also auch etwas Gutes.

»Mache ich.«

»Und Aufschnitt. Was du gern isst. Eier habe ich noch jede Menge. Letzte Woche war nämlich Eierwoche.«

Gary schmunzelte. »Alles klar.«

»Warte, ich gebe dir Geld«, sagte sie und kramte nach ihrer Geldbörse.

»Schon gut, das geht auf mich«, entgegnete Gary.

Sie wollte sagen, dass er doch kein Geld hatte, aber sie hielt sich zurück. Sicher hätte sie ihn in seinem Stolz verletzt. Sie wusste nicht, wie viel Geld Gary täglich zusammenbekam von gutmütigen Passanten, aber wenn er glaubte, es reichte für ein Frühstück, dann wollte sie es gern annehmen.

»Danke, das ist lieb von dir«, sagte sie deshalb und brachte die Bücher in ihr Zimmer. Sie würde sie später abstauben und eventuell hier und da eine Seite glattbügeln.

»Wohnt Gary jetzt bei uns?«, hörte sie ihren Vater hinter sich.

Sie drehte sich um, ging dann in Richtung Küche und versicherte ihm: »Nein, Dad. Er hat nur eine Nacht hier geschlafen.«

»Schade.«

Sie blieb auf halbem Weg stehen, schüttelte ungläubig den Kopf und musste grinsen. »Echt, Dad? Wieso?«

Er kratzte sich am Kopf und verwuschelte seine wirren Haare nur noch mehr. »Ich mag ihn«, gab er zur Antwort.

Ruby hätte in Worten gar nicht auszudrücken vermocht, wie sehr sie das freute.

»Ich mag ihn auch. Vielleicht wird er ja jetzt ein wenig öfter bei uns sein.«

Hugh nickte und gab somit sein Einverständnis. Dann ging er wieder zurück zu seinem Sessel, während Ruby Kaffee kochte.

Als Gary wenig später mit zwei vollbepackten Tüten, eine voller Bananen, eine gefüllt mit Frühstückszutaten, zurückkam, war der große Tisch im Wohnzimmer bereits gedeckt.

»Der Kaffee ist schon fertig. Ich muss nur noch die Eier kochen. Oder hättest du gern Rühreier?«, fragte sie Gary.

»Ich hätte am liebsten Spiegeleier. Wenn es dir nichts ausmacht.«

»Überhaupt nicht. Dann esse ich auch welche. Magst du sie von einer oder von beiden Seiten gebraten?«

»Von einer, bitte.« Gary lächelte sie an und packte die Einkäufe aus.

Fast fühlt es sich an, als wären wir eine richtige Familie, dachte Ruby. Konnte es doch noch wahr werden?

Beim Frühstück unterhielten sie sich, lachten viel und schmiedeten Pläne für den Laden. Hugh war mit seinen Bananen beschäftigt und hörte ihnen zu, vergaß sogar sein Radio und steuerte hier und da eine Idee bei.

»Ihr könntet Feder und Tinte verkaufen wie in alten Zeiten.«

»Eine schöne Idee, Dad«, sagte Ruby und versprach sich selbst, wenigstens darüber nachzudenken.

»Dann brauchen wir ein paar Gänse«, überlegte Hugh.

»Gänse?«

»Für die Federn natürlich. Oh! Und einen Tintenfisch! Wo bekommen wir nur einen lebendigen Tintenfisch her? Und wo lassen wir ihn dann? Könnte er in der Badewanne wohnen?«

Ruby schielte von ihrem Vater, der ganz euphorisch aussah, rüber zu Gary, der sich eine Hand auf den Mund legen musste, um nicht laut loszuprusten. Dann entfuhr ihm doch ein erstickter Lacher, und Ruby konnte nicht anders, als mitzulachen. Nun stimmte sogar Hugh mit ein.

Ruby erinnerte sich nicht, ob sie in den letzten drei Jahren auch nur ansatzweise so glücklich gewesen war wie in diesem Augenblick.

KAPITEL 17

Nach dem Frühstück nahm Gary Hugh mit in den Park, um wie versprochen Schach zu spielen. Ruby machte sich daran, die Bücher vom Flohmarkt zu säubern. Mit einem Malerpinsel fegte sie vorsichtig über die verstaubten Schnittkanten, mit einem feinen für Acrylfarben befreite sie auch noch die hinterste Ecke von Schmutz und Staub. Dabei fiel aus einem der Bücher eine alte vergilbte Postkarte heraus. Der Strand von Marokko war darauf abgebildet. Obwohl der Poststempel schwer zu entziffern war, glaubte Ruby, das Jahr 1958 zu erkennen. Auch die Schrift, der Absender hatte anscheinend mit Bleistift geschrieben, war völlig verblichen, es waren nur noch einzelne Teile der wenigen Sätze auszumachen.

Lieber Bened ... haben hier viel ... Sonne ... Wein und gutes ... Grüße, dein ...ian

Ruby fragte sich, ob der Empfänger, der sicher Benedict hieß, noch am Leben war. Und was wohl aus dem Marokko-Urlauber, der eventuell Christian oder Julian oder Damian geheißen hatte, geworden war. Sie legte die Postkarte in eine Schachtel zu anderen Karten, Briefen und Fotos, die sie in ihren Büchern gefunden hatte. So viele Menschen, über die sie niemals mehr erfahren würde ...

Sie atmete tief durch, betrachtete die Bücher zufrieden

und brachte sie dann ins Zimmer ihrer Mutter, wo ihr Blick auf das Sofa fiel, auf dem noch das Kissen und die Wolldecke von der vergangenen Nacht lagen. Es hatte sich mehr als seltsam angefühlt, Gary im Nebenzimmer zu wissen. Fast hätte sie sich gewünscht, dass er in der Nacht zu ihr geschlichen wäre. Doch er hatte Anstand bewiesen und war ihr nicht zu nahe gekommen. Seit dem Kuss hatte er überhaupt nichts mehr gewagt. Sie fragte sich schon, ob sie ihn sich nur eingebildet hatte. Doch dann war da wieder dieses Kribbeln, das sie jedes Mal überkam, wenn sie an den romantischen Moment in der Küche zurückdachte. Nein, er war echt gewesen, so real wie die Strickjacke ihrer Mutter, die hier noch immer über der Stuhllehne hing. Ruby nahm sie und zog sie sich über. Sofort traten ihr wieder Tränen in die Augen. Meryl hatte diese Jacke geliebt. Susan hatte sie ihr vor einigen Jahren zum Geburtstag geschenkt, und seitdem hatte sie sie ständig getragen. Das Lila hatte ihr wirklich gut gestanden.

Mollig warm eingehüllt ging Ruby zurück in ihr Zimmer und sah ihre Bücher durch. Suchte ein paar aus, die ihr nicht allzu viel bedeuteten. Sie hatte mit den Jahren so viele angesammelt, auf Flohmärkten oder in Kisten entdeckt, die ihre Mutter von Wohnungsauflösungen oder Garagenverkäufen mitgebracht hatte, dass sie zwei deckenhohe Regale füllten. Viele von ihnen waren alt, einige sogar etwas wert.

»Der Laden braucht euch jetzt dringender als ich«, sagte sie fest entschlossen und nahm hier und da ein Buch heraus.

Die signierten Exemplare würde sie nicht hergeben, die bedeuteten ihr einfach zu viel, aber wer brauchte schon fünf verschiedene Ausgaben von *Betty und ihre Schwestern*? Nach gut einer Stunde stapelten sich in Meryls Zimmer an die hundert Bücher. Das war doch schon mal ein guter Anfang. Ruby machte sich an den Schmuck. Zuerst säuberte sie die drei Schmuckständer vom Flohmarkt. Sie waren alle aus Holz und verschieden groß. Ob sie wirklich handgefertigt waren, hatte Ruby nicht herausfinden können, doch zumindest sahen sie so aus, und das zählte. Sie stellte die Ständer auf die Kommode im Zimmer ihrer Mutter.

Dann nahm sie die Kiste mit an den Arbeitstisch, in der sie die Buchanhänger entdeckt hatte. Dazu suchte sie sich ein paar silberne Haken, Ösen und anderes Zubehör, um Ohrringe zu fertigen. Die Anleitungen, die sie in einem Ordner fand, waren leicht zu verstehen, und einmal angefangen, war Ruby so in ihrem Element, dass sie es nicht einmal hörte, als ihr Vater und Gary zurückkamen.

»Ruby! Ich habe sechsmal gewonnen! Sechsmal!«, rief Hugh, und sie sah auf.

»Huch. Ihr seid schon wieder da? Wie spät ist es?«, fragte sie verwundert.

»Gleich halb drei.«

»Wow!«

Wie schnell die Zeit vergangen war. Und sie hatte lediglich vier Paar Ohrringe fertiggestellt. Aber es hatte wirklich Spaß gemacht.

»Sechsmal, Ruby!«, berichtete ihr Vater erneut mit Nachdruck.

»Toll, Dad. Das ist wirklich super. Und wie oft hat Gary gewonnen?«

»Gar nicht.« Hugh lachte schadenfroh.

»Dein Dad war heute so gut in Form, da hatte ich unmöglich eine Chance.«

Gary grinste, und Ruby fragte sich, ob er wohl mit Absicht verloren hatte.

»Ich geh Radio hören«, verkündete Hugh und verschwand aus ihrem Blickfeld.

Gary betrat das Zimmer. »Was machst du da Schönes?«

»Ich versuche mich an den Buchohrringen. Was sagst du? Sind die okay für den Verkauf?«

»Die sehen klasse aus«, antwortete Gary.

»Danke. Mir gefallen sie auch. Vielleicht mache ich auch welche für mich. Die kann ich dann immer tragen, wenn ich im Laden stehe. Und für meine Freundinnen in der Valerie Lane mache ich auch welche. Wenn sie dann einem Kunden gefallen und der nachfragt, wo sie gekauft wurden, können sie denjenigen an mich verweisen.« Sie lächelte.

»Häng dir mal einen an. Ich möchte sehen, wie sie aussehen«, bat Gary, und Ruby tat ihm den Gefallen.

»Und?«

»Wunderschön.«

»Wirklich?«

Gary nickte und berührte den Ohrring ganz behutsam. Dann wanderte seine Hand an ihre Wange, wo sie ein paar Sekunden verweilte. Als er sie wieder wegzog, war Ruby richtig traurig.

»Hast du Lust, etwas zu unternehmen?«, fragte sie.

Ruby spürte ihre Angst davor, dass Gary sich ihr wieder entzog. Sie waren jetzt seit fast vierundzwanzig Stunden zusammen, und sie wollte ihn am liebsten gar nicht mehr gehen lassen.

»Woran hast du gedacht?«

»Hm ... Ich bin zurzeit ziemlich knapp bei Kasse, das hast du ja sicher mitbekommen.«

»Ist nicht schlimm. Bei mir sieht es doch nicht anders aus.«

»Was könnte man denn machen, das nichts kostet?«, überlegte sie.

»Wie wäre es mit dem Ashmolean? Ich gehe oft hin, wenn es zum Beispiel regnet und ich einen Unterschlupf suche.«

Das Ashmolean Museum kostete keinen Eintritt wie die meisten anderen öffentlichen Museen in England auch.

»Ich liebe die Gemälde dort«, erzählte Ruby. »Ich glaube, nur dadurch habe ich die Liebe zur Kunst entwickelt. Als Kind war ich oft mit meinem Dad dort. An verregneten Sonntagen hat er mich mit hingenommen und mich vor ein Bild gestellt. Er hat den Namen des Malers mit der Hand zugedeckt und ich sollte raten, von wem es ist. Irgendwann kannte ich alle auswendig. Keine Ahnung, ob das noch heute der Fall ist, ich war seit Jahren nicht mehr dort. Nicht, seit ich zurück in Oxford bin. Zu den Öffnungszeiten stand ich ja immer im Laden.«

»Wollen wir also?«

»Sehr, sehr gerne.« Sie lächelte Gary an und legte ihre Hand in seine, die er ihr ganz selbstverständlich hinhielt.

»Sieh mal! Ist das nicht wunderschön?« Ruby stand vor einem Gemälde, das eine weiß-goldene Blumenvase zeigte. Der Hintergrund des Bildes war schwarz, die Blumen waren in gedecktem Weiß und Gelb und Blau und Rosa.

Gary trat näher an das Schild heran, das neben dem Gemälde hing. »*A Vase of Flowers.* Ambrosius Bosschaert. Von dem Maler hab ich ehrlich gesagt noch nie etwas gehört.«

»Er war ein niederländischer Maler. Siehst du, wie er mit den Farben umgeht? Jede einzelne Blume steht für sich allein, bedeckt kaum eine andere, und doch ergibt es ein Ganzes. Das Bild ist so stimmig, ich liebe es.«

»Ist es dein Lieblingsbild?«

»Nein. Das ist von Renoir.«

»Zeigst du es mir?«

»Klar.«

Sie lächelte und hielt Gary ihre Hand hin. Er nahm sie und ließ sich führen.

»Das hier ist mein Lieblingsbild«, erzählte Ruby ehrfürchtig, als sie den Renoir erreichten – *Still Life of Roses in a Vase.*

Es war ein schlichtes Bild, das eine Vase mit rosafarbenen Rosen zeigte. Und doch hatte es Ruby immer fasziniert. Vielleicht hatte sie nur wegen dieses Renoirs angefangen, sich ernsthaft für Kunst zu interessieren.

Eigentlich war es nicht ihr einziges Lieblingsbild. Es gab noch eines von Sir Joshua Reynolds aus dem Jahr 1788, das ein kleines dreijähriges Mädchen zeigte, Penelope Boothby, das nur wenig später, im Alter von fünf Jahren, starb. Ihre Eltern, ein gewisser Sir Brooke Boothby und seine Frau Susanna Bristowe, waren niemals über Penelopes Tod hinweggekommen, ihre Ehe zerbrach schließlich daran. Die beiden lebten in Derbyshire, wo auch Jane Austens Mr. Darcy herstammte. Ruby fragte sich manchmal, ob wohl Elizabeth Bennet und Mr. Darcy auch Kinder bekommen hatten und glücklich geworden waren. Sie wusste, dass deren Geschichte nur eine fiktive war, dennoch schwirrten ihre beiden literarischen Lieblingsfiguren immer mal wieder in ihrem Kopf herum, als wären sie ganz echt. Als wären sie gute Freunde. So ging es ihr mit vielen klassischen Figuren und eben auch mit Penelope. Es gab Tage, an denen sie Ruby einfach in den Sinn kam, ohne jeglichen Grund, und dann fühlte sie tiefes Mitleid mit dem Mädchen und auch mit seinen Eltern, weil sie nur so kurze Zeit miteinander hatten verbringen dürfen. Dann stellte sie sich das Bild vor ihrem inneren Auge vor, und es schenkte ihr auf seltsame Weise Trost.

Von Penelope erzählte sie Gary nichts. Es wäre zu traurig.

»Wow, du hast recht. Dieses Bild hat was«, sagte Gary nun und riss Ruby aus ihren Gedanken. Er begutachtete den Renoir aus jeder Perspektive. »Sehr schön. Du magst anscheinend Blumen, oder?«

»Ich liebe Blumen.« Sie lächelte. »Hast du auch ein Lieblingsbild hier?«

»Ja, es ist eins von Monet. Komm mit, ich bringe dich hin.«

Wenig später standen sie vor einem in Braun und Grün und Grau gehaltenen Bild mit einer Windmühle und dem weiten dunklen Meer. Ein paar Boote waren darauf zu sehen.

»Das ist dein Lieblingsbild?«, fragte sie. Überrascht war sie nicht, doch es machte sie nachdenklich. »Es ist so … düster.«

»Ja. Das ist es wohl. Dennoch schenkt es mir Frieden, wenn ich es ansehe.«

In Rubys Augen strahlte es nur Einsamkeit aus. Aber vielleicht war es ja genau das, was Gary meinte. Sie durfte nicht vergessen, dass er ein Einzelgänger, dass er gern für sich war, sich kaum jemandem öffnete geschweige denn anvertraute. Sie war die Ausnahme. Und sie hoffte in jeder einzelnen Minute, dass er sich nicht wieder in sein Schneckenhaus zurückzog.

»Das ist so langweilig«, hörte Ruby die Stimme eines kleinen Kindes und drehte sich um.

Ein vielleicht sechsjähriger Junge trottete hinter seiner Mutter her, seine Hände steckten in den Hosentaschen. Er sah nicht gerade begeistert aus.

»Ich möchte mir nur noch ein paar Bilder ansehen, dann gehen wir weiter und schauen, was wir für dich finden, okay?«, erwiderte die Mutter.

»Unten gibt es Mumien«, ließ Gary sie wissen, und Ruby staunte. Sie hätte nicht damit gerechnet, dass Gary etwas sagen würde. Doch die Worte kamen laut und deutlich und sehr freundlich aus seinem Mund.

Die Miene des Jungen veränderte sich sofort. Er sah nicht mehr missmutig aus, sondern interessiert. »Ehrlich?«, fragte er aufgeregt.

Gary nickte. »Die sind toll.«

»Können wir sie uns ansehen, Mum?«

»Gleich, mein Schatz. Nur noch ein paar Bilder. Danke, Mister«, sagte die Frau zu Gary.

Ruby wusste nicht, ob sie es ernst oder sarkastisch meinte. Doch der kleine Junge war glücklich, und Gary war … traurig. Als die Mutter und ihr Sohn weitergingen, sah er auf einmal zu Tode betrübt aus.

Sein Sohn wäre jetzt ungefähr so alt wie dieser Junge, wenn er nicht … Ruby fühlte mit Gary. Armer, armer Gary.

Schweigend gingen sie weiter von Raum zu Raum. Doch die Stimmung hatte sich verändert, war bedrückt. Ruby bedauerte es sehr, und sie überlegte gerade, was sie zu Gary sagen könnte, als sie erneut eine Stimme hinter sich hörten.

»Gary, da bist du ja. Ich hab dich überall gesucht, Alter. Hätte ich mir gleich denken können, dass du hier anzufinden bist.«

Sie drehten sich gleichzeitig um und sahen einen Mann mittleren Alters mit einem langen, ungepflegten Bart vor sich. Ein Obdachloser, erkannte Ruby sofort.

»Sean, was ist passiert?«, fragte Gary sichtlich besorgt.

»Es geht um Sandy. Du musst sofort mitkommen.«

Garys Gesicht nahm einen merkwürdigen Ausdruck an. Er wandte sich an Ruby. »Es tut mir leid, aber ich muss sofort los. Ich melde mich bei dir, ja?«

Sie nickte und sah den beiden Männern nach, die davoneilten.

Sandy. Wer war diese Sandy, wegen der Gary sich Sorgen machte? Und Sean? Ruby musste zugeben, dass es sie unerwartet traf, dass Gary anscheinend einen Freund hatte. Sie hatte immer angenommen, er wäre ganz allein auf dieser großen weiten Welt.

Sie ging zu dem Gemälde von der kleinen Penelope und stand sehr lange davor. Und auf einmal vermisste sie ihre Mutter ganz fürchterlich.

KAPITEL 18

Ruby bog in die Valerie Lane ein und schlich an Laurie's Tea Corner und Keira's Chocolates vorbei in der Hoffnung, keine von beiden würde sie entdecken. Sie musste jetzt allein sein, wollte in Valeries Tagebüchern lesen. Wollte die Stille in ihrem Laden einmal dazu nutzen, um nachzudenken.

Sobald die Tür hinter ihr ins Schloss fiel und sie den Schlüssel umgedreht hatte, atmete sie wieder ruhiger.

Der Raum roch wie immer – nach Vergangenem und nach Wehmut.

»Ruby, bitte vergiss eines nie«, hörte sie die Worte ihrer Mutter in ihrem Ohr …

»Ruby, bitte vergiss eines nie.«

»Was denn, Mum?«

Erwartungsvoll sah sie ihre schwache Mutter an, die selbst in ihren letzten Stunden so unglaublich tapfer war. Es ging mit ihr zu Ende, das wussten sie beide, und es tat ihnen in der Seele weh, dass sie nie mehr zusammen auf Flohmärkte gehen würden und dass Meryl nicht dabei sein würde, wenn Ruby heiratete, dass sie ihre Enkelkinder niemals kennenlernen würde.

»Vergiss nie, wie einzigartig unser Laden ist, welche besondere Bedeutung er hat. Er hat Valerie gehört.«

»Das weiß ich doch, Mum. Allerdings bin ich mir sicher,

Tante Carol weiß das ebenso.« Ruby hatte sehr viel nachgedacht in den letzten Tagen, an denen sie am Krankenbett ihrer Mutter gewacht hatte. Und sie war sich einfach nicht sicher, ob sie ihre Träume wirklich schon aufgeben wollte. »Kann ... kann Carol nicht vorerst übernehmen, zumindest bis ich mein Studium beendet habe? Es sind doch nur noch ein paar Semester.«

Carol hatte es ihr angeboten. Sie war ein paar Tage zuvor zurück nach Luton gefahren, um nach ihren Katzen zu sehen, hatte aber versprochen, ganz bald zurückzukommen, und gesagt, man solle sie sofort informieren, falls sich Meryls Gesundheitszustand verschlechtern würde. Meryl hatte Ruby gebeten, noch ein paar Tage zu warten. Sie wollte möglichst viel Zeit nur mit ihr verbringen. Und mit ihrer großen Liebe Hugh.

Nun aber schüttelte ihre Mutter den Kopf. »Nein. Carol versteht nicht, wie besonders unser Laden ist. Seit deine Grandma von uns gegangen ist, verstehen nur noch wir beide das. Du bist es, Ruby, du bist die Auserwählte. Es ist deine Lebensaufgabe, ich weiß nicht, wie ich es dir deutlich machen soll ... Der Laden ist ein Teil von dir, und du bist ein Teil von ihm. Eines Tages wirst du es verstehen.«

Als sie ihre Mutter jetzt ansah, die Hoffnung in ihren Augen erkannte ... Wie hätte sie ihr da ihren Wunsch abschlagen können?

»Okay, Mum. Ich werde bleiben. Mich um den Laden kümmern, ihn so weiterführen, wie du es getan hast. Ich verspreche es.«

»Oh, danke, Kind. Du weißt ja gar nicht, wie viel mir das bedeutet.« Glückselig lächelnd schlief ihre Mutter ein.

Zwei Tage später ging sie für immer von ihnen. Ruby hoffte nur, dass sie ihr Versprechen auch würde erfüllen können.

Ruby sah sich im Laden um. Einfach alles erinnerte sie an ihre Mutter, und zwar so sehr, dass sie es kaum ertragen konnte. Doch es war auch ein Gefühl des Trostes. Der Gewohnheit. Der Erinnerung.

Während sie durch den Raum schritt, strich sie mit der Hand über die Schränke, zog eine der Spieluhren auf und befühlte den alten Schaukelstuhl, in dem ihre Mutter so gern gesessen hatte. Ruby setzte sich hinein und schaukelte ein wenig, summte zu Chopin und schloss die Augen.

»Es tut mir leid, Mum«, flüsterte sie und lächelte durch ihre Tränen, die ihr jetzt das Gesicht hinunterliefen. »Ich hab's nicht geschafft. Aber ich werde nicht aufgeben, ich werde unseren Laden nicht im Stich lassen. Vielleicht werde ich einen ganz neuen Weg finden, ihn in Ehren zu halten.« Noch während sie diese Worte sprach, hatte sie das Gefühl, endlich verstanden zu haben, was ihre Mutter ihr zu sagen versucht hatte. Der Laden war ein Teil von ihr, und sie war ein Teil des Ladens … Sie schrak hoch, als es klopfte. Schnell wischte sie mit dem Blusenärmel die Tränen weg und ging zur Tür. Atmete einmal tief durch. »Laurie!«

»Ruby, ich mach mir Sorgen. Bist du okay?« Sie nahm sie in die Arme und drückte sie ganz fest.

»Ja, alles gut.«

»Hannah sagt, sie hätte dich vor einer Weile an der Tea Corner vorbeigehen sehen. Warum hast du denn nicht hereingeschaut?«

»Ich wollte in meinen Laden und nachdenken.«

»Nachdenken? Worüber denn?«

»Na, was aus ihm wird.«

Laurie seufzte. »Ach, Süße. Wir sind alle so besorgt um dich. Ich hab bestimmt zwanzigmal versucht, dich zu erreichen. Warum gehst du denn nicht an dein Handy?«

Ruby holte ihr Smartphone aus der Tasche. Tatsache! Zwölf versäumte Anrufe von Laurie. Drei von Susan. Einer von Orchid.

»Tut mir ehrlich leid, Laurie. Ich war im Museum und hatte es leise gestellt.«

»Und es ist wirklich alles in Ordnung?«

Ruby nickte.

»Wir hatten gestern Abend ein kleines Treffen.«

Oh, ein Treffen? Ohne sie?

»Ach ja?«

»Ja. Wir haben mal überlegt … was man in nächster Zeit Schönes veranstalten könnte. In der Valerie Lane. Und da kam Orchid auf die Idee, ein Frühlingsfest auf die Beine zu stellen.«

»Ein Frühlingsfest?«

»Genau. Ein Straßenfest soll es werden, schon nächsten Samstag. Wir dachten uns, dass jede von uns einen Stand aufbaut und irgendwas Nettes anbietet. So locken wir bestimmt ein paar Leute in die Valerie Lane. Wir finden die Idee brillant!«

Ahhh! Jetzt verstand Ruby. Sie versuchten mit allen Mitteln, Menschenmengen herbeizuholen, die sich dann auch zu Ruby's Antiques verirrten.

»Das ist nicht nötig, Laurie. Nicht mehr. Nicht wegen mir.«

Laurie wirkte besorgt. »Was meinst du damit? Warum ist das nicht mehr nötig? Was ist los?« Mit großen Augen starrte sie Ruby an. »Du wirst deinen Laden doch wieder öffnen, oder?«

»Keine Sorge. So war das nicht gemeint. Ich werde meinen Laden wieder eröffnen. Nur wird es dann kein einfacher Trödelladen mehr sein.«

»Trödelladen? Seit wann benutzt du dieses Wort?«

»Seien wir mal ehrlich: In den letzten drei Jahren habe ich kaum etwas anderes verkauft als Schnickschnack. All die großen, wertvollen Dinge stehen noch immer genau da, wo sie schon zu Lebzeiten meiner Mutter gestanden haben.«

»Ach, Ruby …« Laurie legte ihr eine Hand auf den Rücken.

»Es ist okay. Wirklich. Es ist nur an der Zeit, sich das endlich einzugestehen. Es ist Zeit für etwas Neues.«

»An was hast du gedacht? Willst du etwa deine Idee mit den antiken Büchern umsetzen?« Laurie schien auf einmal ganz aufgeregt.

Ruby lächelte. »Es ist alles noch nicht ganz ausgereift, aber ihr werdet die Ersten sein, denen ich Genaueres berichte.«

»Na gut. Damit gebe ich mich zufrieden, fürs Erste. Kommst du am Mittwoch?«

»Natürlich.« Und an diesem Mittwoch würde sie sogar etwas ganz Besonderes dabeihaben. Nach all den Jahren war es an der Zeit.

»Sehr schön. Komm doch morgen Abend zum Essen bei uns vorbei. Barry kocht sonntags immer, und er ist ein guter Koch.«

»Ich, äh …«

»Bring deinen Dad gern mit.«

»Wirklich? Es würde euch nichts ausmachen?«

»Selbstverständlich nicht. Wie wäre es um sieben?«

Ruby musste lächeln. Ihre Freundin war großartig, all ihre Freundinnen waren großartig. Sie ließen nicht locker.

»Dann kommen wir natürlich gern. Mein Dad … äh … isst diese Woche nur Bananen.«

»Kein Problem. Ich werde Barry beauftragen, eine ganze Wagenladung Bananen zu besorgen.«

»Danke, Laurie.«

»Ich bin immer für dich da, Ruby. Das weißt du, oder?«

»Das weiß ich.« Dasselbe hatte Keira ihr am Morgen auch schon gesagt. Ruby konnte nicht dankbarer sein.

Als Laurie weg war, ging sie zum Telefon, das auf dem Ladentisch stand, holte das Notizheft heraus, in dem sie verschiedene Nummern vermerkt hatte, und wählte fest entschlossen eine davon.

»Mr. Grayson? Ruby Riley hier, von Ruby's Antiques. Sie waren vor ein paar Wochen bei mir.«

Tom Grayson war vor einiger Zeit in ihren Laden gekommen, weil er auf der Suche nach günstigen Löffeln war. Er verarbeitete diese mit dem Schweißbrenner zu Schmuck, Kleiderhaken und anderen trendigen Dingen, die er über eine eigene Website im Internet verkaufte. Sie hatte ihm gesagt, dass sie nur hochwertige Löffel anböte, die ihren Preis hatten, ihm jedoch versprochen, sie würde sich melden, falls sie ihm doch einmal ein gutes Angebot machen könnte.

»Ja, richtig. Wie geht es Ihnen?«

»Gut, danke. Und Ihnen?«

»Großartig, jetzt, da Sie sich endlich zurückmelden. Haben Sie es sich überlegt? Ich hoffe doch.«

Ruby hatte den sympathischen, noch recht jungen Mann vor Augen, als wäre er erst am Tag zuvor in ihrem Laden gewesen. Sie wusste, sie würde ihm gleich eine große Freude machen.

»Ich gebe Ihnen alle Löffel, die ich habe. Es müssten an die fünfzig sein, die meisten davon in Echtsilber. Und keine Sorge, ich gebe sie Ihnen zu einem guten Preis.«

»Schließen Sie Ihren Laden etwa?«

»Nein, nein. Ich orientiere mich nur ein wenig um.«

»Na, super. Was wollen Sie für die Löffel haben?«

Ruby musste kurz überlegen. Sie brauchte die Löffel nicht mehr. Den einen für Mrs. Witherspoon hatte sie bereits zurückgelegt. »Was halten Sie von siebenhundertfünfzig?«

»Machen Sie Scherze? Die sind doch wesentlich mehr wert.«

»Ich möchte gern Altlasten loswerden«, erklärte sie ihm.

»Hören Sie, ich werde sie mir anschauen und Ihnen ein faires Angebot machen, okay?«

Ruby musste lächeln. Wieder ein Beweis dafür, dass es noch gute Menschen gab. »Einverstanden.«

Der Mann war ganz aus dem Häuschen. »Einverstanden. Wann kann ich sie abholen?«

»Am besten so schnell wie möglich.«

»Morgen früh um zehn?«

»Ich werde im Laden sein. Bis morgen.«

Sie legte auf und nickte zufrieden. Siebenhundertfünfzig

Pfund – oder sogar mehr – bedeuteten neue Bücherregale und viele weitere alte Bücher. Ein gutes Startkapital für ihren Traum, den Gary ihr hoffentlich helfen würde zu erfüllen.

Gary. Wo er jetzt wohl steckte und wann sie ihn wiedersehen würde?

Ruby blätterte in dem Notizheft und wählte erneut eine Nummer. »Guten Tag, mein Name ist Ruby Riley. Bin ich da richtig bei Walter's Chairs?«

»Guten Tag, Miss Riley. Wie laufen die Geschäfte?«

»Sehr gut, danke. Ich bin gerade dabei, mich ein wenig umzuorientieren. Und genau deshalb rufe ich an ...«

KAPITEL 19

Am Sonntag kamen jede Menge Leute zu Ruby in die Valerie Lane, um ihre Waren abzuholen, die sie zugegebenermaßen viel zu günstig verkaufte. Aber anders ging es nicht. Sie wollte den Laden schnell leeren, und sie brauchte das Geld. So wurde sie sämtliche Löffel los, mehrere Stühle, die meisten Lampen und Spiegel, ein paar Gemälde, einen Teppich und auch das alte Grammofon.

Als nur noch die Tische, die sie selbst benötigen würde, zwei Stühle, ein paar Figuren und Gemälde, die sie als Dekoration behalten wollte, und die Spieluhren übrig waren, konnte Ruby erleichtert aufatmen. So leer hatte sie ihr kleines Reich noch nie gesehen und ihre Kasse noch nie so voll. Sie sah hinüber zu dem Bücherregal. Ein Antiquitätenhändler, ein älterer Mann mit langem weißem Bart, hatte sie gefragt, ob sie auch das loswerden wollte.

»Nein, auf keinen Fall. Es ist der Beginn von etwas Neuem«, hatte sie offenbart.

»Oh. Sie wollen künftig Bücher verkaufen? Wollen Sie ein Antiquariat eröffnen?«

»So etwas in der Art«, hatte sie lächelnd erwidert.

»Na, dann wünsche ich Ihnen viel Glück. Wenn ich Ihnen einen Tipp geben darf: Schauen Sie sich mal bei Wohnungsauflösungen um. Ich habe in alten Regalen und

Kellern schon die wertvollsten Sachen entdeckt. Da dürften auch gut erhaltene Bücher zu finden sein.«

»Danke für den Tipp«, sagte sie. »Meine Mutter hat sich da auch gern herumgetrieben.«

»Die gute Meryl. Sie fehlt uns allen sehr.«

Als Ruby den Laden schloss, registrierte sie, dass es ihr nicht leidtat um all die wertvollen Dinge, die sie hatte gehen lassen. Sie hatte ihre Bücher, Valeries Tagebücher und Valeries Räume. Mehr würde sie nicht brauchen für einen Neustart. Zufrieden machte sie sich auf nach Hause, um ihren Vater abzuholen.

Sie verbrachten einen schönen Abend bei Laurie und Barry, die inzwischen zusammen in Lauries Doppelhaushälfte wohnten. Ruby würde es nicht wundern, wenn Laurie ihnen bald mitteilte, dass sie Nachwuchs erwarteten. Ihr war aufgefallen, dass Laurie keinen Alkohol und noch nicht einmal mehr schwarzen Tee trank.

»Die Idee mit dem Antiquariat gefällt mir gut«, sagte Laurie, nachdem Ruby von ihren Plänen erzählt hatte. »Habe ich euch eigentlich erzählt, dass mein Grandpa Bibliothekar war? Er hat Bücher geliebt und mir als Kind zu jeder Gelegenheit welche geschenkt.«

»Das wusste ich nicht«, erwiderte Ruby. Es war unglaublich, dass sie selbst nach so vielen Jahren wunderbarer Freundschaft immer noch Einzelheiten aus dem Leben der anderen erfuhr, von denen sie noch nichts wusste. »Früher, als ich noch ein Kind war, bin ich ja jedes Wochenende mit meiner Mum auf den Flohmarkt gegangen. Da habe ich immer nach spannenden Büchern Ausschau gehalten. Ich habe es schon immer geliebt zu lesen.«

»Ich erinnere mich. Dein ganzes Zimmer steht voller Bücher.«

Laurie war damals nach Meryls Tod immer mal wieder bei ihr zu Hause gewesen und hatte ihr geholfen, die Dinge zu regeln, die nach dem Tod eines Menschen geregelt werden mussten. Ruby hatte jede Hilfe dankbar angenommen, denn sie war mit dem Verlust, der Trennung von Roger, ihrem schweigenden Vater, überhaupt mit der ganzen neuen Situation völlig überfordert gewesen. Und so waren die Freundinnen ihrer Mutter auch ihre geworden.

»Ja. Ich habe eine große Sammlung, darunter auch Erstausgaben und signierte Exemplare. Und so etwas möchte ich auch gern im Laden anbieten. Ein richtiges Antiquariat wird es allerdings nicht werden. Einfach ein Laden für besondere Bücher und buchbezogene Dinge.«

»Was für Dinge zum Beispiel?«, fragte Barry interessiert.

Sie saßen zu dritt am Tisch, nachdem sie Barrys köstliche Lasagne verzehrt hatten. Hugh hatte sein Radio dabei und hatte es sich ein wenig abseits auf dem Sofa bequem gemacht.

»Ich denke zum Beispiel an Schmuck in Form von Büchern oder Federn. Meine Mum hat mir kistenweise Zubehör hinterlassen. Ich bin schon richtig kreativ geworden.«

»Oh mein Gott, warte mal!«, sagte Laurie, stand auf und verließ das Zimmer. Kurz darauf kam sie zurück. »Sieh mal, die hat deine Mum einmal für mich zum Geburtstag gemacht. Sind sie nicht schön?«

Laurie zeigte Ruby zwei Ohrringe mit kleinen Teekannenanhängern. Sie waren reizend.

»Wunderschön. Ich hab sie noch nie an dir gesehen.«

»Ich hatte sie total vergessen, ehrlich gesagt. Nun werde ich sie aber wieder öfter tragen.« Laurie betrachtete die Ohrringe verzückt. »Ich glaube, deine Idee mit dem Schmuck könnte wirklich gut ankommen. Und das Beste ist, dass du dann endlich etwas anbieten würdest, das auch wir anderen kaufen könnten. Wir haben schon ein ganz schlechtes Gewissen, weil wir dich nicht mehr unterstützen können.«

»Laurie!« Fassungslos sah Ruby ihre Freundin an. »Ihr unterstützt mich doch, wo ihr könnt. Was hätte ich die letzten drei Jahre ohne euch getan?«

»Wir haben es sozusagen als unsere Pflicht angesehen, dir wieder auf die Beine zu helfen. Für Meryl.« Beim Erwähnen des Namens seiner Frau blickte Hugh kurz auf, dann widmete er sich wieder der Sportreportage, die er verfolgte. »Wir haben dich sehr lieb gewonnen«, sagte Laurie.

»Ich hab euch auch alle lieb.« Ruby wusste ihre Freundschaften wirklich zu schätzen.

Einen Moment lang herrschte eine sehr berührende Atmosphäre, die Barry irgendwann unterbrach. »Was hast du noch im Sinn? Für den Laden?«

»Ich habe mir überlegt, ich könnte alles mögliche Zubehör anbieten, am besten antik oder im Vintage-Stil, das zum Thema Bücher passt: Lesezeichen, Leselampen, Lupen, Stifte, Notizhefte, Federn und Tinte …« Sie sah kurz zu ihrem Vater rüber und lächelte. »Vielleicht finde ich noch andere schöne alte Dinge, zum Beispiel so was wie die alte Spieluhr in meinem Laden, auf der sich ein lesender alter Mann zu Musik von Chopin dreht.«

»Das hört sich ganz fantastisch an«, fand Barry. »Ich

wünsche dir alles Glück der Welt, dass der Laden gut läuft.«

»Das wünsche ich dir auch, Süße«, sagte Laurie. »Und wenn wir dir irgendwie behilflich sein können, sag uns Bescheid, ja?«

Eigentlich hoffte Ruby ja auf Hilfe von Gary, doch der hatte sich bis jetzt noch nicht wieder gemeldet. Sie wusste nicht, ob sie auf ihn bauen konnte.

»Vielleicht komme ich darauf zurück. Ich brauche auf jeden Fall neue Bücherregale. Falls du mir also mal deinen Lieferwagen ausleihen könntest, Barry, würde ich mich freuen.«

»Jederzeit. Ich fahre dich auch gern und helfe beim Schleppen.«

»Das Angebot nehme ich natürlich an.« Sie lächelte dankbar.

»Was ist eigentlich mit den Sachen aus Ruby's Antiques, die wir in unseren Läden stehen haben?«, fragte Laurie plötzlich.

Ihre Freundinnen hatten sich immer mal wieder ein paar kleinere Stücke als Dekorationsmaterial für ihre Auslagen geborgt und sie mit einem Schild versehen, das auf Rubys Geschäft hinwies. Eine liebgemeinte Geste, die leider auch nicht viel gebracht hatte.

»Die könnt ihr mir bei Gelegenheit zurückgeben.«

Laurie seufzte. »Es ist also endgültig, ja?«

Ruby nickte und sah Laurie an, dass diese gerade ebenso wie sie an vergangene Zeiten zurückdachte. Gute alte Zeiten, die nun für immer vorbei waren. Denn es war Zeit für gute neue Zeiten!

Als sie an dem Abend nach Hause kamen, saß Gary auf den Stufen vor ihrer Wohnung. Er hatte auf sie gewartet. Als Ruby ihn herzlich begrüßte, entgegnete er aber lediglich, dass er da sei, um seine Sachen abzuholen, die er am Tag zuvor bei ihnen in der Wohnung gelassen hatte.

»Möchtest du nicht bleiben?«, bot sie an. »Du weißt, die Couch steht dir jederzeit zur Verfügung.«

Gary sah sie an. »Ich bin kein Sozialfall, dem du helfen musst, Ruby. Ihr alle wollt immer so sein wie die gute Valerie. Ich … ich komme aber ganz gut allein zurecht!«

Ruby wusste gar nicht, wie ihr geschah. Gary nahm seine Sachen und war schneller weg, als sie gucken konnte. Auf seine Unterstützung, was den Laden anging, würde sie wohl verzichten müssen. Und auf jedes andere Szenario, das sie sich in ihren Träumen ausgemalt hatte, auch.

Sie versuchte, es nicht persönlich zu nehmen. Sie versuchte, Gary zu verstehen. Vielleicht hatte das Schicksal nicht die Liebe für sie bestimmt. Womöglich sollte sie sich einfach mit dem zufriedengeben, was es sonst für sie in Aussicht hatte. Und das war ja auch schon viel. Ruby wollte sich jetzt nur noch auf ihren Laden konzentrieren und darauf, endlich glücklich zu werden.

Die ersten beiden Tage in der neuen Woche verbrachte Ruby damit, Schmuck herzustellen und Regale zu kaufen. Barry hielt sein Versprechen und fuhr mit ihr in ein Möbelhaus, wo sie sich für drei Bücherregale im Vintage-Stil entschied, die Barry nicht nur in ihren Laden brachte, sondern auch noch aufbaute.

Dann begann sie, den Laden zu putzen, alles wegzuräumen, was sie nicht mehr brauchte, und die neuen Regale einzuräumen. Außerdem stattete sie Orchid einen Besuch ab. Sie wollte sicherstellen, dass sie ihr mit dem geplanten Schmuckverkauf nicht in die Quere kam.

»Du, Orchid, du verkaufst doch keinen Schmuck, oder?«, erkundigte sie sich und sah sich in deren Geschenkartikelladen um.

Orchid lachte. »Mal von den blinkenden Junggesellinnenabschiedsketten und -haarreifen und den Ringen, die ihre Farbe je nach Stimmung verändern, nein. Wieso?«

»Ich habe vor, demnächst welchen anzubieten. Ohrringe, Ketten und Ähnliches.«

»Cool! Das finde ich mal richtig gut. Du lässt die Antiquitäten also tatsächlich hinter dir, ja?«

»Mhm … Ich will endlich mein eigenes Ding machen.« Ihr Blick fiel auf die Becher im Schaufenster, fast alle mit Herzchen verziert oder mit irgendeinem Spruch drauf à la *ALL YOU NEED IS LOVE … AND COFFEE.* Doch Ruby fiel dabei etwas anderes ein. Es gab doch diese Sammeltassen mit aufgedruckten Buchcovern von Penguin Books zum Beispiel. Sie selbst hatte mal eine mit *Stolz und Vorurteil* besessen, bevor ihr Vater sie aus Versehen zerschmettert hatte. Wahrscheinlich gab es auch welche zu *Harry Potter*, *Herr der Ringe* und anderen beliebten Büchern oder Buchreihen. Damit könnte man ein ganz neues Publikum anlocken.

»Ich muss los, Orchid. Ich hatte da gerade einen Geistesblitz.«

»Erzähl mir morgen mehr. In der Tea Corner. Du kommst doch?«

»Ja, ich komme. Und ich bringe euch etwas ganz Besonderes mit.«

»Etwas zu essen?«

»Besser. Viel besser«, versprach sie und lief rüber in ihren Laden, um den Laptop einzuschalten und eine Bestellung aufzugeben.

Am Abend saß sie mit ihrem Vater beisammen, und sie sahen sich seit Langem mal wieder gemeinsam einen Film an. Dabei aßen sie Chips – Hughs Essenswunsch für diese Woche. Einfach zu besorgen, günstig dazu, aber gesund war eine Tüte Chips zum Frühstück bestimmt nicht. Ruby hatte es aufgegeben, über solche Dinge nachzudenken, sie konnte ihn ja doch nicht davon abbringen.

Sie entschieden sich für *e-m@il für Dich*, nachdem Ruby ihrem Vater noch mal in aller Ausführlichkeit von dem Buchladen erzählte, den sie vorhatte zu eröffnen. In dem Film ging es ja um einen kleinen Buchladen, der von Meg Ryan geführt wurde. Dieser Film erinnerte Hugh an einen anderen, und er kramte ein altes Video hervor. *Rendezvous nach Ladenschluss*, ein Schwarz-Weiß-Film von 1940 mit James Stewart, der anscheinend wirklich die Vorlage für den Meg-Ryan-Film gewesen war, wie Ruby jetzt feststellen durfte. Hugh war schon lange vor Filmende in seinem Sessel eingeschlafen, aber Ruby schaute bis zum Schluss und musste, wie schon bei *e-m@il für Dich*, weinen, als das glückliche Paar am Ende doch noch zueinanderfand.

KAPITEL 20

Am Mittwoch nahm sie die Schmuckständer und die bereits fertigen Ohrringe, Ketten, Armbänder und Broschen mit in den Laden. Sie fing an zu dekorieren und stieg draußen auf eine Leiter, um das Ladenschild zu ändern. Direkt unter RUBY'S ANTIQUES fügte sie mit schwarzer Schrift & BOOKS hinzu, da sie aus nostalgischen Gründen ihren bisherigen Namen unbedingt beibehalten wollte. Außerdem hatte sie ja weiterhin vor, Antikes zu verkaufen, nur halt Buchbezogenes.

An diesem Nachmittag ging sie in ein paar andere Buchläden und auch in Antiquitätengeschäfte, um sich ein wenig inspirieren zu lassen. Sie entdeckte in einem der Läden einige alte geschnitzte Buchstützen und notierte sich, dass sie auf dem Flohmarkt danach Ausschau halten wollte. Sie plante auch, Postkarten in ihren Bestand aufzunehmen. Postkarten mit Buchcovern oder -zitaten bedruckt oder mit Bildern aus Buchverfilmungen.

Zurück in der Valerie Lane machte sie sich gedankliche Notizen – sie musste einen Postkartenständer und einen für Lesezeichen besorgen. Ruby war richtig euphorisch, als sie ihren Laden betrat, um Valeries Tagebuch zu holen. Beim kurzen Gang rüber zu Laurie's Tea Corner warf sie einen Blick auf Garys Ecke, doch sie war verlassen.

Wo Gary sich herumtrieb, wusste sie nicht, doch sie wollte sich nicht ihre gute Stimmung mit Grübeleien verderben lassen, obwohl es sie noch immer sehr verletzte, wie er sie am Sonntag behandelt hatte.

»Guten Abend, ihr Lieben«, begrüßte sie die anderen, als sie eintrat.

»*Hi*, Ruby«, rief Orchid, die Jeansshorts über einer Strumpfhose und ein rosa T-Shirt mit Minnie Mouse drauf trug.

»Süßes T-Shirt«, sagte Ruby.

»Danke. Hat Phoebe mir geschenkt. Zum Dank fürs Babysitten letzte Woche.«

»Setz dich doch, Ruby. Möchtest du auch einen Wildbeerentee?« Laurie erschien hinter ihr, eine dampfende Teekanne in den Händen.

»Gerne.« Sie lächelte ihrer Freundin zu.

»Du siehst ja so glücklich aus«, bemerkte Laurie.

»Das bin ich auch«, erwiderte Ruby selig. »Ich habe das Gefühl, dass es beruflich endlich bergauf gehen könnte. Es macht so viel Spaß, die neuen Ideen endlich umzusetzen.«

»Wie kommst du voran? Ich habe gesehen, dass du dein Ladenschild bemalt hast. RUBY'S ANTIQUES & BOOKS.«

»Ja. Und wisst ihr was? Ich freue mich wie verrückt, bald einen Buchladen zu haben. Das war insgeheim schon lange mein Traum. Ich hätte ihn schon so viel früher in die Tat umsetzen sollen.«

»Ich hab mich neulich mit Gary unterhalten«, berichtete Susan. »Wir sind beide der Meinung, dass du auch deine Zeichnungen zum Verkauf anbieten solltest. Ich habe sie zwar noch nicht gesehen, aber Gary und Laurie haben mir viel berichtet. Gary ist ganz hin und weg von dem Porträt deiner Eltern, das du wohl erst kürzlich bei euch im Wohnzimmer aufgehängt hast.«

Gary. Er hatte mit Susan über sie geredet?

»Ich weiß nicht ... mal sehen«, erwiderte sie.

Dabei fiel ihr ein, dass sie ja auch noch die Zeichnung von Mrs. Witherspoon und Humphrey anfertigen musste. Die Hochzeit war schon in der nächsten Woche.

»Lasst uns über das Straßenfest reden«, sagte Laurie.

Ruby war froh, nicht mehr über Gary reden zu müssen. Wenn ihre Freundinnen sie nach ihm oder ihrer möglichen Beziehung gefragt hätten, hätte sie gar keine Antwort geben können.

»Genau. Was habt ihr geplant?«, fragte sie deshalb schnell.

»Wir wollen Stände aufstellen, an denen wir den Besuchern des Festes irgendetwas Schönes anbieten.«

»Ihr meint Verkaufsstände?«

»Das ist jedem selbst überlassen«, entgegnete Laurie. »Ihr könnt eure Waren verkaufen oder irgendwas für die Kinder machen.«

»Wie zum Beispiel Luftballons verteilen?«, fragte Susan.

»Die Idee hat Orchid sich schon geschnappt. Patrick wird den ganzen Tag vor ihrem Laden stehen und Ballons mit ihrem Ladenlogo drauf aufblasen.«

Orchid lachte. »So, wie du es sagst, hört es sich an, als würde Patrick den ganzen Tag dastehen und die Ballons mit dem Mund aufpusten. Wir füllen sie natürlich mit Helium.«

»Was habt ihr anderen euch überlegt?«, wollte Laurie wissen.

In diesem Moment kam Keira mit ihrer Mutter zur Tür herein.

»Entschuldigt die Verspätung«, sagte sie. »Meine Mum hat sich von Mrs. Kingston aufhalten lassen.«

Mrs. Kingston war eine Stammkundin von ihnen allen, die, wenn sie einmal angefangen hatte, überhaupt nicht wieder aufhören wollte zu reden.

»Hallo, ihr beiden. Wie schön, dass Sie uns mal wieder besuchen, Mrs. Buckley«, begrüßte Laurie ihre Gäste. »Setzen Sie sich doch. Trinken Sie auch Beerentee, oder soll ich Ihnen einen anderen aufsetzen?«

»Beerentee hört sich gut an, danke«, erwiderte Keiras Mutter.

Die mollige Sechzigjährige sah mit ihrem grauen Dutt älter aus, als sie war. Sie setzte sich neben Orchid, Keira zog sich einen Stuhl heran und nahm gleich daneben Platz. Als kurze Zeit später auch noch Mr. Monroe zu ihnen stieß, musste Laurie einen zweiten Tisch heranziehen.

»Darf ich vorstellen, Mum?«, machte Keira die beiden miteinander bekannt. »Das ist Mr. Monroe, er wohnt hier in der Valerie Lane. Über Orchid's Gift Shop. Mr. Monroe, das ist meine Mutter Mary Buckley.«

»Ich bin sehr erfreut«, sagte der kleine Mann mit dem gezwirbelten Schnurrbart und machte eine Verbeugung.

Orchid kicherte und stieß Susan an. Susan grinste. Sie alle fanden ja, dass die gute Frau dringend verkuppelt werden musste, nachdem sie über zwanzig Jahre ohne Partner gewesen war. Keiras Vater hatte sie damals einfach für eine andere verlassen. Aber Mary wollte allein bleiben, das hatte Keira ihnen mehr als einmal gesagt.

Nachdem Laurie auch Mr. Monroe Tee eingeschenkt und die Florentiner, die Keira mitgebracht hatte, auf den Tisch gestellt hatte, fragte sie: »Also, wo waren wir? Ach ja, genau, das Straßenfest. Was habt ihr anderen geplant?«

Susan sah sich kurz nach Terry um, der hinten in der Ecke der Tea Corner lag und wohlig vor sich hin knurrte. »Ich habe mir gedacht, ich könnte mit den Kindern Freundschaftsarmbänder flechten. Aus Wolle.«

»Ooooh! Das hab ich als Kind total gern gemacht«, sagte Keira. »Weißt du noch, Mum?«

Mary nickte und sah aus den Augenwinkeln zu Mr. Monroe, der ihr ebenfalls interessierte Blicke zuwarf.

»Eine schöne Idee, Susan. Dann haben auch die Kinder Freude am Fest«, sagte Laurie.

»Ich hatte eine ähnliche Idee«, meldete sich nun Ruby zu Wort. »Wisst ihr, ich habe zu Hause kistenweise Schmuckutensilien gefunden – von meiner Mum. Ich könnte mit den Kindern und jedem, der sonst Lust hat, Schmuck basteln. Broschen, Ketten, Armbänder. Was meinst du, Susan? Wäre es okay, wenn wir beide so was anbieten?«

»Je mehr, desto besser!« Susan nickte begeistert.

»Perfekt, dann lass uns das machen.« Sie wusste nur noch nicht, wer auf den Laden achtgeben sollte, wenn sie draußen an einem Tisch saß und die Kinder beschäftigte. Gary musste sie wohl vergessen, und ihrem Vater konnte sie solch eine Aufgabe auf keinen Fall zumuten. »Sagt mal, hat vielleicht eine von euch eine Idee, wer mich am Samstag unterstützen könnte? Ich kann ja schlecht drinnen im Laden und draußen am Stand gleichzeitig sein.«

»Wird denn dein Laden überhaupt bis zum Wochenende wiedereröffnet sein?«, erkundigte sich Laurie bei ihr.

»Das hab ich mir fest vorgenommen. Am Samstag soll die Neueröffnung sein.«

»Oh, wie toll! Und wirst du es groß ankündigen?«, fragte Keira aufgeregt.

»Ruby ist doch nicht der Typ für große Ankündigungen«, erinnerte Orchid sie.

»Dann werden *wir* es halt allen verkünden, die am Samstag in die Valerie Lane kommen«, sagte Susan entschlossen.

»Das machen wir«, fand auch Laurie.

»Ihr seid lieb«, gab Ruby zurück.

»Und um auf dein kleines Problem zurückzukommen … Ich habe am Samstag gleich zwei Helfer: Hannah und Barry. Ich leihe dir gern einen von ihnen aus, wenn du magst.«

Dankbar lächelte Ruby ihre Freundin an. »Das wäre wunderbar. Danke, Laurie.«

Laurie tätschelte ihre Hand. »Ich freue mich, helfen zu können. Okay, was habt ihr anderen euch vorgenommen?« Sie wandte sich an Keira.

»Ich werde Valeries Kekse verkaufen«, verkündete sie. »Das ist doch ein guter Vorwand, allen noch mal von der guten Valerie und ihrem alten Laden zu erzählen, aus dem Ruby nun ein Paradies für Bücherfreunde gemacht hat.«

»Du verkaufst Valeries Kekse? Wie wundervoll«, sagte Ruby. »Wirst du wie gewohnt einen Teil des Erlöses spenden?«

Keira nickte. »Wie immer geht pro verkaufter Tüte ein

218

Pfund an die Heilsarmee.« Sie alle hatten vor einigen Monaten damit begonnen, die Lieblingskekse von Valerie Bonham anzubieten, und spendeten stets einen Teil vom Erlös.

»Das ist so schön. Valerie hätte sich bestimmt darüber gefreut«, schwärmte Susan.

»Ja. Ich muss die Kekse nur noch backen. Mengen davon. Gott sei Dank habe ich in der neuen Wohnung eine so große Küche.«

Keira hatte, nachdem sie sich im Februar von Jordan getrennt hatte, eine Weile bei Susan gewohnt. Doch vor gut zwei Monaten war sie in eine eigene Wohnung gezogen – in einen Altbau, wie sie es sich immer gewünscht hatte.

»Ich kann dir morgen backen helfen«, schlug Laurie vor.

»Da würde ich nicht Nein sagen. Zu zweit schaffen wir sicher mehr.«

»Gleich nach Ladenschluss?«

Keira nickte.

»Was für einen Stand hast du für das Fest geplant?«, wollte Orchid nun von Laurie wissen.

»Ich schenke gratis Tee aus. Das ist die beste Werbung für meinen Laden.« Sie zwinkerte den anderen zu.

»Ha! Du bist mir gut, denkst nur an deinen Umsatz«, scherzte Susan.

Dabei fanden sie es alle wundervoll, dass Laurie ihren Tee anbieten wollte – wie an Mittwochabenden kostenlos.

»Ich freue mich richtig auf das Fest«, jubelte Orchid. »Das wird fantastisch!«

»Weiß einer von euch, ob Tobin auch mitmacht?«, erkundigte sich Susan.

Orchids Miene verfinsterte sich in Windeseile. »Ja, das tut er. Er will Blumentöpfe anmalen mit den Leuten.«

»Ist doch keine schlechte Idee.«

»Ich finde das auch ganz entzückend«, stimmte Mary Susan zu.

»Na, wenn ihr meint. Blumentöpfe anmalen, pfff!«

Ruby musste schmunzeln. Es war nicht mehr zu übersehen. Sie fragte sich, was am Samstag passieren würde, wenn Tobin und Patrick aufeinanderstießen.

»Wir brauchen nur dringend noch ein wenig Werbung«, warf Keira in die Runde ein. »Plakate oder Ähnliches. Damit die Leute auch auf unser Straßenfest aufmerksam werden.«

»Wir machen einfach so laute Musik, dass sie es schon meilenweit hören«, schlug Orchid vor.

»Apropos Musik. Wenn ich etwas vorschlagen dürfte …«, meldete sich Mr. Monroe zu Wort.

»Aber natürlich. Gern.« Laurie sah ihn wie die anderen gespannt an.

»Ich habe eine Drehorgel.«

»Sie sind ein Leierkastenmann?«, rief Orchid lachend aus.

»Das könnte man so sagen, ja. Ich habe früher auf der Straße gespielt, hier in der Valerie Lane. Aber nur hobbymäßig. Eigentlich war ich Kriminalinspektor.«

»Sie waren was?« Orchid stand der Mund offen.

»Wusstest du das nicht?«, fragte Susan. »Mr. Monroe war noch vor wenigen Jahren im Dienst.«

»Nein, ich hatte keine Ahnung. Ich bin doch auch erst seit zwei Jahren in der Valerie Lane.«

»Ich bin vor drei Jahren in Rente gegangen. Und in letzter Zeit habe ich mir immer mal wieder vorgenommen, die Drehorgel hervorzuholen. Ich habe das Spielen sehr vernachlässigt. Das Fest wäre doch eine schöne Gelegenheit, oder?«

Mary sah Mr. Monroe verzückt an. Ein Mann, der sie nicht nur beschützen konnte, sondern dazu auch noch musikalisch war. Sie als Klavierlehrerin muss das total umhauen, dachte Ruby und wünschte sich für die beiden, dass sie es nicht bei dieser einen Begegnung beließen.

»Das wäre richtig klasse!«, rief Laurie aus. »Unser eigener Leierkastenmann! Wie in alten Zeiten.«

Ruby räusperte sich. »Unser Straßenfest findet am 17. Juni statt. Wisst ihr eigentlich, dass das Valerie und Samuels Hochzeitstag war?«

»Ehrlich?« Laurie staunte.

»Woher weißt du das nur schon wieder?«, fragte Keira. »Manchmal bist du mir echt unheimlich. Es ist fast so, als wärst du mit Valerie befreundet gewesen.«

»Wie wundervoll«, schwärmte Susan. »Dann bekommt unser Fest noch mal eine ganz neue Bedeutung.« Alle waren begeistert und fuhren damit fort, Pläne zu schmieden. Dann sah Susan auf ihr Handy und schaute gleich darauf ein wenig besorgt drein. »Ich habe da übrigens auch ein kleines Problem. Mir geht es wie Ruby, ich bräuchte nämlich ebenfalls jemanden, der mir am Samstag hilft.«

»Du hast doch immer diese Aushilfe, die einspringt, wenn wir unseren Weihnachtsmarkt veranstalten«, sagte Laurie.

»Lydia, genau. Die hat mir aber gerade abgesagt, sie fährt

ausgerechnet an diesem Wochenende mit ihrer Schwester nach Bath.«

»Ich springe gern ein«, sagte Mary sofort. »Ich kann mich noch vage daran erinnern, wie man Freundschaftsbänder macht. Wenn Sie mir noch mal auf die Sprünge helfen würden?«

»Oh, das wäre so nett von Ihnen, Mrs. Buckley.«

»Nennt mich doch alle Mary. Ich bestehe darauf. Und wie wäre es, wenn ich morgen mal bei Ihnen reinschaue, und Sie es mir noch einmal zeigen würden?«

»Kommen Sie, wann Sie wollen. Ich bin jederzeit bereit«, erwiderte Susan freudig.

Nun war wegen des Festes alles geregelt, und Ruby hörte Keira und Mary darüber sprechen, dass sie bald gehen wollten.

»Keira, könntest du bitte noch ein bisschen bleiben?«, fragte Ruby sie.

»Oh.« Keira sah sie an. »Worum geht es denn?«

»Ach, stimmt ja! Du hattest für heute etwas ganz Besonderes angekündigt«, erinnerte sich Orchid.

»Ja. Ich würde euch bitten, euch noch ein wenig Zeit zu nehmen. Ich möchte euch ein Geheimnis anvertrauen.«

»Oh, dann sage ich mal auf Wiedersehen.« Mr. Monroe erhob sich. »Ich bedanke mich für einen fabelhaften Abend.«

Ruby sah, wie Keira ihre Mutter unbeholfen anblickte. Doch dann nahm der gute Mr. Monroe die Sache in die Hand. »Dürfte ich Sie vielleicht nach Hause begleiten, Mary? Es wäre mir eine große Freude.«

Mary strahlte und stand ebenfalls auf. »Sehr gern, Mr.

Monroe.« Sie verabschiedete sich mit einem Kuss von ihrer Tochter und bedankte sich bei Laurie, zog ihre Jacke über und hakte sich bei Mr. Monroe ein, der ihr den Arm hinhielt.

»Wow, was war das denn?«, fragte Orchid, als die beiden weg waren.

»Der Beginn einer großen Liebe?«, schwärmte Susan.

»Sie hätte es so verdient«, sagte Keira hoffnungsvoll.

»Also, Ruby. Was hast du auf dem Herzen?« Laurie sah sie an, und die anderen taten es ihr gleich.

»Ja, erzähl uns von deinem mysteriösen Geheimnis«, forderte Orchid sie schmunzelnd auf. »Ich glaube ja, es geht um Gary.«

Natürlich hätte Ruby ihren Freundinnen jetzt auch von Garys Kuss erzählen können, aber das, was sie vorhatte, war weitaus bedeutsamer.

»Hört mir gut zu«, begann sie. »Denn ihr werdet nicht glauben, was ich euch zu berichten habe.«

KAPITEL 21

Alle sahen Ruby voller Spannung an. Sie holte das Tagebuch aus ihrer Handtasche, das sie extra noch einmal sorgfältig in Packpapier gewickelt hatte, damit es nur ja nicht schmutzig wurde. Es war das erste von Valeries Tagebüchern. Ruby wollte die anderen von Anfang an am Leben der guten Seele der Valerie Lane teilhaben lassen. Vielleicht könnte sie von nun an jeden Mittwoch eines der Bücher mitbringen und daraus vorlesen. Wenn ihre Freundinnen das wollten. Ein wenig Angst hatte sie nämlich schon, dass sie böse auf sie sein würden, weil sie ihnen so etwas Bedeutungsvolles die ganze Zeit verschwiegen hatte.

»Was ist das?«, erkundigte sich Orchid.

Ruby hielt das Buch in die Höhe, damit alle es betrachten konnten.

»Das ist … Valerie Bonhams Tagebuch.«

»*Was?*«, rief Laurie.

»Das kann nicht dein Ernst sein!«, kam es von Susan.

»Wo hast du das denn her?«, wollte Keira wissen.

»Ich …« Sie spürte, wie ihr innerlich ganz mulmig wurde. »Ich besitze es schon sehr lange.«

Die Gesichter der anderen sprachen Bände. Hier sah Ruby einen Ausdruck der Verwirrung, da einen des Erstaunens und dort auch einen der Unzufriedenheit.

»Du besitzt ein Tagebuch, das Valerie gehört hat, in das sie höchstpersönlich hineingeschrieben hat, und du hast es vor uns verheimlicht?«, fragte Keira verwundert.

»Es tut mir leid, ich …«

»Das war nicht okay. Das hättest du nicht tun dürfen«, verlieh Orchid ihrem Ärger Ausdruck.

»Nun lasst sie doch erst einmal ausreden«, sagte Susan. »Unsere Ruby hat bestimmt eine gute Erklärung dafür, oder?« Sie sah sie zuversichtlich an.

Ruby nickte. »Bitte verzeiht, es tut mir schrecklich leid, dass ich euch die Tagebücher bis heute vorenthalten habe, aber …«

»Es gibt mehr als eins?«, rief Laurie.

»Nun unterbrecht sie doch nicht immer!« Susan, die Älteste von ihnen, schüttelte den Kopf wie eine Mutter, die unter Kindern zu schlichten versuchte.

»Sorry. Erzähl weiter«, entschuldigte sich Laurie.

Ruby musste einmal tief durchatmen. »Okay. Also ja, es gibt mehr als eins. Es sind insgesamt acht Tagebücher, und sie sind alle bei mir im Laden. Valerie hat sie unter einer der Dielen versteckt, und ich habe sie als Kind gefunden.«

»Als Kind?« Orchid konnte es einfach nicht sein lassen, hielt jedoch den Mund, als Susan ihr einen strengen Blick zuwarf.

»Ja. Ich war elf und fand die Bücher ganz zufällig, als ich nach einer Münze suchte, die mir runterfiel. Damals war das für mich der größte Schatz auf Erden, und ich behielt meinen Fund für mich. Es war mein Geheimnis, nicht einmal meiner Mum habe ich bis kurz vor ihrem Tod davon erzählt. Diese Bücher ... sie sind mir so ans Herz gewachsen, als wären sie ein Teil von mir. Zu lesen, was Valerie geschrieben hat, ist fast, als hätte man zu ihrer Zeit gelebt, als hätte man an ihrer Seite verweilt ... Bitte seid mir nicht böse, dass ich euch erst heute davon erzähle. Damals kannte ich noch keinen von euch, und als ich nach London ging, ließ ich die Bücher hier.«

»Du bist aber schon seit drei Jahren wieder zurück, und wir treffen uns jeden Mittwoch!« Orchid konnte einen vorwurfsvollen Unterton nicht vermeiden.

»Ich weiß. Mehr als mich zu entschuldigen kann ich deshalb nicht tun, Orchid.«

»Sie hatte halt ein Geheimnis, das sie wahren wollte«, konterte Susan, die auch so einige Geheimnisse hatte, wie Ruby vermutete. Sie hatte ihnen nämlich noch nie von ihrer Vergangenheit erzählt oder warum sie mit ihren fünfunddreißig Jahren schon beschlossen hatte, das Leben einer alten Jungfer zu führen.

»Wir sind dir nicht böse«, versicherte Laurie ihr. »Wir hätten uns zwar sehr gefreut, wenn du uns schon früher hättest teilhaben lassen, aber wir sind dankbar, dass du es jetzt tust. Darf ich das Buch mal näher ansehen?«

Ruby reichte es ihrer Freundin, erleichtert, dass wenigstens sie nicht böse war. Im Gegensatz zu Orchid.

»Wow. Das fühlt sich wirklich sehr alt an.« Laurie blätterte behutsam durch die Seiten. »Die Schrift kann ich kaum lesen.«

»Es ist bestimmt in dieser alten Schreibschrift geschrieben, oder?«, fragte Keira und begutachtete die Seiten. »Ich kann es noch immer nicht fassen.«

Keira ließ das Buch weitergehen, jede der Freundinnen bestaunte es.

»Liest du uns daraus vor?«, fragte Laurie. »Oder möchtest du den Inhalt lieber nicht mit uns teilen?«

»Doch, natürlich. Deshalb habe ich es doch mitgebracht.«

Orchids Gesichtszüge wurden ein wenig sanfter. Als sie Ruby das Buch zurückreichte, hielt sie ihre Hand fest. »Sorry für meinen Ausraster eben. Ich weiß auch nicht, was in letzter Zeit mit mir los ist.«

»Hast du etwa Stimmungsschwankungen? Bist du schwanger?«, fragte Susan.

»Oh Gott, nein! Ich fühle mich noch lange nicht bereit für ein Baby.«

»Dann muss es wohl an Tobin liegen«, vermutete Keira.

»Tobin? Was hat der denn jetzt damit zu tun?«, fragte Orchid unschuldig.

Sie alle mussten lachen. »Bist du etwa die Einzige, die es nicht bemerkt?«, entgegnete Laurie.

»Was denn?«

»Na, dass du bis über beide Ohren in ihn verknallt bist!«, erläuterte Keira.

»Ich? In Tobin? Ihr spinnt doch! So was …« Orchid schüttelte den Kopf und verschränkte die Arme.

Ruby musste grinsen. »Soll ich jetzt vorlesen?«

»Ja, bitte.« Susans Gesicht nahm einen nostalgischen Ausdruck an.

Laurie hakte sich bei ihrer besten Freundin Keira ein, diese legte ihren Kopf auf Lauries Schulter.

Ruby schlug den ersten Eintrag auf und begann …

28. Oktober 1882

Liebes Tagebuch,

*ich bin am Boden zerstört. Und ich brauche einfach einen
Freund, dem ich mich anvertrauen kann, da ich Samuel
nicht ständig mit meinem Gejammer auf die Nerven gehen
will. Er leidet so schon genug. Ich habe dich gekauft, liebes
Tagebuch, damit ich von nun an jemandem meine schmerz-
haftesten Erfahrungen, meine schrecklichsten Sorgen und
hoffentlich auch meine wunderbarsten Momente und
fröhlichsten Erlebnisse anvertrauen kann. Du wirst mein
ständiger Begleiter sein, und ich werde froh sein, nicht allein
zu sein.*

*Heute Morgen erwachte ich mit Schmerzen, und das
Bettlaken war rot. Wieder einmal. Ich weiß nicht, womit
ich das verdient habe, warum der liebe Herr es mir nicht
gestattet, endlich Mutter zu werden. Wie sehr ich mir
wünsche, eine richtige Familie mit Samuel zu gründen.
Und welch furchtbare Angst ich davor habe, dass mein
guter Gatte mich eines Tages verlässt, weil ich ihm einfach
keinen Nachkommen schenken kann. Verstehen könnte ich
es. Doch Samuel ist gutmütig wie immer. Er hat mich gleich
in den Arm genommen, mich hin und her gewiegt und mir
gut zugeredet. Eines Tages wirst du bestimmt guter Hoffnung sein, hat er gesagt. Doch ich habe meine Zweifel.
Seit unserer Hochzeit vor knapp anderthalb Jahren ist es
bereits die dritte Fehlgeburt. Oh, warum nur? Warum kann
sich mein sehnlichster Wunsch nicht endlich erfüllen? Soll er
mir auf immer verwehrt sein? Soll ich als alte, einsame,
kinderlose Frau enden? Soll ich eines Tages sterben, ohne
dieser Welt etwas zu hinterlassen?*

Bitte, oh Herr, erhöre doch meinen Wunsch, mein größtes Verlangen. Ich werde dich auch nie mehr um irgendetwas anderes bitten. Bitte, lass mich Mutter sein, ein kleines Wesen umsorgen, es mit meiner Wärme einhüllen. All die Liebe, die in mir steckt, weitergeben. Oh, bitte!
Valerie

Ruby schlug das Buch zu und atmete ein und wieder aus, ein und wieder aus. Sie hatte diese Worte schon so oft gelesen, doch sie jetzt laut vorzulesen, war noch einmal etwas ganz anderes. Auf diese Weise bekamen sie noch mehr Bedeutung, mehr Nachhall.

Sie sah sich um und entdeckte Tränen in den Augen jeder einzelnen ihrer Freundinnen.

»Das ist sooo traurig«, schluchzte Susan.

»Arme, arme Valerie«, sagte Keira.

»Sie hat vergeblich auf ein Kind gewartet«, weinte Laurie. »Und am Ende blieb ihr nur, alle anderen um sie herum zu versorgen wie ihre eigenen Kinder.«

Orchid schien am allertraurigsten zu sein. »Und Samuel ist die ganze Zeit über bei ihr geblieben. Ich will auch so einen Mann!«

»Den wollen wir alle«, schluchzte Keira.

»Du hast ihn doch schon«, erwiderte Susan, kurz bevor sie sich die Nase putzte. »Ihr alle habt ihn schon.« Nur Susan selbst nicht.

Was heißt hier ›ihr *alle*‹?, fragte Ruby sich. Sie hatte absolut niemanden. Nicht einmal mehr Gary.

»Musstest du uns so einen traurigen Eintrag vorlesen?«, jammerte Orchid.

»Es war der Erste. Ich dachte, wir fangen am besten ganz von vorne an.«

»Oh Gott, und du sagst, es gibt acht Tagebücher? Sind die etwa alle so traurig?«, wollte Keira wissen.

»Nein, nein, natürlich nicht. Die meisten Einträge sind ganz wundervoll. Fröhlich. Außergewöhnlich.«

»Kannst du uns dann bitte so einen vorlesen?«, fragte Orchid.

»Ja, bitte tu das.« Laurie nahm nun auch ein Taschentuch, wischte sich die Tränen weg und schnäuzte sich.

»Das kann ich gern machen. Lasst mich sehen, der Zweite ist, wenn ich es richtig in Erinnerung habe, schon gleich viel fröhlicher.« Sie schlug das Buch wieder auf. »Ja, genau. Legt die Taschentücher weg und hört gut zu!«

11. Dezember 1882
Liebes Tagebuch,
heute war ein sehr erfüllender Tag. Ich habe mir nämlich Strickgarn besorgt und wieder angefangen zu stricken. Weil es draußen so eisig kalt ist, habe ich das Haus kaum verlassen, weshalb ich einiges geschafft habe. Zwei Paar Handschuhe und zwei Paar warme Strümpfe habe ich am Abend den beiden Obdachlosen am Ende der Straße geschenkt. Auch einen warmen Tee habe ich ihnen gebracht. Ich glaube, sie haben sich gefreut, ich habe meine gute Tat für heute getan.
Samuel hat mich ganz liebevoll angesehen und mir über die Wange gestrichen. »Ich bin froh, dich zur Frau genommen zu haben, mein Engel«, hat er gesagt. »Denn an deiner Seite kann ich niemals vom Weg abkommen.«

Was er nur damit gemeint hat? Es gibt doch so viele
Menschen auf Gottes Erde, die besser sind als ich. Doch ich
will mich anstrengen, will jeden Tag voll ausschöpfen und
mehr an andere denken als an mich selbst. Vielleicht hat der
liebe Gott ja Erbarmen mit mir und erhört meinen Wunsch
eines Tages doch noch. Bis dahin will ich der Engel sein,
den Samuel verdient hat. Oder wenigstens der Engel, der
ich sein kann.
Valerie

»Wirklich fröhlich war das aber auch nicht«, sagte Orchid, als Ruby endete.

»Na komm, fröhlicher als der erste Eintrag allemal«, erinnerte Keira sie.

»Ich finde es so tragisch, dass zu Valeries Zeiten schon Obdachlose an der Straßenecke gesessen haben, denen sie geholfen hat«, meinte Laurie.

Ruby war sich sicher, dass sie alle nun an Gary dachten. Wenn sie ehrlich sein sollte, musste sie die ganze Zeit an ihn denken. Er wollte überhaupt nicht mehr aus ihrem Kopf raus oder aus ihrem Herzen. Sie musste unbedingt noch einmal mit ihm reden, ihm sagen, dass er für sie keinesfalls ein Sozialfall oder ein wohltätiges Projekt war. Er war doch so viel mehr …

»Alles gut, Ruby?«, erkundigte sich Susan bei ihr.

»Wie bitte?« Sie blickte auf. »Ja, ich … Mir geht es gut.«

»Bedauerst du es, dein Geheimnis verraten zu haben?«

Sie lächelte. »Ganz im Gegenteil. Ich bin erleichtert, es endlich mit euch teilen zu können.«

Laurie tätschelte ihr die Schulter. »Wir sind auch froh. Danke, Ruby.«

»Und du hast es all die Jahre niemandem gesagt? Absolut niemandem?«, wollte Orchid noch einmal wissen.

Ruby war keine gute Lügnerin, deshalb gab sie es lieber gleich zu. »Na ja … Ich habe vor Kurzem Gary davon berichtet.« Sie hatte ihn die Bücher sogar lesen lassen, aber das erwähnte sie besser nicht.

»Ha! Gary?« Orchid schien bestürzt. »Dem erzählst du noch vor uns davon?«

»Ist dir denn nicht aufgefallen, dass die beiden eine besondere Beziehung haben?«, fragte Susan.

»Doch, natürlich. Aber er ist ein Mann!«

»Ja, ja … Wie Männer einem den Kopf verdrehen können«, sagte Keira schmunzelnd. Sie schlug ein Bein über das andere und strich sich das schulterlange braune Haar hinter die Ohren.

Orchid starrte sie an. »Spielst du jetzt etwa wieder auf einen gewissen Blumenhändler an?«

»Würde mir nie in den Sinn kommen, nein.«

»Aber merkwürdig, dass *du* gleich wieder an ihn denkst …« Laurie kicherte.

»Ihr seid echt blöd.« Orchid schnappte sich den letzten Keks, biss ein Stück ab und kaute wütend darauf herum.

Terry kam zu Susan und wuselte um ihre Beine herum. Sie sah auf die Uhr. »Huch, so spät schon? Terry will Gassi gehen. Lesen wir nächsten Mittwoch weiter?«

»Unbedingt«, pflichtete Laurie ihr bei.

»Ich bringe das Buch dann nächste Woche wieder mit«, versicherte Ruby ihnen.

Sie alle erhoben und verabschiedeten sich. Ruby und Susan gingen ein Stück weit nebeneinanderher. Gary saß nicht an seiner Ecke.

»Sag mal, ich wollte vorhin vor den anderen nicht fragen, aber was ist denn mit dir und Gary los?« Susan sah besorgt aus.

»Wenn ich das nur wüsste …«, erwiderte Ruby seufzend.

»Ihr seid so ein schönes Paar. Ich hoffe, ihr schafft es irgendwie, das Vergangene hinter euch zu lassen und in eine gemeinsame Zukunft zu gehen.«

Das hoffte Ruby auch, oh, wie sehr sie das hoffte.

Als sie sich von Susan verabschiedete, holte sie ihr Handy heraus und wunderte sich, dass ihr Vater noch gar nicht angerufen hatte. Es war bereits Viertel vor zehn, normalerweise hätte er sich längst wegen eines »Notfalls« gemeldet oder zum zwanzigsten Mal nachgefragt, wann sie endlich kam. Schnellen Schrittes eilte sie nach Hause.

KAPITEL 22

»Dad? Geht es dir gut?«, rief Ruby und lief ins Wohnzimmer, ohne sich vorher die Schuhe oder die Jacke auszuziehen.

Hugh saß in eine Decke gehüllt in seinem Sessel und schlief. Erleichtert atmete Ruby aus. Sie hatte sich bereits Horrorszenarien ausgemalt, als er nicht ans Telefon gegangen war.

Als ihr Blick auf den Esstisch fiel, stutzte sie. Dort stand ein aufgebautes Schachspiel.

»Dad?« Sie rüttelte ihn leicht am Arm. »Ich bin wieder da. Tut mir leid, dass ich dich so lange allein gelassen habe.«

Hugh öffnete die Augen einen Spaltbreit. »Ruby … Da bist du ja wieder. Ich war nicht allein.«

»Warst du nicht?«

»Mein Freund war da. Wir haben Schach gespielt.«

»Dein Freund? Welcher Freund denn, Dad?«

»Gary natürlich. Wer denn sonst? Kann ich jetzt weiterschlafen?«

»Natürlich. Aber willst du nicht lieber in dein Bett gehen?«

»Na gut, von mir aus.« Ihr Vater stand auf und ging auf wackligen Beinen hinüber in sein Schlafzimmer, in dem er kaum noch eine Nacht verbrachte.

»Das ist gut, Dad. Sehr gut. Schlaf schön. Ich hab dich lieb.«

»Gute Nacht.« Er legte sich angezogen ins Bett. Ruby war drauf und dran, ihn zu bitten, sich den Pyjama anzuziehen, wollte sich aber mit dem zufriedengeben, was sie bekam. Sie zog die Tür hinter sich zu und hörte sofort: »Es ist zu dunkel!«

Also öffnete sie sie wieder, um das Flurlicht hereinscheinen zu lassen, und ging zurück zum Esstisch. Sie setzte sich und fragte sich, was das alles wohl zu bedeuten hatte. Gary war hier gewesen? Warum um Himmels willen schubste er sie quasi von sich und kam dann her, um mit ihrem Vater Schach zu spielen?

Vielleicht, weil Hugh ihn nicht verurteilte? Ihn nicht als das sah, was er war? Weil Hugh noch viel verkorkster war als er selbst?

Am nächsten Tag saß Gary noch immer nicht wieder an seiner Ecke. Ruby konnte sich gut vorstellen, wo er war. Nachdem sie den Laden weiter dekoriert, noch ein paar neue Ideen ausgearbeitet und Bestellungen getätigt hatte, schloss sie ab und ging rüber zu Orchid.

»*Hi*, Ruby. Wie kommst du drüben voran?«

Orchid stand auf einer kleinen Trittleiter und stellte ein paar leere Körbe, die sie in ganz zauberhafte Geschenkkörbe zu verwandeln wusste, nach oben auf ein Regal. Sie steckte an diesem Tag in einem rosa Jumpsuit, der ihr wirklich ausgezeichnet stand.

»Sehr gut«, gab Ruby zur Antwort. Sie trug zur Abwechslung mal eine verwaschene Jeans und ein altes hellblaues

Hemd, das bei der Arbeit im Laden ruhig schmutzig werden oder kaputtgehen konnte. »Ich bin sehr zuversichtlich, dass bis Samstag alles fertig sein wird.« Und das, obwohl sie so gut wie keine Hilfe gehabt hatte.

»Das freut mich für dich. Ich bin schon ganz gespannt auf deinen neuen Laden.«

»Und ich bin gespannt, ob er besser laufen wird als der alte.«

»Da bin ich mir ganz sicher. Du steckst doch all deine Liebe hinein, das sieht man gleich. Das vorher war vielleicht einfach nicht dein Ding.«

»Es ist nicht so, dass ich nichts für Antiquitäten übrighätte«, stellte Ruby klar. »Aber du hast recht, der Antiquitätenladen war schon irgendwie auch eine Bürde. Ich habe viel dafür aufgeben müssen, und er war doch nie wirklich meiner.«

»Ich verstehe, was du meinst. Ich kannte deine Mutter nicht, und doch merkt man, dass es einfach ihr Laden war. Ihr Geist schwebt sozusagen noch darüber.« Orchid lächelte entschuldigend. »Sorry, ich wollte nicht taktlos sein.«

»Das warst du nicht. Du hast es sogar ziemlich auf den Punkt gebracht.«

»Na, aber jetzt machst du doch etwas ganz Neues daraus. Und ich wünsche dir alles Glück der Welt, dass du damit erfolgreich bist. Ich möchte dich wirklich nicht missen, du bist doch ein Teil der Valerie Lane.«

»Danke, Orchid. Es bedeutet mir viel, dass du das sagst.«

Ein paar Sekunden lächelten sie einander warm an, dann räusperte Ruby sich. »Warum ich eigentlich hier bin … Ich möchte gern einen Kaffeebecher kaufen.«

»Okay. Schau dich ruhig um. Hier im Regal stehen einige und auch im Schaufenster, ich hole sie dir gern heraus, wenn du sie dir genauer ansehen willst.«

Das war nicht nötig, denn Ruby hatte bereits entdeckt, was sie brauchte. »Ich nehme den da! Den weißen mit der blauen Schrift.«

»Den hier?« Orchid deutete auf einen Becher mit einer Feder und dem Spruch WUNDER FLIEGEN ZU DENEN, DIE AN SIE GLAUBEN. Ruby nickte, und Orchid nahm ihn vom Regal. »Der ist wirklich schön, oder? Darf ich ihn dir als Geschenk einpacken?«

»Nein, das ist nicht nötig, danke.«

Orchid wickelte den Becher also nur in ein wenig braunes Papier und stellte ihn in eine Tüte. »Das macht acht Pfund neunundneunzig.«

Ruby bezahlte und nahm ihre Errungenschaft an sich. Die nächsten Minuten waren gut durchdacht, sie hoffte nur, dass sie es auch schaffen würde, sie genau so umzusetzen.

»Danke, Orchid. Bis bald.«

»Mach's gut, Ruby. Ich hoffe, er gefällt ihm.« Ihre Freundin zwinkerte ihr zu.

Ruby errötete, ging aber nicht weiter auf Orchids Anspielung ein. Sie verließ den Gift Shop und ging die Valerie Lane entlang, die Cornmarket Street hinunter und machte an der Ecke High Street halt, an der, wie erwartet, Gary saß.

»Hallo, Gary«, sagte sie so cool wie möglich, obwohl ihr Herz raste.

»Ruby.«

Er sah auf, schien aber nicht sehr erfreut, sie zu sehen. Wieder kam ihr diese Sandy in den Sinn, wegen der Gary sich neulich so schnell davongemacht hatte.

»Ich will dir jetzt mal was sagen«, begann sie und wusste nicht mehr, was sie sich zurechtgelegt hatte. Also ließ sie einfach ihr Herz sprechen. »Du liegst so was von falsch mit der Annahme, du wärst für mich nur irgendein soziales Projekt. Ja, ich versuche, ein guter Mensch zu sein, und ja, Valerie ist mir dabei immer ein Vorbild. Das heißt aber nicht, dass ich mich um dich kümmern will, weil du mir ja so leidtust. Ich will mich auch überhaupt nicht um dich kümmern, ich will ein Teil von dir sein. Ich mag dich nämlich mehr, als du dir überhaupt vorstellen kannst.« Sie hatte all dies gesagt, ohne Luft zu holen, jetzt brauchte sie eine kurze Pause, um ein, zwei Atemzüge zuzulassen. Gary starrte sie sprachlos an. »Ich hab hier was für dich«, fuhr sie schließlich fort und holte den Becher aus der Tüte, den sie auch gleich auswickelte. »Der ist für dich. Ein Frühstücks-kaffeebecher.« Sie hielt ihn Gary vors Gesicht, damit er den Spruch lesen konnte. Dann sagte sie etwas ruhiger: »Weil Wunder nicht geschehen können, wenn man vor ihnen wegläuft, Gary. Ich werde deinen Becher mit zu mir nach Hause nehmen, wo er auf dich warten wird. Jeden Morgen beim Frühstück. Es liegt an dir, ob du ihn benutzen willst oder nicht.«

Mit diesen Worten drehte sie sich um und ging. Packte den Becher wieder ein. Versuchte zu atmen, ruhig zu atmen, was gar nicht so einfach war, denn ihr Herz war in Aufruhr, ihr ganzes Inneres bebte. Sie wagte es nicht, sich noch ein-mal umzudrehen. Jetzt lag es allein in Garys Hand. Sie hatte ihren Standpunkt deutlich gemacht. Sie hoffte nur, dass er es auch endlich verstanden hatte.

Als Ruby abends in ihrem Zimmer saß und las, während es draußen wie aus Eimern schüttete, klingelte es an der Wohnungstür. Als sie aufmachen ging, stand Gary davor. Er war klitschnass.

»Ich würde morgen früh wirklich gern aus meinem neuen Becher trinken, wenn du das noch willst«, sagte er.

Ruby konnte nicht anders, als zu lächeln. »Das fände ich sehr schön«, erwiderte sie und ließ ihn herein.

Eine Minute lang standen sie sich gegenüber, und keiner sagte ein Wort. Dann fiel Ruby Gary in die Arme, und sie hielten sich eine Ewigkeit umschlungen. Es war Ruby egal, dass sie ebenfalls ganz nass wurde.

»Wer hat geklingelt?«, hörten sie Hugh aus dem Wohnzimmer rufen.

»Es ist unser Freund Gary«, rief Ruby zurück und grinste Gary an.

»Ich hoffe, dass ich für dich ein wenig mehr bin als nur ein Schachkumpan.« Gary legte seine Hand verlegen an den Nacken.

Ruby nickte. »Das hab ich dir doch vorhin schon gesagt. Ich dachte, du hättest es endlich verstanden.«

»Ich weiß, dass du es gesagt hast, ich kann es nur noch immer nicht so richtig glauben.«

»Aber wieso, Gary? Weißt du denn nicht, wie liebenswert du bist?« Sie sah ihm in die Augen, nahm seine Hände in ihre.

»Wenn du das sagst, glaube ich es fast.« Er lachte nervös.

»Nun komm erst mal aus den nassen Sachen raus. Du holst dir sonst noch eine Erkältung.«

Gary ging ins Bad, um zu duschen, und Ruby suchte ihm ein paar alte Sachen von ihrem Vater heraus, die sie ihm auf den Toilettendeckel legte, während er unter der Dusche stand. Ein wohliges Kribbeln machte sich in ihrem Bauch bemerkbar, und sie verschwand schnell wieder, um nach ihrem Vater zu sehen, der bereits in seinem Sessel schlief. Sie machte das Licht aus und ging in die Küche.

Als Gary zu ihr kam, bat sie ihn um seine Kleidung, um sie zu waschen. Sie hoffte nur, er würde ihr das nicht wieder übel nehmen, doch er gab sie ihr und ließ sie gewähren. Dann erwärmte Ruby ihm die Reste von dem Gemüseauflauf, den sie sich am Abend gemacht hatte. Auf Chips hatte sie nämlich wirklich keine Lust gehabt, Solidarität hin oder her.

»Das schmeckt richtig gut, danke«, lobte Gary ihr Essen. Er saß am Tisch, während Ruby an der Arbeitsplatte lehnte.

»Freut mich, dass es dir schmeckt. Und es freut mich wirklich ungemein, dass du gekommen bist. Wie gesagt, du kannst auf der Couch im Arbeitszimmer meiner Mutter schlafen, solange und sooft du möchtest.«

»Ich weiß das wirklich sehr zu schätzen, Ruby.«

»Ich mach das doch gern, Gary. Und ich mag es, mit dir zusammen zu sein, mich mit dir zu unterhalten. Es stecken also auch egoistische Motive dahinter.« Sie zwinkerte ihm schüchtern zu.

»Ich unterhalte mich auch gern mit dir.«

»Dann erzähl doch mal: Was gibt es Neues?«

»Bei mir? Absolut überhaupt nichts. Aber es würde mich interessieren, wie du im Laden vorankommst.«

»Sehr gut. Er nimmt langsam Gestalt an. Ich plane, ihn schon am Samstag zu eröffnen.«

»Am Samstag? Da ist doch das große Straßenfest in der Valerie Lane, oder? Orchid hat mir vorhin einen Flyer in die Hand gedrückt.«

Ach, Orchid ... Diese Kupplerin!

»Ja, und weißt du was? Es ist auch Valerie und Samuels Hochzeitstag.«

»Wenn das kein gutes Omen ist.« Er lächelte. »Hattest du noch ein paar Ideen für deinen Buchladen? Mir ist da nämlich auch noch etwas eingefallen, als du mir den Becher geschenkt hast. Es gibt doch diese bedruckten Becher mit Buchcovern und Zitaten aus beliebten Klassikern.«

»Das ist ja ein Zufall. Den gleichen Einfall hatte ich auch. Und ich habe sogar gestern schon solche Becher bestellt. Erst wollte ich auch welche von Harry Potter und so weiter anbieten, aber dann habe ich entschieden, es bei den Klassikern zu belassen. Ich möchte bei Altem bleiben.« Ihre Augen glänzten, während sie das erzählte.

»Und willst du auch T-Shirts verkaufen?«

»T-Shirts?« Ruby sah ihn fragend an.

»Na, solche wie das, was du anhast.« Er deutete auf ihr Oberteil.

Sie sah an sich herunter. Ihr I-LOVE-MR.-DARCY-T-Shirt! Dass sie darauf nicht selbst gekommen war!

»Was für eine tolle Idee, Gary! Gleich, wenn ich wieder ein wenig flüssig bin, werde ich welche aussuchen und bestellen. Und nach einem T-Shirt-Ständer Ausschau halten.«

»Vielleicht finden wir ja auf dem Flohmarkt einen.«

»Heißt das, dass du mich wieder begleiten möchtest?«

Gary nickte lächelnd. »Wenn ich darf? Ich möchte mich gern erkenntlich zeigen. Immerhin schenkst du mir ein neues Zuhause.«

Ruby hätte bei diesen Worten weinen können. Gary hatte Zuhause gesagt. Er hatte es endlich eingesehen und würde nicht mehr davonlaufen.

Gerührt sah sie ihn an und blinzelte die Tränen weg. »Wenn du es schon anbietest. Ich könnte am Samstag Hilfe gebrauchen. Einer muss ja im Laden stehen, während ich draußen an meinem Stand sitze und Schmuck mit den Kindern bastle.« Laurie hatte ihr zwar angeboten, ihr für den Tag Barry zu überlassen, mit Gary würde es aber weitaus mehr Spaß machen.

»Du hast vor, Schmuck zu basteln? Mit den Utensilien deiner Mutter?«

»Ja. Kommt das nicht gelegen? Ich wüsste sonst gar nicht, was ich mit den Millionen von Perlen machen sollte.« Sie lachte.

»Ich helfe dir sehr gern.«

Ruby sah ihn an. War jetzt alles wieder gut zwischen ihnen? Sie hoffte es so sehr. Eins musste sie aber noch wissen.

»Gary, darf ich dich etwas fragen? Du musst nicht antworten, wenn du nicht möchtest.« Sie schenkte ihm Wasser nach.

»Natürlich«, erwiderte er und sah sie erwartungsvoll an.

»Wer ist Sandy?«

»Sandy ist ein Freund. Er hatte ein paar Probleme und brauchte meine Hilfe.«

Oh. Sandy war überhaupt keine Frau, sondern ein Mann?

»Er ist Alkoholiker«, fuhr Gary fort, wahrscheinlich, weil er ihr Schweigen falsch deutete. »Er hat gerade mal wieder einen Entzug hinter sich und war drauf und dran, rückfällig zu werden. Deshalb musste ich neulich so schnell weg. Um ihn davon abzuhalten.«

»Ich verstehe. Danke, dass du mir das anvertraust.« Es bedeutete ihr wirklich viel.

Gary nickte. Er stand nun auf, stellte seinen Teller in die Spüle und kam zu ihr. »Du hast da eine Wimper.«

Er wischte ihr sanft mit dem Finger über die Wange. Die Geste berührte sie sehr.

»Ich hab dich so vermisst, Gary«, ließ sie ihn voller Gefühl wissen.

»Ich hab dich auch vermisst.«

Sie fuhr ihm durch die nassen Haare. »Möchtest du heute Nacht nicht lieber mit in meinem Zimmer schlafen?«, fragte sie ganz vorsichtig.

Garys Antwort war ein Kuss. Dann hob er sie auf seine Arme und trug sie in ihr Zimmer.

KAPITEL 23

»Jetzt müssen wir nur noch die Perlen auf die Schüsseln verteilen, dann sind wir fertig«, sagte Ruby und reichte Gary eines der Tütchen mit rosa glitzernden Kügelchen.

»Ich glaube, da kommt schon wieder Kundschaft«, entgegnete Gary und deutete auf einen Mann mit Hut, der auf Ruby's Antiques & Books zukam.

»Ich geh schon.« Ruby eilte in den Laden.

Es lief gut an diesem Samstag. Die Nachricht über die Neueröffnung hatte sich verbreitet. Nicht nur hatten ihre Freundinnen wie versprochen Werbung für sie gemacht, Ruby hatte am Tag zuvor auch ihre Website aktualisiert, und Gary hatte wieder einmal einen großartigen Flyer gezaubert, den er dann zweihundertfünfzigmal kopiert und verteilt hatte.

»Guten Tag, der Herr. Darf ich Sie in meinem wunderbaren neuen Buchladen willkommen heißen?« Ruby lächelte den potenziellen Käufer an.

»Guten Tag. Das ist ja eine freundliche Begrüßung. Und wie ich sehe, ist diese ganze Straße heute eine fröhliche?«

»Oh ja. In einer guten halben Stunde beginnt unser Straßenfest. Um Punkt zwölf Uhr. Es wird viele tolle Angebote geben. Bleiben Sie doch noch ein bisschen, und schauen Sie es sich an.«

»Gern. Zuerst einmal bin ich aber auf der Suche nach einem guten Buch für meine Sammlung. Meine Frau hat gestern einen Flyer mit nach Hause gebracht, auf dem Sie Erstausgaben anpreisen?«

»Ja, schauen Sie. Ich habe einige Erstausgaben hier drüben. Suchen Sie etwas Bestimmtes?« Sie brachte ihn zu dem neuen graublauen Vintage-Regal.

»Ich würde mich gern ein wenig umsehen, wenn es recht ist.«

»Aber natürlich. Sagen Sie einfach Bescheid, wenn ich irgendwie helfen kann.«

Der Mann sah sich die Bücher interessiert an, und ein weiterer Kunde betrat den Laden. In der nächsten halben Stunde verkaufte Ruby drei Bücher, einige Lesezeichen und einen Kaffeebecher, auf dem eine Zeitmaschine abgebildet war – passend zu dem gleichnamigen Buch. Dann ertönte ein lautes Horn.

Sie ging vor die Ladentür und sah, wie Laurie auf einem Stuhl mitten in der Valerie Lane stand. Sie hielt ein Megafon in der Hand.

»Liebe Besucher unserer einzigartigen Straße, der Valerie Lane! Hiermit verkünde ich, dass unser erstes, aber hoffentlich nicht letztes Frühlingsfest eröffnet ist! Bei Susan könnt ihr mit euren Kindern Freundschaftsarmbänder knüpfen, bei Tobin Blumentöpfe bemalen und bei Ruby Perlenschmuck basteln. Bei Orchid bekommt ihr Luftballons, Keira verkauft ihr allseits beliebtes Teegebäck, das auch schon die gute Valerie zu schätzen wusste, und bei mir gibt es wie immer Tee – zur Feier des Tages gratis! Schaut auch alle bei Ruby's Antiques & Books rein, das heute Neueröffnung feiert und ein Paradies für jeden Buchliebhaber ist. Und nun wünsche ich euch ganz viel Spaß in der Valerie Lane!«

Einige Leute klatschten oder jubelten, die Kinder aber liefen alle sofort zum Stand ihres Interesses, und im Nu herrschte ein buntes Treiben in ihrer kleinen Straße. Kinderlachen, fröhliche Begrüßungen, Glückwünsche zur Neueröffnung von Rubys Laden. Dazu die nostalgische Musik, die Mr. Monroe mit seinem Leierkasten zauberte und die dem Ganzen einen besonderen Charme verlieh.

Ruby konnte überhaupt nicht aufhören zu strahlen. Die ganze Zeit über musste sie an Valerie denken, die sich ganz sicher über den Trubel gefreut hätte. Ob sie wohl geahnt hat, dass diese kleine unscheinbare Gasse auch hundert Jahre nach ihrem Ableben noch so besonders sein würde? Dass man sie nach ihr benennen würde? Ruby spürte eine frische Brise an diesem warmen, windstillen Junitag, und sie war sich beinahe sicher, dass es Valerie war. Valerie, die über sie alle wachte und ihnen ihren Segen gab.

Sie überließ nun Gary den Laden und widmete sich den ersten Kindern, die eine Kette oder ein Perlenarmband anfertigen wollten. Sie zeigte ihnen, wie man einen Knoten machte und die bunten Perlen eine nach der anderen aufzog.

Während sie ihnen zuguckte, nahm sie aus den Augenwinkeln Keira wahr, die an ihrem Tisch stand und Valeries Lieblingsplätzchen anpries. »Kosten Sie einen«, hörte sie sie sagen.

Ihr Blick wanderte weiter zu Laurie, bei der sich bereits eine lange Schlange gebildet hatte. Gratisdinge kamen natürlich immer gut an.

Auf der anderen Straßenseite bei Susan saß Keiras Mutter Mary an einem Tisch und erklärte den Kindern, wie man die Wollfäden miteinander verknüpfte. An der Ecke vor dem Laden saß nun niemand mehr, denn der Mann, der dort so viel Zeit verbracht hatte, benötigte sie nicht mehr.

Tobin stand bei einer Gruppe von Kindern, die Pinsel in der Hand hielten, und reichte ihnen Blumentöpfe. Der Gute hatte Ruby am Morgen einen Blumenstrauß vorbeigebracht und ihr viel Erfolg für den neuen Laden gewünscht. Er hatte ihr außerdem erzählt, dass seine entzückende Nichte Claudia ihm an diesem Tag wieder behilflich sein würde wie schon bei seiner Ladeneröffnung im Februar, wo sie in der Valerie Lane Rosen verteilt hatte. Tobin sah herüber und winkte ihr zu.

Ruby winkte zurück und sah dann zum Gift Shop, wo Orchids gut aussehender Freund pinkfarbene Ballons mit dem Ladenlogo aufblies, an ein Band knotete und verteilte. Patrick sah aus wie der typische Amerikaner. Groß, gut gebaut und braun gebrannt, ein richtiger Sunnyboy. Ruby hatte noch nicht oft mit ihm gesprochen, sie wusste lediglich, dass er aus West Virginia kam und keine Familie mehr hatte. Wie Gary, dachte sie. Obwohl … War sie sich da sicher? Gary könnte schon noch Eltern, Geschwister, Tanten oder Onkel in Manchester haben, oder? Eines Tages würde sie ihn vielleicht danach fragen, jetzt war sie einfach nur froh, dass er ihr endlich vertraute und sie an seinem Leben teilhaben ließ.

Die letzten Tage mit Gary waren wundervoll gewesen, so als wären sie schon immer eins gewesen. Das Eis war endgültig gebrochen, und Ruby war dankbar, Gary an ihrer

Seite zu haben. Dass er dabei auch noch fantastisch mit ihrem Vater umging und sie in jeglicher Hinsicht unterstützte, was den Laden betraf, machte ihre zarte Bindung in ihren Augen vollkommen.

Ruby sah Tandy die Valerie Lane entlangspazieren und auf Tobin zugehen. In dem Moment, als sie ihn mit einem Kuss begrüßte, kam Orchid aus ihrem Laden, um Patrick irgendetwas zu sagen. Sie sah die beiden Turteltauben, und sofort verfinsterte sich ihre Miene. Eine ganze Weile starrte sie die beiden an, und Ruby sah, wie Patrick die Stirn runzelte und zu Orchid etwas sagte.

»Wie kommst du denn auf so was?«, hörte sie Orchid aufgebracht erwidern. »Der ist mir doch egal!« Sie verschwand wieder in ihrem Laden, und Patrick folgte ihr.

Ruby konzentrierte sich wieder auf ihren Stand – sie half gerade einem kleinen Mädchen dabei, einen Verschluss an ihrer Kette anzubringen –, doch sie übersah nicht Tobins Blick in Richtung Orchids Laden. Tandy schien überhaupt nichts mitbekommen zu haben, denn sie redete vergnügt und machte lustige Gesten, um ihr Erzähltes zu unterstreichen. Ein paar Minuten später kam Patrick aus dem Geschäft gestürmt und stapfte an Tobin vorbei. Er bedachte ihn mit einem grimmigen Blick.

Ruby fragte die Mädchen, ob sie kurz allein klarkämen und ging rüber zu ihrer Freundin.

»Orchid?«, rief sie in den Laden hinein. »Alles okay?«

Eine verweinte Orchid kam aus dem Hinterzimmer. »Ruby … Ja, alles okay. Wieso?«

»Ich hab eben zufällig eure kleine Szene mitbekommen.«

»Ach, *shit!*« Sie wischte sich die verschmierte Wimperntusche mit einem nassen Taschentuch weg oder versuchte es zumindest. »Das ist so peinlich. Ehrlich.«

»Was ist denn passiert?«

»Passiert? Gar nichts. Nur dass Patrick jetzt auch noch damit anfängt, mir und Tobin etwas anzudichten.«

»Und damit hat er unrecht?«

»Ja, natürlich! Da läuft absolut gar nichts zwischen uns.«

»Das weiß ich doch, Orchid. Aber hättest du es denn nicht gern, dass da etwas laufen würde?«

Orchid zögerte einen Moment zu lang. »Nein! Ich liebe Patrick. Tobin soll endlich aufhören damit!«

»Womit denn?«

»Damit zu versuchen, mir den Kopf zu verdrehen.«

»Ach, Orchid.« Ruby ging auf ihre Freundin zu und nahm ihr das Taschentuch ab, wischte ihr die letzten schwarzen Spuren aus dem Gesicht und lächelte. »Die Liebe ist nicht einfach. Aber man weiß es, wenn man dem Richtigen begegnet, das versichere ich dir.«

»Patrick ist der Richtige«, konterte Orchid.

»Na gut. Du musst es wissen. Ich gehe dann wieder rüber, ja? Die Kinder warten. Wir können aber gern nach Ladenschluss reden, wenn du möchtest.«

»Das ist nicht nötig«, antwortete Orchid.

»Wie du willst. Bis dann.«

»Ruby?«, rief Orchid ihr noch nach. »Danke.«

»Gern geschehen.«

Sie lächelte ihrer Freundin zu und überquerte die Straße. Dabei betrachtete sie das veränderte Ladenschild und die schnörkeligen Klebebuchstaben im Fenster, die *Neueröffnung* verkündeten. Sie hätte platzen können vor Freude.

Und als sie den hinreißenden Mann durchs Fenster sah, der mit einem breiten Lächeln ihre Waren anpries, wusste sie, das Glück war endlich auch zu ihr gekommen.

»Mrs. Witherspoon!«, rief Ruby, als sie die alte Dame vor ihrem Tisch stehen sah. An ihrer Seite natürlich Humphrey, der mal wieder seine Pilotenmütze trug. »Wie schön, dass Sie vorbeischauen.«

»Hallo, mein Kind. Ich habe gehört, du hast dich auf Bücher spezialisiert.«

»Da haben Sie richtig gehört. Bei mir bekommt man jetzt alles, was das Leserherz begehrt.«

Mrs. Witherspoon blickte traurig drein. »Dann verkaufst du gar keine Löffel mehr?«

»Leider nicht. Aber ich werde auch weiterhin oft auf Flohmärkte gehen und immer ein offenes Auge haben.«

»Das wäre wunderbar. Danke, Ruby. Und nun sag: Was kann man hier Schönes bei dir machen?« Sie betrachtete die vielen kleinen Einzelteile, die inzwischen wild durcheinander auf dem Tisch verstreut lagen. Ruby hatte es aufgegeben, sie zu sortieren.

»Bei mir können Sie heute Ihren eigenen Schmuck anfertigen. Eine Kette, ein Armband oder eine Brosche«, informierte sie ihre betagte Freundin.

»Wie gern ich das würde. Aber meine Finger machen da nicht mehr mit. Ich leide doch so schrecklich unter Arthritis.«

»Ich mache dir etwas«, sagte Humphrey, der ein paar Jahre jünger als Mrs. Witherspoon war, entschlossen. »Was hättest du gern, mein Schatz? Ein Armkettchen?«

Mrs. Witherspoons Wangen erröteten vor Freude. »Au ja, Humphrey. Da würde ich mich freuen.«

Und dann sah Ruby diesem herzallerliebsten weißhaarigen Mann dabei zu, wie er seiner Verlobten ein Armband bastelte. Er hatte einen guten Geschmack, entschied sich für Weinrot und Dunkelblau und griff hier und da zu einer Perle in Herzform. Am Ende hatte er das bezauberndste aller Kettchen gefertigt, das er Mrs. Witherspoon liebevoll umband. Diese war außer sich vor Freude, legte ihre Hände glücklich aneinander, wie sie es in solch einer Situation immer tat, und gab ihrem Humphrey einen Kuss auf die faltige Wange.

Ruby musste dieses Bild einfach festhalten. Sie schoss rasch ein Foto von den beiden mit ihrem Smartphone.

»Sie sind so süß miteinander, wissen Sie das eigentlich?«, hörte Ruby eine Stimme gleich neben ihnen und blickte auf. Agnes, deren Haar neuerdings pink gefärbt war, hatte sich zu ihnen gesellt, zusammen mit ihrem Punkerfreund. Sie wollten sich ebenfalls gegenseitig bunte Armbändchen gestalten. Passend zu ihren Haaren in Pink und Knallgrün.

Ruby aber war noch immer zutiefst berührt von dem, was sie soeben hatte mitverfolgen dürfen. Als Mrs. Witherspoon und Humphrey sich verabschiedeten, entschuldigte sie sich und lief hinein zu Gary, der gerade die Bücher in den Regalen ordnete.

»Na du«, sagte er. Sein Haar war endlich kürzer, Ruby hatte es ihm am Abend zuvor geschnitten.

»Na?« Sie lächelte ihn verliebt an. »Wie läuft es hier drinnen?«

»Es läuft super. Und draußen?«

»Auch super. Und es macht richtig Spaß. Schön, dass Mums Schmuckutensilien nun doch noch Verwendung finden.«

»Dein selbst gemachter Schmuck scheint auch gut bei den Kunden anzukommen. Ich hab schon mehrere Paare von den Buchohrringen verkauft. Du musst bald neue machen.«

»Ehrlich?« Sie strahlte vor Freude.

»Ruby? Ich finde es wirklich beeindruckend, was du auf die Beine gestellt hast. Und es tut mir ehrlich leid, dass ich dir dabei nicht mehr geholfen habe.«

»Du hilfst mir jetzt. Das ist alles, was zählt.«

»Ich werde dir von jetzt an immer helfen. Dir zur Seite stehen.« Es schien, als wollte er noch irgendetwas hinzu-fügen, doch er verstummte.

»Das bedeutet mir sehr viel, Gary. Eben waren Mrs. Witherspoon und Humphrey da, und er hat ihr ein Arm-band gemacht. Das war so unglaublich süß.«

»Echt? Kann ich mir vorstellen. Die sind schon ein schönes Paar, die beiden. Wie toll, dass sie sich in ihrem Alter noch gefunden haben, oder?«

»Ja, finde ich auch. Sie heiraten bald. Wusstest du das?«

»Ich hab davon gehört, ja.«

»Ich habe eine Einladung erhalten. Und ich darf eine Begleitung mitnehmen«, wagte sie sich behutsam an das Thema heran. »Du kannst ja mal darüber nachdenken, ob du mitkommen möchtest. Du musst nicht. Ich würde mich aber freuen.«

Gary sah sie an, und sie hoffte nur, sie war nicht zu weit

gegangen. Doch er antwortete: »Okay, ich werde drüber nachdenken.«

Ruby lächelte. »Ich muss dann mal wieder raus. Bis später.«

»Viel Spaß!«

»Dir auch. Und Gary? Danke für alles.«

»Dito.«

In diesem Moment betrat eine aufgeregte Laurie den Laden – und sie kam nicht allein. Bei ihr war ihr Vater, der gut aussehende George-Clooney-Verschnitt William Harper, Schönheitschirurg und steinreich. Er trug eine große, anscheinend schwere Kiste, die er vor Ruby abstellte.

»Ruby! Sieh mal, was mein Dad für dich hat«, rief Laurie fröhlich.

Ruby fragte sich, was wohl in der Kiste sein mochte. Etwa Bücher?

»Meine Tochter hat mir von Ihrem neuen Geschäft erzählt, und da ist mir eingefallen, dass ich seit Langem schon meine Bibliothek aussortieren wollte«, berichtete William.

Ja, er besaß eine eigene Bibliothek, irgendwo in seiner großen Villa, die Ruby leider noch nicht von innen gesehen hatte, da Laurie jeglichen Kontakt zu ihrer Mutter mied.

»Sie haben Bücher aussortiert?«, fragte Ruby. »Und die wollen Sie ... verkaufen?«

»Welch ein Unsinn! Ich schenke sie Ihnen natürlich. Wer benötigt schon so viele alte Bücher? Die kann ich doch im Leben nicht alle lesen. Viele davon hat mein Vater mir vermacht, schauen Sie einfach, was Sie für Ihren Laden gebrauchen können.«

Ruby war ehrlich gerührt und warf einen Blick in die

Kiste. Sofort sprang ihr eine sehr alt aussehende Ausgabe von *Tom Sawyers Abenteuer* ins Auge. Ein dicker Kloß machte sich in ihrem Hals bemerkbar.

»Aber … Mr. Harper, das kann ich doch nicht annehmen.«

»Und ob Sie das können! Ich bestehe sogar darauf. Wissen Sie, ich unterstütze gern junge Unternehmer.«

»Wie wundervoll! Ich danke Ihnen«, sagte sie und sah überglücklich zu Gary, der ebenfalls strahlte. Ruby konnte nicht anders, als William zu umarmen, und Laurie umarmte sie gleich mit. »Danke, danke, danke. Damit helfen Sie mir enorm. Sehen Sie, einige Regalfächer sind noch ganz leer. Es wird eine Weile dauern, sie zu füllen.«

»Bei Gelegenheit werde ich mal schauen, ob ich noch mehr für Sie finde.«

»Oh Gott, so war das nicht gemeint«, stellte Ruby schnell klar.

»Das weiß ich doch.« William strich ihr mit einem Finger über die Wange, wie man es bei kleinen Kindern tat. »Richtig süß ist sie, du hattest recht, Laurie.«

»Und sie hat es so verdient. Ruby, dein Laden sieht toll aus. Was du daraus gemacht hast … Einfach unglaublich.« Rubys Blick folgte dem Lauries zu einem Bild von Jane Austen. Eigentlich war es ein eingerahmtes Poster, Ruby hatte aber vor, sobald sie ein wenig Zeit fand, selbst Porträts berühmter Schriftsteller zu zeichnen. Vielleicht würde sie sie sogar kolorieren oder aquarellieren und sie tatsächlich zum Verkauf anbieten.

»Danke für das Kompliment. Und danke noch mal für die Bücher.«

»Nun ist aber gut. Sie können mir ja im Gegenzug auch etwas schenken«, meinte William. »Ich sehe da Kaffeebecher! Meiner in der Praxis ist zufällig gerade zerbrochen.«

Praxis?, fragte Ruby sich. Das war wohl ein wenig untertrieben. Soweit sie wusste, arbeitete Lauries Vater in einer Schönheitsoase, von denen er gleich mehrere besaß.

»Oh, ja klar. Suchen Sie sich gern einen aus. Oder auch zwei. Oder drei.«

»Einer reicht.« William lachte und entschied sich für den Becher mit einem Zitat von Shakespeare: *WAS DU NICHT HAST, DEM JAGST DU EWIG NACH, VERGESSEND, WAS DU HAST.*

Dann verabschiedeten sich Laurie und ihr Vater.

Ruby sah Gary verblüfft an. »Kannst du glauben, was gerade passiert ist?«

»Nicht so richtig. War das George Clooney?«

Ruby lachte, dann wurde sie ganz melancholisch. »Nein, nur wieder einer dieser Engel, die auf Erden leben und Gutes tun.«

Sie begab sich nach draußen und hatte schon wieder neue Besucher an ihrem Stand. Mr. Spacey hatte Barbara wohl gerade aus dem Blumenladen abgeholt. Die zwei suchten eifrig Zubehör zusammen, um ein Schmuckstück anzufertigen. Der Verwalter der Valerie Lane lobte die fantastische Idee, ein Straßenfest zu veranstalten. Mrs. Kingston kam dazu und erzählte ihnen den neuesten Klatsch und Tratsch. Außerdem schauten Phoebe und die kleine Emily vorbei. Das Baby schlummerte friedlich in einem Tragetuch.

»*Hi*, Ruby. Wie geht es dir?«, begrüßte Phoebe Ruby. Sie

sah ihrer Schwester Orchid sehr ähnlich, war nur nicht ganz so schlank und auch nicht ganz so blond.

»Sehr gut, danke. Und euch? Emily wird von Tag zu Tag niedlicher.«

»Danke. Sieh mal, was Susan ihr geschenkt hat. Selbst gestrickt.« Sie holte einen Strampelanzug hervor, der gelb und rosa gestreift war.

»Wie putzig.«

»Ja, oder? Ihr seid alle so großzügig hier in der Valerie Lane. Dieses Straßenfest macht es nur noch perfekter.«

»Oh, danke. Möchtest du dir vielleicht eine Kette oder ein Armband machen?«, schlug Ruby vor.

»Das würde ich wirklich gern, aber ich muss mich gleich mal auf den Heimweg machen. In spätestens einer halben Stunde wacht die Kleine auf und will was zu essen haben.«

»Das verstehe ich natürlich.«

»Ich wollte es mir trotzdem nicht nehmen lassen, einen Blick in deinen neuen Laden zu werfen. Orchid hat mir schon viel erzählt. Du verkaufst jetzt Bücher? Raritäten?«

»Genau. Und anderes. Geh gern rein und schau dich um. Gary wird dich beraten.«

»Gary, ja?« Phoebe sah sie verschmitzt an. »So, so.«

Ruby errötete und sah zu Boden. Sie hatten noch niemandem gesagt, dass sie jetzt zusammen waren, wollten es noch eine Weile für sich behalten und ihre Zweisamkeit genießen. Doch Ruby wusste, dass ihre Freundinnen über kurz oder lang darauf kommen würden.

»Ich geh dann mal schauen«, sagte Phoebe und betrat den Laden.

»Möchtest du einen Tee?« Barry stand vor ihr mit einem

Tablett in der Hand. »Laurie schickt mich herum, um euch den hier zu bringen.«

Ruby nahm dankend einen Becher köstlich duftenden Tees an und schloss die Augen, als sie einen Schluck davon nahm. Sie konnte sich an keinen schöneren Tag der letzten drei Jahre erinnern.

Als es auf sechs Uhr zuging und sie alle langsam ihre Stände abbauten, packte auch Ruby ihre Sachen ein. Sie war vollkommen erfüllt von diesen wundervollen Stunden, die die Valerie Lane noch mal ein bisschen besonderer gemacht hatten. Sie alle hatten sich vorgenommen, von nun an jedes Jahr ein Frühlingsfest zu veranstalten. Genauso, wie der alljährliche Weihnachtsmarkt inzwischen zur Tradition geworden war.

»Du wirst garantiert nicht glauben, wie viel wir eingenommen haben«, sagte Gary, als sie die übrig gebliebenen Schmuckutensilien reinbrachte.

»Spann mich bitte nicht auf die Folter, Gary.«

»Siebenhundertachtundsiebzig Pfund und vierzig Pence.«

Ihr blieb beinahe das Herz stehen. »Ist das dein Ernst?«

Gary nickte. »Und ob. Und das am ersten Tag. Warte nur, bis sich das mit dem Laden herumgesprochen hat.«

»Das ist unglaublich, aber ich denke eher, dass es an dem Straßenfest und den vielen Besuchern in der Valerie Lane heute lag.«

»Das glaube ich nicht. Die Kunden waren alle begeistert. Viele haben gesagt, dass sie wiederkommen werden.«

Ruby wusste nicht, ob sie wirklich darauf hoffen, ob sie

es zulassen durfte, von einer rosigen Zukunft für den Laden zu träumen. Doch dann konnte sie nicht anders, als einen kleinen Luftsprung zu machen und dabei in die Hände zu klatschen. Kurz darauf fiel sie Gary um den Hals, der sie fest an sich drückte.

»Hilfst du mir mit dem Tisch?«, fragte sie. »Und dann gehen wir nach Hause und feiern. Ich koche uns was Leckeres. Wir könnten auch eine Flasche Sekt oder Wein kaufen, was immer du magst.«

»Das hört sich gut an. Ich bin mit allem einverstanden.«

Als Gary und Ruby zehn Minuten später den Laden abschlossen und die Valerie Lane entlanggingen, sahen sie Mary und Mr. Monroe vor Susan's Wool Paradise miteinander reden, Mary hatte dabei ein Bein angehoben wie ein verliebter Teenager.

Ja, die Valerie Lane brachte Menschen zusammen, hier konnte man tatsächlich noch die wahre Liebe finden, das wusste Ruby mit Sicherheit.

Sie winkte Laurie durchs Fenster zu, und sie gingen einkaufen. Gary wünschte sich etwas ganz Simples: Spaghetti mit Tomatensauce, sein Lieblingsessen. Und Ruby entschied sich für eine Flasche Rotwein.

»So leicht bist du also zufriedenzustellen, ja?«, fragte sie und gab ihm einen Kuss – mitten im Supermarkt vor allen Leuten. Sollte es doch jeder wissen.

»Ich mag Spaghetti halt.«

»Ich mag Spaghetti auch«, erwiderte Ruby, und als sie später am Abend zu Hause am Esstisch saßen und ihre gekochten Nudeln auf dem Teller vor sich hatten, überraschte

Hugh sie mit der Frage, ob er auch etwas von den Spaghetti haben könne.

Ruby starrte ihren Vater sprachlos an. Dann brach sie in Tränen aus und umarmte ihn überschwänglich.

»Aber natürlich, Daddy. Natürlich.«

Auf dem Weg zurück zur Küche hatte sie nur einen Gedanken: Ein Wunder ist geschehen. Danke, liebe Valerie.

KAPITEL 24

»Nein! Nein! Nicht Autofahren! Nein! Ich … ich bin schon wach … Ich mach das … Du darfst nicht …«

Ruby erwachte und hörte Gary, der neben ihr in ihrem Bett lag, stöhnen und verzweifelt rufen. Sanft rüttelte sie ihn wach. »Gary, Gary. Es ist alles gut. Du bist hier bei mir. Alles ist gut.«

Er schlug die Augen auf, und sie sah nichts als Angst darin. Und Trauer. Er tat ihr so unendlich leid, doch sie wusste nicht, wie sie ihm helfen konnte. Gary aber zog sie an sich und hielt sie, und sie wusste, dass das alles war, was er brauchte und dass sie ihm allein mit ihrer Anwesenheit schon half.

Als sie in seinen Armen lag, fragte sie sich dennoch, ob Gary in diesem Moment noch immer an seine Frau dachte. Es würde sicher nicht leicht werden, wenn sie eine Beziehung aufbauen wollten. Doch Ruby würde geduldig sein und stark für sie beide. So, wie sie es die letzten Jahre immer war.

»Geht es dir gut?«, fragte sie nach einer Weile in die Stille.

»Nein. Aber mit der Zeit wird es mir besser gehen. Bleib nur bei mir.«

»Ich bleibe bei dir.«

Sie streichelte ihm über die Brust und küsste sie. Dann hörte sie Gary etwas sagen, so leise, dass sie den Atem anhielt, weil sie befürchtete, seine Worte sonst nicht zu verstehen.

»Ich weiß nicht, was ohne dich aus mir geworden wäre, Ruby. Ich habe die letzten Jahre gar nicht mehr richtig gelebt. Aber mit dir kann ich sogar wieder an eine Zukunft glauben. Ich danke dir dafür. Du bist der beste Mensch, den ich kenne.«

Sie war zutiefst gerührt. »Gern geschehen«, war alles, was sie sagen konnte, obwohl ihr doch so viel auf dem Herzen lag.

Jetzt war nicht der richtige Zeitpunkt. Dieser Moment gehörte ganz Gary. Ihre Momente würden kommen, alles zu seiner Zeit.

Sie standen schon früh auf und gingen auf den Flohmarkt. Dort suchten sie wieder nach besonderen Büchern und auch nach immer neuen Ideen für den Laden. Als sie ein Gemälde eines alten Mannes sahen, kam Ruby wieder die Idee mit den Bildern in den Sinn, die Gary ihr vorgeschlagen hatte. Was, wenn sie wirklich den alten Dickens mit einem seiner Bücher in der Hand oder Shakespeare beim Schreiben mit einer Feder zeichnen würde? Sie könnte das Ganze schön einrahmen und für einen guten Preis verkaufen. Sie könnte auch Auftragsarbeiten annehmen. Die Möglichkeiten für ihren Laden waren fast unendlich.

Ruby wusste, sie würde es niemals bereuen, sich für eine Umgestaltung entschieden zu haben. Und inzwischen war sie sich sicher, dass sogar ihre Mutter ihr ihre Einwilligung gegeben hätte. Weil es sie glücklich machte, so richtig glücklich. Als Ruby Hand in Hand mit Gary über den Flohmarkt spazierte, konnte sie ihr Glück noch immer kaum fassen.

Gary blieb stehen. Stockte. Ging dann auf einen Stand zu und bückte sich, um ein Buch aus einer Kiste zu holen. Er hielt es ihr hin.

»Hübsches Cover, leider sieht es aber nicht sehr alt aus«, sagte sie. »Außerdem kenne ich den Autor nicht. Gary Matthews.« Dann machte plötzlich etwas klick bei ihr, und als sie Gary anblickte, bestätigte das ihre Vermutung. »Oh mein Gott, das ist dein Buch, oder?«

Er nickte. »Ich hätte nicht gedacht, es einmal auf einem Flohmarkt zu finden.«

Ruby drehte das Buch mit dem Titel *Der silberne Vorhang* um und las den Klappentext. Es handelte von zwei Männern, die im Zweiten Weltkrieg zusammen an der Front waren und sich anfreundeten. Sie versprachen sich, sollte dem einen etwas zustoßen, würde der andere sich um dessen Familie kümmern. Einer der beiden starb …

»Oh, nein. Einer der beiden starb?«, fragte Ruby. Sie hatte ja gewusst, dass Gary Schicksalsromane geschrieben hatte, hatte sich aber bis jetzt nichts Genaueres darunter vorstellen können. Nun wusste sie etwas mit Sicherheit: Sie wollte dieses Buch lesen – unbedingt!

»Ja. Isaak stirbt, und James macht sich nach dem Krieg auf nach Liverpool, um seine Familie zu finden. Dabei verliebt er sich in Isaaks Witwe.«

»Nun verrate nicht alles! Ich will es doch selbst lesen.«

»Du willst es lesen?«

»Aber natürlich, was denkst du denn?«

»Das musst du wirklich nicht …«

»Gary, soll ich dir etwas verraten? Ich habe schon lange etwas von dir lesen wollen, habe sogar nach Büchern von dir gegoogelt, nur wusste ich deinen Nachnamen nicht.«

»Warum hast du mich nicht einfach gefragt?«

»Du warst so … verschlossen. Ich wollte nicht in deine Privatsphäre eindringen.«

»Herrje. Ich war wohl wirklich unzugänglich, was?«

»Nein, Gary. Nur verloren.«

»Es tut mir leid.« Er sah ihr in die Augen, und statt der unendlichen Traurigkeit sah sie jetzt ein wenig neuen Lebenswillen.

»Es muss dir nicht leidtun. Ich war die letzten Jahre auch nicht ich selbst.«

Gary nickte, und sie wusste, dass sie später in Ruhe darüber reden würden. Jetzt aber lächelte sie nur und fragte den Verkäufer, wie viel er für das Buch haben wollte. Drei Pfund, antwortete er. Sie versuchte nicht zu handeln. Garys Buch war kein Schnäppchen, es war ein Einblick in seine Seele.

»Vielleicht finden wir ja auch noch eines deiner Kinderbücher«, sagte sie lachend.

»Das werden wir nicht finden. Es gab nur eins, und das wurde niemals veröffentlicht.«

Sie verstand nicht. Doch dann … Er hatte es geschrieben, illustriert und binden lassen … allein für Ben.

»Ach, Gary …«, sagte sie, hakte sich bei ihm ein und kuschelte sich an ihn.

Es würden wohl noch viele traurige Momente kommen,

doch die musste keiner von ihnen mehr ganz allein durch-
stehen.

Später nahm sie Garys Roman mit in den Laden und las,
wann immer sie Zeit fand, ein paar Seiten. Er berührte ihr
Herz, und wenn sie nicht vorher schon gewusst hätte, wie
besonders Gary war, hätte sie es spätestens jetzt erkannt.

Am Nachmittag, als sie gerade dabei war, das Bild von Mrs.
Witherspoon und Humphrey zu zeichnen – oder zumindest
einen ersten Versuch wagte –, kam Orchid in den Laden.

»Na du … Alles wieder in Ordnung?«, fragte Ruby.

»Na klar. Ihr sagt es doch immer: Ich bin ein Sonnenschein. Und wann verliert die Sonne denn schon ihre gute
Laune?« Sie grinste sie überzeugend an.

»Dann ist ja gut.«

»Ich wollte auch nur schnell vorbeischauen und Danke
sagen. Dass du dich gestern so lieb um mich gekümmert
hast.« Orchid holte eine kleine Geschenktüte hinter dem
Rücken hervor und überreichte sie ihr.

»Das wäre doch nicht nötig gewesen.« Ruby schaute
hinein und sah eine von Orchids selbst gemachten Kerzen.

»Mit Vanilleduft. Ich weiß doch, dass du auf Vanille
stehst.«

»Das ist wirklich nett von dir, danke.« Sie umarmte
Orchid.

»Gerne. Und wie läuft dein neuer Buchladen?«

Ruby musste lächeln. Ganz breit. »Super. Ich darf endlich den ganzen Tag Gespräche über Bücher führen. Was
könnte es Schöneres geben?«

»Den ganzen Tag über Sex zu reden?« Orchid lachte und

zerstörte damit ein wenig die harmonische Stimmung. Aber das war Orchid, man musste sie nehmen, wie sie war.

»Typisch du. Du kannst ja einen Sexshop eröffnen. Nur bitte nicht in der Valerie Lane, der würde hier nämlich überhaupt nicht hinpassen.«

»Da muss ich dir ausnahmsweise recht geben.« Sie zwinkerte ihr zu.

Ruby fragte sich, was sie wohl mit »ausnahmsweise« meinte, dann fiel ihr aber die Sache mit Tobin ein.

»Ich muss dann auch wieder rüber. Viel Spaß noch! Ach übrigens ...« Sie blieb in der Tür noch einmal stehen. »Wir Mädels gehen heute Abend ins Kino. Falls du Lust hast ...«

»Lieb, dass du fragst, aber ich denke, das wird eher nichts. Wegen meines Dads.«

Orchid nickte. Sie verstand. Dann lief sie wieder über die Straße und zurück zu ihrem Laden.

Wenig später betraten Gary und Hugh Ruby's Antiques & Books. Sie war gerade dabei, einer Kundin die Jane-Austen-Kaffeebecher schmackhaft zu machen und gab den beiden ein Zeichen, dass sie gleich bei ihnen sein würde.

»Ich entscheide mich für *Die Abtei von Northanger*. Das war immer mein liebstes Austen-Buch, vielleicht weil es heraussticht mit seinen gruseligen Elementen. Ich weiß, damit bin ich eine Ausnahme.«

Ruby lächelte. »Das stimmt vielleicht. Die meisten Frauen mögen wohl am liebsten *Stolz und Vorurteil*. Aber warum immer mit der Masse gehen?«

»Das sag ich auch immer.« Die Frau zwinkerte Ruby zu, bezahlte und ging, und Ruby konnte sich ihren Besuchern widmen.

»Hallo, ihr beiden. Ihr kommt mich besuchen? Da freu ich mich aber.«

»Wir waren im Park und dachten, wir schauen mal vorbei«, berichtete Gary.

Ruby war sich sicher, dass die Idee nicht von ihrem Vater gekommen war.

»Wie schön. Sieh mal, Dad, das ist mein neuer Laden. Ich hab ein bisschen was geändert.«

Hugh sah sich um und fragte: »Wo sind die alten Sachen?«

»Das meiste habe ich verkauft, ein paar Dinge stehen noch im Hinterzimmer.«

»Aha. Hast du Chips da?«

»Leider nicht.«

»Wir gehen gleich welche kaufen, Hugh. Brauchst du irgendwas aus dem Supermarkt?«, fragte Gary Ruby.

Während sie überlegte, betrat Keira den Laden und brachte wieder einmal irgendeine Köstlichkeit zum Probieren. Auch Gary nahm eine der dunklen Pralinen und machte Keira ein Kompliment.

»Da bin ich aber erleichtert, dass sie euch schmecken. Ich dachte schon, sie wären zu bitter geworden. Wegen des Bittermandelöls.«

»Nein, sie sind echt lecker«, beruhigte Ruby sie, obwohl sie dunkle Schokolade eigentlich nicht so sehr mochte.

»Gut. Übrigens, Susan, Orchid, Laurie und ich wollen heute Abend ins Kino. Kommst du mit?«

»Orchid hat mich auch schon gefragt. Ich kann leider nicht, sorry.«

Keira sah zu Hugh, der die Spieluhr mit dem lesenden

Mann betrachtete. Ruby nahm sie und zog sie auf, und ihr Vater war ganz fasziniert.

»Und wenn irgendwer deinen Dad mal wieder für einen Abend beschäftigt? Barry hat das doch schon mal gemacht«, flüsterte Keira ihr hinter vorgehaltener Hand zu.

»Ich springe gern ein«, schlug Gary sofort vor. »Hugh und ich könnten einen Schachmarathon veranstalten oder es uns bei einem Filmabend gemütlich machen. Dann kannst du mal was mit deinen Freundinnen unternehmen.«

»Würdest du das tun? Du verbringst schon so viel Zeit mit ihm …«

Sie hätte gern noch mehr gesagt, doch sie wollte nicht, dass Keira erfuhr, dass Gary bei ihnen wohnte. Das war eine zarte Wahrheit, die sie noch für sich behalten wollten, hatten sie gemeinsam beschlossen. Damit es nicht so rüberkam, als wäre Gary nur mit ihr zusammen, weil er nicht mehr auf der Straße leben wollte. Obwohl Ruby sich sicher war, dass ihre Freundinnen das niemals geglaubt hätten. Dennoch respektierte sie Garys Wunsch nach Verschwiegenheit und Zurückhaltung.

»Das ist ehrlich kein Problem«, versicherte Gary ihr.

»Okay«, sagte sie also. »Ich denke, dann kann ich wohl doch mitkommen, Keira.«

Keira freute sich. »Prima! Wir treffen uns um halb sieben vor Laurie's Tea Corner und gehen vor dem Kino noch eine Kleinigkeit essen. Ich hoffe, du findest Ryan Gosling genauso heiß wie wir anderen?«

»Äh …« Ruby mochte vor Gary nichts sagen, aber ja, sie fand ihn schon ziemlich anziehend.

»Ich verstehe.« Keira kicherte, sah zu Gary und zwinkerte Ruby dann zu.

»Wann krieg ich meine Chips?«, warf Hugh erneut die für ihn wichtigste Frage in den Raum.

»Sofort, Dad. Gary geht jetzt mit dir einkaufen. Ich schreibe euch nur noch schnell eine Liste mit dem, was wir außerdem benötigen.«

Sie ging zum Verkaufstisch, schrieb Chips, Toast, Eier, Eisbergsalat, Tomaten und Käse auf einen kleinen grünen Zettel und gab ihn Gary. Keiras überraschter Blick entging ihr nicht.

»Dann bis später. Viel Spaß euch im Kino«, wünschte Gary. »Und Ruby, lass dir ruhig so viel Zeit, wie du willst.«

»Danke, Gary.«

Sie warf ihm einen vielsagenden Blick zu und hoffte, er verstand, wie sehr sie seine Aufopferung zu schätzen wusste.

Gary nickte und verließ zusammen mit Hugh das Geschäft.

»Hallihallo! Ich glaub, ich hab da was verpasst!«, gab Keira von sich, sobald die Männer weg waren. »Seid ihr jetzt etwa ein Paar?«

Rubys Wangen erröteten, und sie musste zur Seite sehen, um sich nicht zu verraten. »Wie kommst du darauf?«

»Na, das sieht doch ein Blinder. Ich hatte ja keine Ahnung, dass bei euch mehr als nur Freundschaft im Spiel ist. Hach, ich freu mich für euch. Du hast es so verdient, Süße.« Ihre Freundin war völlig hin und weg von der Neuigkeit, die Ruby ja eigentlich noch gar nicht bestätigt hatte. War sie etwa so durchschaubar?

»Ich … äh … also, eigentlich sind wir nicht … Ich meine, wir sind … nur Freunde«, versuchte sie es.

Keira lachte. »Das kannst du vielleicht Mrs. Witherspoon erzählen. Ach was, nicht mal die wird dir das abnehmen. Apropos Mrs. Witherspoon! Nimmst du Gary als Begleitung mit zu der Hochzeit?«

»Mal sehen. Wenn er möchte.« Er hatte ihr noch immer keine Antwort auf ihre Frage gegeben.

»Wie schön. Und falls er nichts Passendes anzuziehen hat, sag mir nur Bescheid. Da lässt sich sicher eine Lösung finden. Gary müsste ungefähr dieselbe Größe haben wie Thomas, er kann sich einen Anzug von ihm borgen.«

»Das ist ein nettes Angebot. Aber wie gesagt …«

»Du weißt noch nichts, und ihr seid nur Freunde. Schon kapiert.« Keira zwinkerte ihr noch einmal zu, sagte dann: »Bis später also, um halb sieben«, und ließ Ruby allein zurück.

Nachdem sie noch ein paar Kunden bedient, zwei Bücher verkauft und an Mrs. Witherspoons Bild weitergearbeitet hatte, schloss Ruby den Laden ab. Sie war bester Laune.

Keira und Orchid standen bereits vor dem Teeladen und unterhielten sich vergnügt. Mit jedem Schritt, den Ruby auf sie zuging, fühlte sie sich wieder ein bisschen mehr wie ein richtiger Mensch. Wie ein Mensch, der auch mal alle Sorgen abschalten und das Leben genießen konnte, wenn auch nur für einen Abend.

»Cool! Du bist doch dabei?«, begrüßte Orchid sie. Ruby lächelte sie an und nickte. »Magst du Ryan Gosling?«

»Ich mag ihn sogar sehr«, erwiderte Ruby.

Sie schmachtete besagten Schauspieler nur zwei Stunden später genauso an wie ihre Freundinnen.

Es wurde ein wunderbarer, geselliger Abend, Ruby fühlte sich lebendig wie lange nicht mehr. Und das hatte sie alles nur Gary zu verdanken. Auch wenn er glaubte, sie würde ihm so sehr helfen, war eines sicher: Er half ihr mindestens genauso viel.

Als Ruby später am Abend nach Hause kam, schlief ihr Vater bereits, Gary saß am Arbeitstisch ihrer Mutter vor der alten Schreibmaschine, die Ruby längst vergessen hatte. Er schien einfach nur dazusitzen und sie anzustarren.

»Hattest du einen schönen Abend?«, fragte er und drehte sich zu ihr um, als sie das Zimmer betrat.

»Er war sehr schön. Danke noch mal. Was tust du da, Gary?«

»Ich habe die hier ganz unten im Schrank gefunden. Sorry, ich wollte nicht herumschnüffeln, habe nur nach meiner zweiten Hose gesucht, die du gewaschen hast.«

»Ich habe dir ein Fach in der Kommode freigeräumt. Da sind deine Sachen alle drin.« Seine Sachen, es waren nicht viele.

»Oh.« Er starrte weiter.

»Möchtest du sie benutzen? Sie gehört dir, wenn du sie willst. Ich hatte sie schon ganz vergessen, und von uns braucht sie keiner mehr.«

»Ehrlich?«

»Ganz ehrlich.«

»Ich hätte ja schon Lust, wieder zu schreiben«, sagte Gary voller Nostalgie.

»Was hält dich davon ab?«, fragte Ruby.

»Ich selbst, denke ich.«

»Wie auch immer. Ich schenke sie dir. Mach damit, was du willst, okay?«

Sie legte Gary eine Hand auf die Schulter und hoffte für ihn, er würde sich richtig entscheiden.

KAPITEL 25

Es war ein wunderbar warmer Sommertag in der Valerie Lane, eine seichte Brise wehte durch die Straße. Doch die Läden waren geschlossen, denn es stand ein ganz besonderes Ereignis an: Eine einzigartige Freundin wollte ihre Hochzeit feiern, und da war es natürlich selbstverständlich, dass für diesen Tag die Türen der Geschäfte zublieben und alle dabei sein wollten, wenn diese großherzige, reizende alte Dame ihrer großen Liebe das Jawort gab.

Die Feier fand in einer zauberhaften kleinen Kirche statt, die mit bunten Blumen geschmückt war. Mrs. Witherspoon trug ein schlichtes, beiges Kleid und Humphrey einen stattlichen dunkelbraunen Anzug. An diesem Tag verzichtete er sogar mal auf seine Pilotenmütze. Es erklangen fröhliche Melodien, Evergreens, die Mrs. Witherspoon und Humphrey so gern hörten. Bei den ersten Takten von Frank Sinatras *Young At Heart* musste Ruby daran denken, wie die aufgeregte Mrs. Witherspoon ihnen von Humphreys Antrag erzählt hatte, den er ihr bei ebendiesem Song gemacht hatte. Ruby fand, dass es keine passendere musikalische Begleitung für diesen besonderen Anlass hätte geben können. Es brachte eine nostalgische Note in die Zeremonie der beiden Alten, die in ihrem Leben bereits so viel erlebt hatten, bevor sie aufeinandertrafen.

Ruby saß in der zweiten Reihe neben Gary, der in dem schwarzen Anzug, den er sich von Thomas ausgeliehen hatte, einfach umwerfend aussah. Sein Haar trug er nach hinten gegelt, nie und nimmer hätte man vermutet, dass er vor wenigen Wochen noch ein Obdachloser gewesen war. Ruby suchte seine Hand und war erleichtert, als er ihre ergriff und hielt – die ganze Zeremonie über, egal, ob irgendwer es sah.

Neben Gary saßen Keira und Thomas, die beide wie immer ganz verliebt wirkten. Keira sah in ihrem roten Kleid fantastisch aus, und Ruby fand, sie sollte viel öfter Kleider tragen statt immer nur Jeans und Blusen.

Auf Rubys linker Seite saßen Tobin und seine Tandy. Beide modelgleich, in trendiger Kleidung. Tandy war aufwendig frisiert und geschminkt. Ruby hätte sich im Traum nicht einfallen lassen, für den heutigen Anlass einen Friseur aufzusuchen, man sollte doch der Braut nicht die Show stehlen – dieser Tag gehörte ganz Mrs. Witherspoon.

Vor ihnen saßen Barry und Laurie, die farblich passende Kleidung trugen, Orchid und Patrick rechts daneben und ganz links Susan, ausnahmsweise mal ohne Terry.

Auf der rechten Seite des Ganges saß in zweieinhalb Reihen Humphreys Familie. Seine Tochter mit ihrem Mann und ihren vier Kindern vorne, dahinter einige Neffen und Nichten.

Ruby hatte wie die anderen auch Tränen in den Augen, als Mrs. Witherspoon und Humphrey sich die ewige Liebe schworen. Esther Graham hieß ihre liebe Freundin von nun an – doch für sie alle würde sie immer Mrs. Witherspoon bleiben.

»Oh Gott, war das schön!«, schwärmte Laurie, nachdem die beiden sich geküsst hatten. Sie alle begaben sich nach draußen und empfingen das glückliche Paar, indem sie es mit Rosenblättern bewarfen.

Sie hatten Mrs. Witherspoon nie glücklicher gesehen. Die Gute strahlte mit der Sonne um die Wette.

»Ich gratuliere Ihnen von Herzen«, machte Susan den Anfang und umarmte sie sachte.

»Danke, danke. Wie wundervoll, dass ihr alle gekommen seid.«

Das fand Ruby auch. Denn die alte Dame hatte überhaupt keine Familie mehr, und wären ihre Freunde aus der Valerie Lane nicht hier, wären die Bänke in einem Kirchenschiff leer gewesen. Aber sie waren ja da. Und sie waren dankbar, dabei gewesen zu sein. So eine Hochzeit feierte man doch nur einmal im Leben, oder nicht?

Nachdem sie alle dem frisch getrauten Paar ausgiebig gratuliert hatten, ging es zum Haus von Humphreys Tochter, in deren Garten sie feiern wollten. Monica, wie sie hieß, schlossen sie alle sofort ins Herz. Sie war so entzückend zu Mrs. Witherspoon und hatte sich solche Mühe gegeben, dass man sie nur gernhaben konnte.

Der Garten sah unglaublich aus. Es war eine Art Partyzelt aufgebaut, für den Fall, dass es regnete oder zum Schutz vor der Sonne. Überall gab es Blumen und Girlanden und entzückende Tischdekorationen bestehend aus rosafarbenen Nelken und kleinen Kutschen, was Ruby wieder an *Stolz und Vorurteil* erinnerte, wo man sich noch mit Kutschen auf zu Hochzeiten gemacht hatte. Sie waren mit ihren Autos gefahren, und auf dem Weg zu Monica hatten sie wie verrückt gehupt, damit ganz Oxford erfuhr, dass die wunderbare Mrs. Witherspoon am heutigen Tage geheiratet hatte.

»Kann ich noch irgendwie helfen?«, bot Ruby an, die bereits zwei Salatschüsseln hinausgetragen hatte.

»Nicht nötig«, erwiderte Monica, eine hübsche, schlanke Frau von Mitte vierzig. »Wozu habe ich denn Kinder?« Sie lachte und scheuchte ihre Sprösslinge herum.

Ruby lief nach draußen, um Gary zu suchen. Er war in eine Unterhaltung mit Barry und Thomas vertieft. Wenn Ruby es richtig heraushörte, ging es um Fußball. Sie ließ die Männer allein, jedoch nicht ohne sich zu versichern, dass Gary sich auch wohlfühlte. Ein zuversichtliches Augenzwinkern gab ihr Gewissheit, und sie konnte weiter zu ihren Freundinnen gehen, die schon beim Buffet standen und es anscheinend kaum erwarten konnten, dass es eröffnet wurde.

Orchid allerdings war nicht dabei, sie stand eng umschlungen mit Patrick unter einem Baum. Sie benahm sich seltsam. Weder zickte sie Tobin an noch stemmte sie die Hände in die Hüften, wie sie es sonst immer tat, wenn der Blumenladenbesitzer in der Nähe war. Orchid schien ihn völlig zu ignorieren. Ruby konnte sich denken, woran das lag. Der Streit neulich mit Patrick. Wahrscheinlich ahnte er etwas, hatte erkannt, was in Orchid vor sich ging, und nun wollte sie ihn beschwichtigen, ihm zeigen, dass sie absolut nichts für Tobin empfand – auch wenn das eine Lüge war. Oder ihr war doch endlich bewusst geworden, was sie an Patrick hatte, und tat ihr Bestes, um Tobin aus ihren Gedanken zu verbannen. Ob Ignorieren da die klügste Wahl war, bezweifelte Ruby jedoch. Manchmal musste man sich seinen Gefühlen eben stellen.

Sie sah hinüber zu Gary, der wie ausgewechselt schien. Er beteiligte sich an dem Männergespräch nicht so sehr wie die anderen beiden, aber er strengte sich an. Ob er es für sie tat? Ruby freute sich auf jeden Fall für ihn, dass er endlich aus seinem Kokon auszubrechen begann, wenn auch nur langsam. Sie hatten ja alle Zeit der Welt. Und selbst wenn es Tage geben würde, an denen er sich wieder einpuppen wollte, würde sie an seiner Seite sein.

Monica verkündete, dass das Buffet nun eröffnet sei. Sie alle stürzten sich auf das Essen und begaben sich damit zu den Tischen, um sich einen Platz zu suchen. Dabei war Orchid sehr darauf bedacht, ganz weit weg von Tobin zu sitzen. Der turtelte mit seiner Tandy herum, doch Ruby entgingen nicht die Blicke, die er Orchid hin und wieder zuwarf.

»Du musst den Kartoffelsalat probieren«, sagte Keira.

Ruby wandte sich ihr zu. »Ist der gut, ja?«

»Der ist unglaublich!« Keira seufzte genüsslich, als hätte sie nie etwas Köstlicheres gegessen.

»Den hat Monica nach dem Rezept meiner verstorbenen Frau gemacht«, ließ Humphrey sie vom Nebentisch wissen.

Ruby sah schnell zu Mrs. Witherspoon. Ob es ihr etwas ausmachte, dass Humphrey an ihrem Hochzeitstag seine verstorbene Frau erwähnte? Aber sie legte nur ihre Hand auf Humphreys und lächelte.

Wie wundervoll es sein muss, die Vergangenheit als etwas Gegebenes, als einen Teil von sich selbst betrachten zu können, ihr nicht nachzutrauern, nicht an ihr zu verzweifeln, sie annehmen und nur die guten Momente im Herzen verwahren zu können, dachte Ruby.

In diesem Augenblick spürte sie, wie Gary unter dem Tisch nach ihrer Hand griff, eine Geste, die sie aus ihren Gedanken riss und sie wieder daran erinnerte, wie gut das Schicksal endlich auch zu ihr war.

Nach dem Essen wurden einige Reden gehalten. Monica wünschte ihrem Vater alles Gute mit seiner neuen Frau, und ihr viel Geduld mit ihm, wenn er mal wieder stundenlang von seinem Pilotenleben erzählte. Alle lachten, dann hielt Susan eine Lobesrede auf Mrs. Witherspoon. Sie fasste in wenige Worte, was sie alle für ihre liebe alte Freundin empfanden. Ruby hätte es nicht besser ausdrücken können. Am Ende legte Mrs. Witherspoon wieder gerührt die Hände aneinander und brachte sie mit dieser Geste alle erneut zum Weinen.

Schließlich erhoben sich alle, und es wurde endlich auf das Brautpaar angestoßen. Nur Laurie fragte nach einem Glas Saft, so wie Monicas Kinder ihn bekamen. Und das brachte die Freundinnen in Aufruhr.

»Warum trinkst du denn schon wieder keinen Alkohol?«, wollte Orchid wissen.

Auch Susan war neugierig. »Das würde mich auch mal interessieren. Du verhältst dich sowieso merkwürdig in letzter Zeit. Verschweigst du uns etwa was?«

Laurie schmunzelte und schwieg. Aber Barry legte einen Arm um ihre Taille und fragte: »Willst du es ihnen denn nicht endlich sagen?«

Laurie schien abzuwägen, nickte dann jedoch lächelnd.

»Okay, okay, wenn ihr so neugierig seid. Also: Barry und ich bekommen ein Baby.«

»Was?«, schrie Orchid und umarmte Laurie stürmisch, entschuldigte sich dann allerdings sofort, weil man mit einer Schwangeren wohl etwas behutsamer umzugehen hatte.

Susan und Ruby drückten sie deshalb ein wenig sachter. Ruby wunderte sich kurz, dass Keira gar nicht überschwänglich herbeikam, erkannte aber an deren Blick, dass sie bereits von der Schwangerschaft ihrer besten Freundin gewusst hatte – natürlich.

Nachdem alle anderen gratuliert hatten, sagte Mrs. Witherspoon: »Wenn das nicht ein Wunder ist. Welch eine großartige Neuigkeit an meinem besonderen Tag. Jetzt gibt es gleich doppelt Grund zum Anstoßen.« Sie erhob ihr Glas.

»Entschuldigen Sie bitte, wir wollten Ihnen nicht die Show stehlen«, sagte Laurie.

»Iwo. Ich freue mich für euch. Dass ich das noch erleben darf: Babys in der Valerie Lane.«

»Na, erst mal wollen wir es eigentlich bei einem belassen«, korrigierte Laurie schnell.

»Aber es gibt doch noch mehr von euch. Eines Tages wimmelt die hübsche kleine Straße nur so von Kindern.« Mrs. Witherspoon klatschte in die Hände.

Keira sah zu Thomas und errötete. Ruby fragte sich, ob sie etwa auch schon schwanger war oder zumindest Zukunftspläne in der Richtung schmiedete. Orchid und Patrick sahen einander an und schüttelten dann im Einklang den Kopf. Und Gary sah Ruby traurig an. Sie wusste auch ohne Worte, woran er dachte. Als sie nun alle ihre Gläser erhoben und auf das Glück dieser entzückenden beiden Menschen anstießen, die sich heute vermählt hatten, spürte Ruby, dass mehr als nur Harmonie in der Luft lag. Sie nahm zweite Chancen wahr und ganz viel Liebe.

Ihr Gefühl trog sie nicht. Als nämlich später zu weiteren Frank-Sinatra-Songs getanzt wurde, schlug jemand leicht mit einer Kuchengabel gegen sein Glas. Es war Barry, der um Ruhe bat und sogleich auf die Knie ging.

Ruby hielt den Atem an. Aus den Augenwinkeln sah sie, wie Laurie sich die Hände vor den Mund hielt.

»Das ... das ist doch nicht dein Ernst!«, hörte sie sie stammeln.

Barry lachte auf. »So einfach kommst du mir nicht davon, mein Schatz! Hier und jetzt ist nämlich genau der richtige Moment.«

»Aber du kannst dem Brautpaar doch nicht schon wieder die Show stehlen. Das ist *ihr* besonderer Tag und nicht unserer.«

»Die beiden wissen längst Bescheid und sind mehr als einverstanden«, informierte Barry sie und holte eine kleine Schmuckschachtel aus seiner Hosentasche.

»Oh ja. Wir teilen unseren Tag sehr gern mit euch«, bestätigte Humphrey, der seine Frischangetraute noch näher an sich zog, wenn das überhaupt möglich war.

Laurie hatte schon feuchte Augen, bevor Barry überhaupt etwas sagte. Und als er dann »Willst du mich heiraten?« fragte, brach sie in Tränen aus, nickte und rief: »Ja! Ich will!«

Barry steckte ihr einen bildschönen goldenen Ring an

den Finger, stand dann auf und küsste Laurie leidenschaftlich.

»Hast du das kommen sehen?«, hörte Ruby Gary leise fragen.

»Nein, absolut nicht. Aber ich bekomme immer alles erst ganz zuletzt mit. Wie wundervoll für die beiden, oder?«

Gary nickte, sagte jedoch nichts mehr. Dann wurden die Geschenke geöffnet. Mrs. Witherspoon musste weinen, als sie das Bild sah, das Ruby mit viel Liebe gezeichnet hatte – mit Aquarellstiften hatte sie ihren Figuren Farbe und damit Seele eingehaucht. Auch über die Theaterkarten, den Restaurantgutschein, die Pralinen, den Löffel und die Blumen freute sie sich sehr. Als alle Präsente ausgepackt waren, nahm Gary Ruby beiseite und zog sie zu einem Kastanienbaum am Rande des Grundstücks.

»Gary? Alles gut?«, fragte Ruby besorgt.

Er sah ihr ernst in die Augen. »Ich … Bei so vielen Hochzeiten heute muss ich dich unbedingt etwas wissen lassen.« Ruby konnte es sich bereits denken … »Ich will nur, dass du von vornherein weißt, dass ich nie wieder heiraten werde. Ich kann einfach nicht.«

»Oh, Gary. Das verstehe ich doch.«

»Wirklich? Wir befinden uns noch ganz am Anfang unserer Beziehung, und ich möchte deine Erwartungen nicht enttäuschen. Wenn du anderes für deine Zukunft willst, dann sollten wir vielleicht doch nicht …«

Ruby ließ ihn nicht weiterreden, sondern küsste ihn, um ihn zum Schweigen zu bringen. »Gary«, sagte sie dann. »Ich habe nicht ein einziges Mal ans Heiraten gedacht. Mit meinem Dad und allem habe ich mir bis vor Kurzem nicht einmal eine richtige Beziehung mit einem Mann vorstellen können. Ich bin doch so froh, dich zu haben. Hier und jetzt. Wer weiß, was die Zukunft uns bringt. In diesem Moment möchte ich einfach nur deine Nähe genießen und endlich glücklich sein.«

Gary sah sie gerührt an. »Da bin ich erleichtert. Mir geht es genauso, Ruby. Es zählt nur das Hier und Jetzt ... Ich liebe dich.«

Rubys Herz blieb stehen.

»Du sagst ja gar nichts.«

»Ich ... ich bin mir nicht sicher, ob ich richtig gehört habe oder ob es nur der Wind war«, gestand sie.

Das konnte doch nicht sein, oder?

Doch Gary nahm ihre Hände in seine und wiederholte es: »Ich liebe dich, Ruby. Mehr als du dir vorstellen kannst.«

»Oh, Gary.« Sie fiel ihm in die Arme und vergrub ihren Kopf an seiner Schulter. »Ich liebe dich auch«, flüsterte sie.

So standen sie eine lange Zeit da.

Als sie sich endlich voneinander lösten, sah Gary Ruby unendlich liebevoll an. »Wollen wir zu den anderen zurückgehen?«, fragte er.

Ruby nickte und ergriff die Hand, die Gary ihr reichte. Als sie zu den anderen zurückkamen, hielten sie sich noch immer an den Händen – und jeder durfte es sehen.

KAPITEL 26

»Viel Spaß im Laden!«, rief Gary Ruby zu, die sich auf den Weg zur Arbeit machte.

»Und dir viel Spaß beim Schreiben!«

Sie sah Gary auf sich zukommen, in einem neuen grünen T-Shirt, das er secondhand auf dem Flohmarkt erstanden hatte neben einer neuen Jeans und ein paar Sweatshirts.

»Werde ich garantiert haben, danke.«

»Wärst du so lieb und würdest mir später noch Ösen besorgen? Ich möchte neue Ohrringe machen und hab vergessen, welche zu bestellen.«

»Kein Problem. Ich muss sowieso noch mal los, weil deinem Dad die Karotten ausgehen. Die Ösen bekomme ich im Bastelladen?«

Ruby nickte und zeigte ihm, was genau sie benötigte. Kleine, runde, versilberte Ösen.

»Ich bringe sie dir dann im Laden vorbei.«

»Das ist lieb von dir.« Sie gab ihm einen Kuss. »Bye, Dad!«, rief sie ihrem Vater zu, nahm ihren Regenschirm und machte sich auf den Weg, während Gary sich wieder an den Tisch im Zimmer ihrer Mutter setzte, der jetzt ein Schreibtisch war. Er schrieb an einer Geschichte über zwei geschundene Seelen, die unendlich viel verloren, doch einander gefunden hatten. Das hatte er Ruby verraten.

Sie unterhielten sich mitunter die halbe Nacht lang – in ihrem Zimmer oder in seinem. Ja, Meryls altes Zimmer hatten sie neu gestaltet, den ganzen alten Kram verstaut und Platz für Gary geschaffen. Auch hatte er ein eigenes Bücherregal, in dem neben Romanen ein Stapel Papier, Notizbücher und ein Becher voller Stifte ihren Platz fanden. Ruby fand es wichtig, dass Gary seine Privatsphäre hatte, sein eigenes Reich. Er sollte langsam wieder Fuß fassen, Zeit für sich haben, zu sich selbst finden. Doch die Nächte verbrachten sie meistens zusammen, und sie liebten sich, als gäbe es weder Vergangenheit noch Zukunft.

Es nieselte den ganzen Weg über, doch als Ruby die Valerie Lane erreichte, verzogen sich die dunklen Wolken und die Sonne zeigte sich, schien auf die hübschen Rosen in allen nur erdenklichen Farben, die sie neu gepflanzt hatten. Es roch nach dem Regen herrlich in der Valerie Lane, und Ruby erinnerte sich an alte Zeiten.

Laurie stand in der Tür ihrer Tea Corner und grüßte sie, Keira richtete ihr Schaufenster her. Tobin stellte vor seinem Laden Blumen auf, Orchid saß auf den Stufen vor ihrem Gift Shop und durchblätterte einen Katalog. Und Susan kam mit Terry um die Ecke gebogen. Sie winkte ihr zu.

»Einen wunderschönen guten Morgen, Ruby!«

»Guten Morgen, Susan. Ich wünsch dir einen schönen Tag!«

»Den wünsche ich dir ebenfalls.«

Sie betrat ihren neuen Buchladen und stellte die Bücher ins Schaufenster, die sie einige Tage zuvor mit Gary auf dem Flohmarkt ergattert und zu Hause gesäubert hatte.

Eines davon hatte es ihr besonders angetan: eine Erstausgabe von *Der Fänger im Roggen*. Am liebsten hätte sie sie selbst behalten, aber das ging natürlich nicht. Jetzt musste sie an den Laden denken. Das Buch würde sicher schnell weggehen, und sie konnte dafür einen guten Preis verlangen, obwohl sie gerade einmal drei Pfund dafür bezahlt hatte. Die Leute wussten gar nicht, was für Schätze sie in ihren Häusern horteten.

Ruby war ganz in ihrem Element. Es bereitete ihr große Freude, den Kunden ihre Raritäten zu zeigen und den ganzen Tag lang über Bücher zu reden. Auch sie erfuhr so einiges Neues, das sie beeindruckte. Am Nachmittag kam ein Bibliothekar der Universität vorbei, der ihr erzählte, dass Dickens im Jahre 1830 eine gewisse Maria Beadnell kennenlernte, um deren Hand er anhielt. Leider waren ihre Eltern strikt gegen eine Beziehung der beiden und schickten sie weit weg nach Paris auf eine Mädchenschule.

»Nein, wie tragisch«, sagte Ruby. »Sind die beiden je wieder zusammengekommen?«

Der betagte Mann, er hatte einen langen weißen Bart, schüttelte den Kopf. »Nein. Es ist wirklich tragisch, da haben Sie ganz recht.«

»Aber er hat doch geheiratet, oder? Ich weiß, dass er viele Kinder hatte.«

»Zehn an der Zahl, ja. Die hatte er mit seiner späteren Frau Catherine Hogarth. Die Ehe schien allerdings trotz der vielen Kinder keine sehr glückliche gewesen zu sein, denn Dickens trennte sich nach zweiundzwanzig Ehejahren von ihr.«

Ruby musste sich ein Schmunzeln verkneifen. Dieser

Mann war ja ein richtiger Tratschonkel. Was der alles wusste!

»Eine Scheidung? Zu viktorianischen Zeiten? War das nicht sehr verpönt?«, fragte sie.

»Nein, nein. Eine Scheidung fand nie statt. Dickens lebte aber bis zu seinem Tod mit einer Schauspielerin zusammen.«

»Wie verrucht.« Ruby musste nun doch grinsen.

»Ha! Sie sagen es!«

»Sie scheinen ein Faible für Dickens zu haben. Wissen Sie, dass ich einen alten Sekretär aus dem 19. Jahrhundert hier stehen habe? Eine Zeit lang habe ich gehofft, er hätte Dickens gehört. Leider hat sich bei einer gründlichen Begutachtung herausgestellt, dass er kein Original ist. Wunderschön und alt ist er trotzdem.« Sie zeigte zur anderen Seite des Ladens, wo »Dickens'« Tisch nun als Auslage für ganz besondere Bücher diente.

Der Mann lächelte breit. »Das weiß ich in der Tat. Ihre liebe Mutter hat mir immer weismachen wollen, dass es ein echter Dickens-Sekretär ist. Nun, vielleicht hat sie sogar selbst daran geglaubt.« Er ging hinüber zu dem Tisch und strich ehrfürchtig über das polierte Holz. »Er ist wirklich schön. Sie haben nicht etwa vor, ihn zu verkaufen?« Er zwinkerte ihr zu. »Meryl hat dafür eine Menge Geld haben wollen mit der Begründung, dass er ja dem alten Dickens gehört habe, aber nun …«

»Nicht für alles Geld der Welt«, stellte Ruby klar. »Er hat einen großen emotionalen Wert für mich.«

»Kann ich gut verstehen … Oh, da haben wir ja *Bleak House*. Faszinierend, einfach faszinierend.«

Er betrachtete den Roman, den Charles Dickens 1852 geschrieben hatte, und strahlte, als hätte er gerade das Ende des Regenbogens gefunden. Das Buch war unter den vielen wunderbaren Büchern gewesen, die Lauries Vater ihr gebracht hatte.

»Ein hübscher Einband, oder?«, erwiderte Ruby. »Diese Ausgabe ist von 1912. Da heute so ein fantastischer Tag ist, mache ich Ihnen ein gutes Angebot«, versuchte sie den Mann zu locken.

Sein Lächeln wurde nur noch breiter. »Erzählen Sie mir mehr.«

Sie einigten sich auf einen Preis, und der Bibliothekar kam mit ihr zur Kasse.

»Ihr Geschäft ist wirklich eine Offenbarung, Miss Riley. Genau so etwas hat unserer Stadt noch gefehlt.«

»Wie nett, dass Sie das sagen.« Ruby kassierte und legte das Buch behutsam in eine Papiertüte mit dem Logo ihres Ladens. Auch die neuen Tüten hatte Gary entworfen.

»Wussten Sie, dass das Jahr 1912 auch das Jahr war, in dem die *Titanic* unterging?«, fragte der Mann.

»Selbstverständlich. Es war außerdem das Jahr, in dem Valerie Bonham starb.«

»Da haben Sie recht! Sie kennen sich aus.«

»Ja, was die gute Valerie anbelangt, weiß ich einiges aus erster Hand. Ich besitze nämlich ihr Tagebuch.« Eigentlich besaß sie ja nicht nur eines, aber das musste nicht jeder erfahren.

»Sie nehmen mich auf den Arm!« Der Mann machte große Augen.

»Nein, ehrlich. Sehen Sie, dort vorne steht es in der

gläsernen Vitrine.« Schön abgesperrt, damit niemand es berühren, beschmutzen oder entwenden konnte.

»Das Tagebuch von Valerie Bonham«, wiederholte der Mann und ging auf die Vitrine zu. Ehrfürchtig blieb er davor stehen. »Das ist wirklich unglaublich. Darf ich es berühren?«

Ruby haderte mit sich. Dieser Mann war Bibliothekar und würde sicherlich gut mit dem wertvollen Buch umgehen, dennoch mochte Ruby es nicht hervorholen. Genauso wenig, wie sie Keiras Vorschlag befolgen und Lesestunden veranstalten wollte, bei denen sie Leuten aus der Gegend daraus vorlas.

»Lieber nicht, entschuldigen Sie bitte. Es ist doch sehr wertvoll, und ich möchte es schön an seinem Platz lassen.«

»Das verstehe ich gut«, erwiderte der Mann. Er schien ihr in keiner Weise böse zu sein, er lachte sogar. »Aber ich fürchte, ich werde nicht aufgeben können. Eines Tages gelingt es mir ja vielleicht, Sie zu überreden, es mir doch noch zu zeigen.«

Ruby lachte ebenfalls. Sie mochte den Kunden, und sie fand es großartig, dass er hergekommen war, um sich ihre Schätze anzusehen. Die Nachricht des neuen Ladens schien sich herumgesprochen zu haben. Männer und Frauen aller Herkunft pilgerten zu Ruby's Antiques & Books, nur um Valeries Tagebuch zu sehen. Ja, die Geschichte belebte die Valerie Lane richtig, und so besuchten viele neue Kunden ihre geliebte kleine Straße.

Ruby verabschiedete sich von dem Bibliothekar. An der offenen Tür hielt sie Ausschau nach Gary.

Tobin kam über die Straße auf sie zu. »*Hi*, Ruby. Wie läuft der neue Laden?«

»Sehr gut, danke.« Sie lächelte ihn an.

»Das freut mich sehr. Ich sehe auch viel mehr Kundschaft als …«

»Als zuvor? Du darfst es ruhig sagen. Vorher herrschte ja oft gähnende Leere bei mir.«

»So hätte ich es jetzt nicht ausgedrückt, aber wie schön, dass du deinen Traum verwirklichen konntest und damit auch noch erfolgreich bist.«

»Ja, das finde ich auch.« Wieder empfand sie nichts als Dankbarkeit.

»Und klasse, dass du jetzt mit Gary zusammen bist. Ihr seid ein schönes Paar.«

Ruby errötete und sah zu Boden. Inzwischen wusste jeder Bescheid. Gary ging im Gegensatz zu ihr ganz locker damit um. Sie fand es noch immer seltsam, jetzt einen festen Freund zu haben, der sogar bei ihr wohnte. Seltsam und dennoch wundervoll.

»Danke, das ist wirklich lieb, dass du das sagst.«

»Ich wünsche euch nur das Beste.«

Sie bedankte sich erneut. »Du und Tandy, ihr seid auch ein schönes Paar«, sagte sie dann, weil sie irgendwie das Gefühl hatte, sich revanchieren zu müssen.

»Hm. Danke, aber das hat unsere Beziehung auch nicht gerettet. Wir haben Schluss gemacht.«

»Oh. Das tut mir leid.«

Tobin zuckte mit den Schultern. »Muss es nicht. Sie war einfach nicht die Richtige.«

Ruby hätte zu gern gefragt, wer denn die Richtige war.

Sie sah hinüber zu Orchids Laden und ertappte ihre Freundin dabei, wie sie am Fenster stand und sie beobachtete. Ob sie sich über diese Wendung wohl freut?, fragte Ruby sich. Oder ob sie alles nur noch verkompliziert?

»Wie auch immer. Ich wollte dir nur einen schönen Tag wünschen. Barbara hat gleich Feierabend, ich muss also wieder rüber.«

»Ich wünsch dir ebenfalls einen schönen Tag. Und richte Barbara liebe Grüße aus.«

Sie sah Tobin dabei zu, wie er zurück zu seinem Blumenladen ging und dabei einen Blick auf Orchids Gift Shop warf. Und sie hätte schwören können, dass er Orchid am Fenster entdeckt hatte und diese sich ganz schnell versteckte.

Ach, die beiden … Ob sie sich wohl jemals darüber klar werden würden, was sie eigentlich wollten? Es war doch so leicht mit der Liebe, wenn man sie erst einmal zuließ.

In dem Moment sah Ruby Gary um die Ecke biegen. Sie freute sich riesig, ihn zu sehen. Noch mehr freute sie sich, als sie sah, wen er dabeihatte: ihren Vater nämlich. Der trug an diesem Tag seine grüne Jogginghose, schwarze Schnürschuhe, ein grün gestreiftes T-Shirt und ein rotes Sakko. Er sah ein bisschen aus wie ein Weihnachtself, es fehlte nur noch die Zipfelmütze. Ruby war so unendlich dankbar, dass seine Aufmachung Gary nicht das Mindeste auszumachen schien.

»Hallo, ihr beiden«, begrüßte sie sie.

»Hallo, Ruby«, erwiderte ihr Vater.

»Hallo, mein Schatz.« Gary gab ihr einen Kuss und holte dann zwei kleine Tütchen hervor. »Hier, deine Ösen. Ich hoffe, es sind die richtigen?«

Ruby begutachtete sie und nickte. »Perfekt. Ich danke dir vielmals. Dann kann ich ja jetzt weitermachen mit meinen Ohrringen.«

»Hast du noch genügend Anhänger da?«

»Ja, es ist gerade gestern Nachschub gekommen.«

»Dann will ich dich gar nicht weiter aufhalten.«

»Du hältst mich doch nicht auf. Ich freue mich, dich zu sehen. Und ich bin mehr als begeistert, dich zu sehen, Dad.«

»Gary und ich gehen jetzt einkaufen.«

»Ja? Was wollt ihr denn einkaufen? Einen Schlitten? Oder einen Weihnachtsbaum?«, fragte sie augenzwinkernd.

Ihr Vater begann zu gackern. »Es ist doch Sommer, Ruby.«

»Ach, Weihnachten kommt früher, als man denkt.« Sie konnte es noch gar nicht glauben, dass sie dieses Jahr zu Weihnachten so einen besonderen Menschen an ihrer Seite haben würde. Sie sah Gary liebevoll an, und er erwiderte ihren Blick genauso warm. Fast war sie sich sicher, dass er dasselbe dachte.

»Wir gehen in den Supermarkt. Ich will grünen Spargel essen.«

»Ach ja?«

Sie war verblüfft, denn es war doch Karottenwoche! Sagen tat sie aber nichts, um ihren Vater nicht von seinem wunderbaren Vorhaben abzubringen. Seit der Ausnahme mit den Spaghetti vor ein paar Wochen wartete sie nämlich auf so ein erneutes Wunder.

»Ja«, bestätigte Gary nun. »Wir wollen Spargel zum Abendessen kochen. Sollen wir dir etwas aufbewahren?«

Es war Mittwoch, und sie würde den Abend natürlich wie immer in Laurie's Tea Corner verbringen.

»Gern. Spargel hört sich toll an!«

Gary drückte ihre Hand. Er wusste genau, wie viel ihr die grünen Stangen in diesem Augenblick bedeuteten.

»Alles klar. Dann wollen wir mal in den Supermarkt. Brauchst du sonst noch etwas?«, wollte Gary wissen.

Ruby sah ihm in die Augen. »Ich brauche nur dich.«

Gary gab ihr erneut einen Kuss. In seinen Augen sah sie Glück, endlich Glück, und das berührte sie sehr.

»Bis später dann, ich bin gegen neun zu Hause. Und lasst euch den Spargel schmecken!« Ruby sah ihren beiden Lieblingsmenschen nach und ging dann in den Laden, weil das Telefon klingelte. Es war Susan.

»Hallo, Kleines. Ich wollte dich nur daran erinnern, heute Abend das Tagebuch mitzubringen.«

Ruby musste schmunzeln. Daran brauchte man sie doch nicht zu erinnern. »Ich werde es mitbringen, keine Sorge.«

»Ich kann es kaum erwarten.« Susan war so neugierig.

»Bis später dann, ich bekomme gerade Kundschaft.«

»Bis später. Ich freu mich.«

Ruby hängte auf und widmete sich für die letzten paar Stunden des Tages den wunderbaren Menschen, die ihren Laden besuchten. Um sechs machte sie Kassensturz, verwahrte die Hälfte der Einnahmen hinten im Safe und steckte die andere Hälfte in ihre Handtasche. Sie würde sie in die Teedose zu Hause legen, die sie jetzt an einem sicheren Ort versteckt hielt und die dringend wieder aufgefüllt werden musste. Gary hatte ihr nämlich verraten, dass er Anfang September Geburtstag hatte, und sie wollte ihm etwas ganz Besonderes schenken. Einen neuen Laptop, damit er endlich seine Arbeit wieder richtig aufnehmen konnte. Und wenn das Geld nicht reichte, würde sie schon etwas bei eBay finden.

Dann ging sie rüber zu der Glasvitrine, schloss sie auf und nahm Valeries Tagebuch heraus. Bald hatten sie es durch, aber es gab ja noch sieben weitere, die ihren Freundinnen sicher ebenso viel Freude bereiten würden. Manchmal fragte Ruby sich, ob es richtig war, dass sie Valeries ganz private Einträge laut vorlas, doch dann überkam sie ein Gefühl der Zuversicht, so als ob Valerie ihr ihre Zustimmung gäbe. Sie alle waren schließlich Teil der Valerie Lane, und sie alle hatten ein Recht auf Valeries Erbe.

Ruby schloss die Ladentür ab und ging ihre hübsche, kleine Straße entlang. Ein abendlicher Sonnenstrahl fiel ihr ins Gesicht, und sie schloss für einen Moment die Augen.

»Danke, Valerie«, flüsterte sie, lächelte zufrieden und betrat dann Laurie's Tea Corner.

RUBYS TIPPS AUS DEM ZAUBERHAFTEN TRÖDELLADEN

KRATZER IM HOLZ

Ruby kennt einen tollen Trick, den schon die gute Valerie angewendet hat. Sie nimmt eine geschälte halbe Haselnuss und fährt so lange über die Kratzer, bis das Holz fast wie neu aussieht.

HOLZPOLITUR

Schon Rubys Grandma hat ihre Holzmöbel im Antiquitätenladen mit einer Mischung aus Speiseöl und Essig (1:2) eingerieben. Auf ein weiches Tuch geben und sparsam auf dem Holz verteilen. Das Holz glänzt danach ganz wunderbar.

Für sehr dunkles Holz nimmt man Olivenöl und Rotwein (1:1). Wer Sonnenmilch aus dem letzten Jahr übrig hat, kann auch hiermit seine Holzmöbel einreiben. Nicht zu viel verwenden, da die Milch sonst einen fettigen Film hinterlässt.

FLECKEN AUF HOLZMÖBELN

Saftflecken zum Beispiel reibt Ruby mit Zahnpasta ein. Sie lässt diese einwirken und entfernt sie dann mit einem trockenen, weichen Tuch.

DELLEN IM HOLZ

Auf Dellen im Holz legt Ruby ein feuchtes Geschirrhandtuch, das sie mit einem heißen Bügeleisen überbügelt. Das Holz nimmt die Flüssigkeit auf und wölbt sich zurück.

KLEBE- ODER STICKERRESTE

Klebereste auf Möbeln entfernt Ruby ganz einfach mit Essig. Dazu den Essig auf ein Tuch geben und die Klebereste damit einreiben, bis sie sich lösen.

KERZENWACHS

Kerzenwachs erweicht Ruby mit einem Föhn und wischt es dann mit einem weichen Tuch ab. Danach reibt sie die Fläche mit Essig ein.

LOCKERER NAGEL

Will Ruby ein Bild an die Wand hängen, aber der Nagel sitzt zu locker im Loch, holt sie ihn heraus, umwickelt ihn mit Klebeband und steckt/hämmert ihn wieder hinein. Das Klebeband kräuselt sich, und der Nagel sitzt fest.

DÜBEL STECKT FEST

Wenn ein Dübel in der Wand feststeckt, nimmt Ruby einen Korkenzieher und dreht ihn hinein. Der Dübel lässt sich nun ganz leicht herausziehen.

SPIEGEL UND FENSTER PUTZEN

Möchte Ruby die Spiegel, Bilderrahmen oder Fensterscheiben in ihrem Laden putzen, folgt sie dabei einem ganz einfachen Tipp ihrer Mutter. Sie spritzt neben ein paar Tropfen Spülmittel auch einen Schuss Essig ins Wasser und entfernt groben Schmutz mit einem Fenstertuch. Dann wischt sie die Flächen mit einer alten Nylonstrumpfhose nach, um Streifen zu beseitigen.

SILBERBESTECK REINIGEN

Schwarz gewordenes Silberbesteck bringt Ruby ganz leicht wieder zum Glänzen, indem sie eine Schüssel mit Alufolie auslegt und 100 Gramm Salz hineingibt, das sie mit einem Liter kochendem Wasser übergießt. Sie lässt das Silberbesteck eine Stunde darin. Danach poliert sie es mit einem Tuch trocken.

BÜCHER ABSTAUBEN

Bücher, die zu lange im Regal standen und auf den oberen Schnittkanten staubig geworden sind, staubt Ruby mit einem Pinsel ab. Ein großer weicher Malerpinsel eignet sich am besten. Ruby fegt über den Staubfilm, immer vom Körper weg. Am besten macht man dies draußen. Für letzte Reste in den Ecken empfiehlt Ruby einen kleineren weichen Künstlerpinsel.

NASSE BUCHSEITEN TROCKNEN

Ist eine Buchseite nass geworden, weil zum Beispiel mit einem Getränk gekleckert wurde, legt Ruby ein Blatt Küchenpapier vor und eines hinter die Seite, damit die Flüssigkeit aufgesaugt werden kann. Sie wiederholt den Vorgang mit trockenen Blättern und bügelt mit einem Bügeleisen (Dampf ausstellen) auf niedrigster Stufe über das Küchenpapier, um die feuchte Seite zu trocknen und zu glätten. Ist eine andere Flüssigkeit als Wasser – etwa Cola oder Tee – auf die Seite gekleckert, so muss man diese zuerst vorsichtig mit klarem Wasser abwaschen.

Sollte das ganze Buch nass geworden sein, kann man versuchen, es aufrecht auf mehrere Lagen Küchenpapier zu stellen und mit Buchstützen in dieser Position zu halten (es sollte Luft an die Seiten gelangen). Ruby empfiehlt zudem, zwischen die Seiten Küchenpapier zu legen (etwa alle 50 Seiten ein Blatt). Das Papier absorbiert die Nässe. Wenn es vollgesogen ist, muss es immer mal wieder vorsichtig ausgetauscht werden. Nach zirka vierundzwanzig Stunden sollten die Buchseiten nur noch so wenig feucht sein, dass sie wie oben gebügelt werden können.

In jedem Fall muss man das Buch nach dem Bügeln hinlegen und achtundvierzig Stunden lang mit weiteren Büchern beschweren, damit die Seiten sich nicht wellen.

DANKE

Danke meinem großartigen Agententeam Anoukh Foerg, Maria Dürig und Andrea Schneider – für das unglaubliche Vertrauen in mich und meine Bücher.

Danke allen bei Blanvalet, insbesondere Julia Fronhöfer, Kristin Rosenhahn, Johannes Schöffmann und Astrid von Willmann – für die beste Betreuung, die sich ein Autor wünschen kann.

Danke meiner Redakteurin Margit von Cossart – für den glänzenden Feinschliff dieses Buches.

Danke den wunderbaren Bloggern – für die weltbeste Unterstützung. Ihr seid die wahren Helden!

Danke meinen Kolleginnen und Freundinnen Roberta Gregorio, Britta Dubber, Anne Sanders und Angela Kuepper – für immer offene Ohren und hilfreiche Tipps.

Danke Tom Odell – besonders für den Song *Heal*, der so viel zu dieser Geschichte beigetragen hat.

Danke den Herstellern von veganer Schokolade, die ich während des Schreibprozesses so bitter nötig hatte.

Danke meiner Familie – für alles.

Und zu guter Letzt: Danke meinen Lesern, die die Valerie Lane und ihre Bewohner schon genauso in ihre Herzen geschlossen haben wie ich. Ich verspreche, es ist noch lange kein Ende in Sicht.

Leseprobe

Manuela Inusa

Das wunderbare Wollparadies
Valerie Lane 4

Susan verbringt ihre Zeit am liebsten in ihrem kleinen
Wollladen. In *Susan's Wool Paradise* strickt und häkelt sie
wunderschöne, kuschlige Sachen, die sie nicht nur verkauft,
sondern auch an Bedürftige verschenkt. Außerdem kann
man bei Susan in gemütlicher Runde gemeinsam stricken
und häkeln, sich austauschen und helfen. Ihre Freundinnen
schätzen Susan für ihr großes Herz, vor allem in diesem besonders kalten Winter, der auch nicht vor der Valerie Lane
Halt macht. Und während es draußen stürmt und schneit,
erlebt Susan einen Winter, der alles verändern wird …

PROLOG

An einem eisig kalten Abend Anfang Dezember ging eine Frau mit ihrem Cockerspaniel im verschneiten Oxford spazieren. Sie war dick eingemummt in einen langen Mantel und einen selbst gestrickten lilafarbenen Schal, den sie sich mehrmals um den Hals gewickelt hatte. Mütze und Handschuhe wärmten Kopf und Hände, sogar der Hund trug ein eigens für ihn angefertigtes Jäckchen, damit er bei ihrem allabendlichen Spaziergang nicht fror.

Die Frau mit den dunklen Augen, die, wenn man ganz genau hinsah, bis in ihre Seele blicken ließen, schüttelte einen Schwall Schnee ab, der vom Dach direkt auf ihre Schultern gefallen war. Es würde ein frostiges Weihnachten werden, da war sie sich sicher, und irgendwie freute sie sich sogar darauf, hatten sie hier in Oxford doch nur selten das Glück, weiße Weihnachten erleben zu dürfen.

Der Hund zog an der Leine, und die Frau löste sie, damit er die kleine alte Gasse allein erkunden konnte. Sie atmete die kühle Winterluft ein, betrachtete die vielen Lichter, die sie und ihre Freundinnen in der vergangenen Woche aufgehängt hatten und die nun zusammen mit Mistelzweigen und Stechpalmen die Valerie Lane schmückten. In den kleinen Tannenbäumen, die sie in die Kübel gepflanzt hatten, in denen noch wenige Monate zuvor wunderschöne bunte Sommerblumen geblüht hatten, hingen Christbaumkugeln. Die alten Straßenlaternen waren mit festlichen Schleifen verziert, und jedes einzelne Schaufenster der sechs Geschäfte strahlte eine unglaubliche Wärme aus, hatte sich doch jeder der Inhaber wieder einmal selbst übertroffen mit der individuellen weihnachtlichen Dekoration.

Ihr Blick fiel auf das Antiquariat schräg gegenüber, das einst der Gemischtwarenladen der guten Valerie gewesen war. Valerie Bonham hatte vor über hundert Jahren das allererste Geschäft in dieser kleinen Straße geführt, die nach ihr benannt worden war. Man lauschte noch heute voller Spannung den Geschichten, die man sich über Valerie erzählte – manche von ihnen klangen fast ein wenig märchenhaft.

Die Frau mit dem lilafarbenen Schal sah nun zu ihrem eigenen Laden, einem Wollladen, neben dessen Eingangstür zu beiden Seiten eine Stechpalme stand, und sie musste lächeln. Hier in dieser Gasse ansässig zu sein, bedeutete mehr Glück für sie, als sie sich jemals erhofft hatte. Ja, sie hatte schwere Zeiten durchlebt, Zeiten, an die sie nicht gern zurückdachte und über die sie niemals mit jemandem hier in der Valerie Lane gesprochen hatte, doch sie hatte all das hinter sich gelassen. Jetzt war sie einfach nur froh, ihren Hund zu haben, ihre gutherzigen Freunde und ihr eigenes Geschäft.

Sie rief das einzige männliche Wesen in ihrem Leben herbei, und es kam gleich freudig kläffend auf sie zugelaufen. Dann zog sie den Schlüssel aus der Jackentasche, schloss die Tür direkt neben dem Laden auf und lief die Treppen hinauf. Ihr Hund folgte ihr. Oben an der Tür atmete sie noch einmal tief durch, bevor sie die einsame Wohnung betrat, die zwar ihr Zuhause war, jetzt zur Weihnachtszeit jedoch noch ein kleines bisschen stiller erschien als sonst.

Mit einer Tasse Marzipan-Kirsch-Tee aus dem Teeladen ihrer Freundin von gegenüber machte sie es sich auf dem Sofa bequem und sah sich einen Weihnachtsfilm an. Für einen kurzen Moment vergaß sie, wie sehr sie einmal enttäuscht worden war, und wünschte sich nichts sehnlicher, als dass auch ihr an diesem Weihnachten die Liebe begegnete.

KAPITEL 1

Mit einem breiten Lächeln im Gesicht schloss Susan ihren Laden auf. Sofort strömte ihr der Geruch von getrockneten Orangenscheiben und Zimtstangen entgegen, die sie in Schalen überall im Geschäft aufgestellt hatte. An der Decke hingen festliche Girlanden, im Schaufenster standen ein Weihnachtsmann- und Rentierfiguren. Ja, sie musste gestehen, sie liebte Weihnachten mit all dem Kitsch, den man zu dieser Zeit des Jahres in den großen Kaufhäusern der Umgebung fand. Erst am Tag zuvor hatte sie, sosehr es ihr auch widerstrebte, bei der Konkurrenz einzukaufen, mit Begeisterung die wundervollen Schaufensterdekorationen entlang der Cornmarket Street angesehen, von der die Valerie Lane abging, in der sie und ihre Freundinnen ihre Lädchen hatten. Glücklicherweise verirrten sich oft genug Leute zu ihnen, und besonders das Weihnachtsgeschäft lief jedes Jahr so gut, dass sie sich die folgenden Monate kaum Sorgen um ihre Finanzen zu machen brauchte.

Sie alle hier in der Valerie Lane liebten ihre kleine Straße, die gemütlichen Lädchen und die besondere Atmosphäre, die alles umgab. Manchmal kam es Susan so vor, als wäre Valerie mit ihrer guten Seele noch immer anwesend. Und dann dachte sie, besonders zur Weihnachtszeit, in der man doch tatsächlich noch an Engel glauben konnte, dass sie vielleicht sogar vom Himmel aus auf sie alle heruntersah und ihnen ihren Segen gab.

»Susan!«, hörte sie jemanden rufen.

Sie blickte sich um und sah Tobin auf sich zukommen. Er führte nebenan den Blumenladen Emily's Flowers, den er nach seiner Grandma, die stille Teilhaberin war, benannt hatte. Tobin war erst seit einem Dreivierteljahr in der Valerie Lane, der Neuzugang unter ihnen, doch sie alle hatten ihn bereits ins Herz geschlossen. Er war ein echter Freund geworden, immer für andere da und immer mit einem Lächeln auf den Lippen. Ja, er passt gut in die Valerie Lane, das dachte Susan in letzter Zeit sehr oft.

Sie ließ nun ihren Hund Terry, mit dem sie gerade einen kleinen Spaziergang unternommen hatte, von der Leine und wandte sich an Tobin, der mit seinem blonden Haar, seiner Stupsnase und seinem spitzbübischen Lächeln nicht annähernd wie dreißig aussah.

»Guten Morgen, Tobin. Wie geht's dir?«

»Prima, danke. Und dir?«

»Sehr gut. Ich erfreue mich an der Kälte und hoffe, dass wir endlich mal wieder weiße Weihnachten haben werden.«

»Na ja, es sind zweieinhalb Wochen bis Weihnachten, das Wetter kann sich noch ändern.«

»Nun nimm mir doch nicht meine Illusionen«, sagte Susan und lachte. »Sag mal, bleibt es bei unserer Verabredung?« Sie hatten abgemacht, in dieser Woche zusammen auf den Weihnachtsmarkt zu gehen.

»Ja, natürlich. Das wollte ich auch dich fragen. Wann hast du Zeit?«

Sie musste kurz überlegen. Es war Mittwoch, da traf sie sich immer abends mit ihren Freundinnen. »Wie wäre es mit morgen?«, schlug sie vor.

»Perfekt. Der Weihnachtsmarkt in der Broad Street eröffnet morgen, da haben wir es nicht weit.«

»Perfekt«, stimmte Susan zu.

»Gleich nach Ladenschluss?«, fragte Tobin lächelnd.

»Von mir aus gern. Ich muss dann nur noch kurz mit Terry Gassi gehen und ihm sein Futter geben.«

»Warum nimmst du ihn nicht einfach mit?«, fragte Tobin, ging in die Knie und streichelte den braunen Cockerspaniel.

»Es würde dir nichts ausmachen?«

»Ach, warum denn? Ich mag den kleinen Racker.«

»Hmmm …« Susan überlegte. »Auf diesen Weihnachtsmärkten ist es immer so voll, ich hab ein bisschen Angst, dass man meinen Kleinen niedertrampelt. Gehen wir besser ohne ihn, ja?«

»Wie du willst.« Tobin kraulte Terry hinter den Ohren und lachte. »Du hast ja einen hübschen Pullover an, mein Freund.«

Susan grinste. »Hab ich selbst gestrickt.«

»Das hätte ich mir beinahe gedacht.« Er grinste. »Da sind ja Schneemänner drauf.«

»Wenn du willst, bekommst du auch so einen. Zu Weihnachten.«

Tobin verzog das Gesicht. »So gern ich den Winter mag,

310

trag ich doch lieber schlichte Pullover. Aber Laurie kannst du bestimmt eine Freude mit so was machen. Die hab ich gestern in einem riesigen roten Kleid mit Sternen und Glitzer gesehen.«

Laurie, die Inhaberin des Teeladens, war im neunten Monat schwanger. Ende des Jahres sollte ihr erstes Baby zur Welt kommen, und sie und ihr Mann Barry, der außerdem ihr Teehändler war, freuten sich wie verrückt.

»Da wüsste ich aber gar nicht, ob ich ihn in Übergröße machen soll oder lieber schon fürs nächste Jahr.«

»Am besten ein paar Nummern kleiner. Kommt das Baby nicht bald?«

Susan nickte. »Gleich nach Weihnachten. Am 30. Dezember ist Stichtag.«

»Vielleicht wird es ja ein Christkind.«

»Wäre das nicht schön?« Susan strahlte, denn sie freute sich so unglaublich für ihre Freundin, die ihr Glück gefunden hatte.

»Du stehst wirklich auf Weihnachten, oder?«, fragte Tobin jetzt.

»Ich liebe Weihnachten über alles.«

»Na gut, dann bis morgen Abend. Ich freu mich.«

Susan freute sich auch. Sie fand es einfach schön, mit einem Mann befreundet zu sein, vor dem sie nichts zu befürchten hatte, da er ganz offensichtlich in eine andere verliebt war. Sie beide hatten sich in den letzten Monaten angefreundet und unternahmen öfter was zusammen. Natürlich achtete Susan darauf, dass sie dennoch genügend Zeit für ihre Freundinnen hatte. Das waren neben Laurie aus dem Teeladen noch Ruby aus dem Antiquariat, Keira aus der Chocolaterie und Orchid aus dem Geschenkartikelladen. In Letztere war Tobin hoffnungslos verliebt, selbst wenn er es niemals zugegeben hätte, denn Orchid war seit Jahren in festen Händen. Allerdings spürte Susan jedes Mal, wenn die beiden aufeinandertrafen, eine gewisse Spannung, wie sie nur Verliebten zu eigen war, und die war wohl auch der Grund, weshalb Tobin nicht sehr häufig an ihren Mittwochabendtreffen teilnahm.

Sie hatten diese wunderbare Tradition, die Valerie Bonham eingeführt hatte, übernommen, und trafen sich jeden Mittwoch nach Ladenschluss in Laurie's Tea Corner, wo jeder willkommen war, der ein offenes Ohr, eine Schulter zum Anlehnen, einen guten Ratschlag oder einfach eine Tasse Tee brauchte. Susan hätte für nichts auf der Welt auf diese Treffen verzichtet. Ein Leben ohne ihre Freundinnen konnte sie sich eh gar nicht mehr vorstellen. Sie war glücklich und dankbar, dass sie sie hatte.

»Schau doch heute Abend mal wieder in der Tea Corner vorbei«, sagte sie zu Tobin.

»Das geht nicht, ich habe nämlich ein Date.«

»Oh, ehrlich? Mit wem?«

»Mit Christine, du weißt schon, das ist die Krankenschwester, die über Rubys Laden wohnt.«

»Tatsächlich?«

Susan war überrascht. Denn Christine war mit ihren schwarzen Haaren und der eher molligen Figur so gar nicht Tobins Typ.

»Ja. Ich hab mir gestern beim Blumenbinden ziemlich

tief in den Finger geschnitten und musste zum Arzt.« Er hob eine Hand hoch, und jetzt sah sie erst den Verband.

»Oje, du Armer. Ich hoffe, es ist nicht allzu schlimm?«

»Es musste genäht werden. Ja, und rate mal, wer mein Wehwehchen verbunden hat?«

»Christine?«

Er grinste. »Genau. Sie hat mich um ein Date gebeten. Ich dachte mir, warum nicht? Und nun gehen wir essen.«

Susan wies ihr Gegenüber nicht darauf hin, dass er sich das Date auch sparen konnte, da sowieso nicht mehr daraus werden würde. Aber hey, warum nicht nett essen gehen?

»Dann wünsche ich dir viel Spaß. Mit Christine.«

»Danke. Und ich wünsche dir einen geschäftigen Tag.«

Sie lächelte und sah Tobin dabei zu, wie er zurück in seinen Laden ging, dann endlich betrat auch sie ihren Verkaufsraum. Terry machte es sich sogleich in seiner Kuschelecke bequem, und Susan nahm sich ein paar Wollknäuel aus den vielen Regalfächern, in denen sie farblich sortiert untergebracht waren. Sie hatte soeben beschlossen, Tobin dennoch einen Pullover zu Weihnachten zu schenken. Wenn er keine Schneemänner mochte, würde er eben ganz schlicht ausfallen. Blau war eine Farbe, die ihm gut stand, sie passte perfekt zu seinen warmen Augen.

Um Punkt zwölf machte Susan wie jeden Tag Mittagspause. Sie nahm Terry mit, der sich gleich an seinem Lieblingsbaum erleichterte, und kaufte sich ein indisches Curry, das sie im Laden essen wollte. Denn sie schloss ihre Tür zwar

313

jeden Mittag ab, blieb aber nie länger als eine Viertelstunde weg. Ihre Kunden wussten und schätzten das.

Als sie wieder in die Valerie Lane einbog, war Susan plötzlich nach einer guten heißen Tasse Tee. Deshalb machte sie auch noch einen kurzen Halt bei Laurie.

»Hallo, meine Liebe«, begrüßte ihre Freundin sie. Ihre Wangen passten farblich beinahe zu ihrem langen kirschroten Haar, so rosig waren sie. »Was kann ich dir Gutes tun?«

Susan staunte. Laurie kam ihr jedes Mal, wenn sie sie sah, noch ein wenig runder vor. »Was kannst du mir empfehlen?«

»Wie ich sehe, hast du dir gerade etwas zu essen geholt?« Sie deutete auf die weiße Papiertüte in Susans Hand.

»Ich hab mir ein Gemüsecurry beim Inder gekauft.«

»Hmmm ...«, machte Laurie und ließ ihren Blick über ein paar Teedosen gleiten, die auf der Theke standen. Das waren die Sorten, die sie ausschenkte. In etlichen Regalen und einer alten Kommode, deren Schubladen offen standen, hatte sie all die Tees ausgestellt, die sie zum Verkauf anbot. Es waren unglaublich viele, sie kamen aus aller Welt. Susan hatte darunter schon einige ganz wunderbare Mischungen entdeckt, die sie zuvor nicht gekannt hatte. Ein Besuch bei Laurie war immer wie eine Reise in ferne Länder. »Wie wäre es mit einem Apfeltee? Der unterstreicht das Aroma von Gewürzen wie Kardamom und Koriander, die sicher in deinem Curry sind.«

»Eigentlich hatte ich eher an etwas Weihnachtliches gedacht.«

Laurie lächelte. Natürlich, denn sie wusste von ihrer Vorliebe für Weihnachten. »Dann nimm den Bratapfeltee.«

»Oh, das hört sich gut an. Immer her damit.« Susans Augen nahmen wie immer, wenn sie ihre Sinne öffnete, einen gewissen Glanz an – sie freute sich schon jetzt darauf, den Tee riechen und vor allem schmecken zu dürfen.

Laurie füllte ihr einen großen Becher, und Susan gab ihr die zwei Pfund achtzig. »Ich bringe dir den Becher heute Abend wieder.«

»Alles klar. Lass es dir schmecken.«

»Danke. Du, Laurie …« Ihr fiel im Gehen noch etwas ein, und sie drehte sich noch einmal um. »Wollen wir in diesem Advent eigentlich wieder einen Weihnachtsmarkt wie in den letzten Jahren organisieren?«

Es gab in Oxford wie in allen größeren Städten schon genügend festliche Märkte, aber sie hatten es dennoch schön gefunden, so etwas auch in der Valerie Lane zu veranstalten. Ein Weihnachtsmarkt, der über mehrere Wochen ging, wäre nicht möglich gewesen, da die meisten von ihnen bisher allein im Laden gestanden hatten. Inzwischen hatten Laurie und Keira Aushilfen, Ruby hatte ihren Freund Gary, der ihr im Laden half, und Tobin hatte die in der Valerie Lane ansässige Barbara halbtags eingestellt. Nur Orchid und sie selbst waren allein, doch für ein Wochenende ging es irgendwie immer. Im letzten Jahr zum Beispiel hatte Susan eine Bekannte aus dem Strickkränzchen gefragt, ob sie an ihrem Weihnachtsmarktstand aushelfen würde.

»Oh ja, natürlich. Das wäre schön, wenn wir das wieder

auf die Beine stellen könnten, oder?« Laurie sah nachdenklich auf ihre runde Kugel.

»Aber nur, wenn du das auch wirklich schaffst. Es sind ja dieses Jahr besondere Umstände, und wir haben schon mal ein Jahr ausgesetzt.«

Das war das Jahr gewesen, in dem Rubys Mutter Meryl gestorben war. Meryl, die Inhaberin des Antiquitätenladens, war ganz plötzlich von ihnen gegangen. In dem Winter war ihnen allen nicht weihnachtlich zumute gewesen. Doch dann war Ruby in die Fußstapfen ihrer Mutter getreten, hatte den Laden übernommen und später daraus ein Antiquariat gemacht. Sie war ihnen inzwischen genauso eine gute Freundin, wie Meryl es gewesen war. Sie alle erkannten ihre Güte und ihr großes Herz in Ruby wieder.

»Das war doch etwas ganz anderes«, widersprach Laurie. »Wir sollten unbedingt wieder einen Weihnachtsmarkt organisieren. Am besten sprechen wir das Thema heute Abend mal an und sehen, ob alle Lust dazu haben.«

»Das machen wir. Hab noch einen schönen Tag, Laurie. Und grüß Barry von mir.« Sie wusste, dass Lauries Mann, seit sie schwanger war, jeden Mittag vorbeischaute und ihr etwas zu essen brachte.

»Danke, das werde ich.«

Laurie strahlte, und Susan überquerte die kleine kopfsteingepflasterte Straße, den Bratapfeltee in der Hand, dessen Duft ihr in die Nase stieg und auch ihr Gesicht erstrahlen ließ. Weihnachten war nah, ganz nah, und sie hoffte, dass die nächsten Wochen ganz langsam vergingen, damit sie jeden Moment voll auskosten konnte.

KAPITEL 2

Als sie am Abend Laurie's Tea Corner betrat, musste Susan wie immer lächeln. Denn mit dem Öffnen der Ladentür boten sich ihr wieder einmal ein ganz besonderes Bild und eine wunderbare Atmosphäre. Ihre vier Freundinnen saßen bereits in heimeliger Runde beisammen, tranken wohlduftenden Tee und lachten über dies oder das.

»Guten Abend, Susan und Terry«, sagte Laurie, »schön, dass ihr hier seid.«

Susan schickte Terry in die Ecke, in der er es sich immer bequem machte, wenn sie ihn mittwochabends mit rüberbrachte. Laurie hatte extra für ihn eine kuschelige Decke auf den Boden gelegt.

»Das riecht ja herrlich. Bekomme ich auch so was, was immer es ist?«

»Das ist Sternanis-Orangen-Tee, und natürlich bekommst du einen Becher«, sagte Laurie und schenkte ihr ein.

Ihr fiel der Becher vom Mittag ein, den sie sich in die Manteltasche gesteckt hatte, und sie stellte ihn auf die Theke. Sie entdeckte Mr. Monroe, einen Anwohner der Valerie Lane, und Mary, Keiras Mutter, an einem der Fenstertische und winkte ihnen zu. Die beiden hatten einige

Monate zuvor miteinander angebandelt, als sie sich an einem Mittwochabend in der Tea Corner begegneten. Seitdem waren sie ein Herz und eine Seele. Auch jetzt unterhielten sie sich angeregt.

Susan setzte sich auf den leeren Platz zwischen Ruby und Keira und tätschelte beiden die Hände. »Wie geht es euch?«

»Sehr gut, und dir?«, erwiderte Keira.

»Mir geht es großartig, ich liebe die Vorweihnachtszeit, wie du weißt.« Leiser fragte sie: »Sag mal, deine Mum scheint ja richtig verknallt in Mr. Monroe zu sein.«

»Oh ja. So habe ich sie noch nie gesehen«, ließ Keira sie wissen. »Ich finde es so schön, dass wir die beiden zusammengebracht haben.«

»Das dürfte dann ja wohl mein Verdienst sein«, meldete Orchid sich zu Wort.

Sie war stolz darauf, die Kupplerin unter ihnen zu sein. Schließlich hatte sie auch schon Laurie und Barry auf die Sprünge geholfen, als die beiden sich damals so schüchtern aneinander herangetastet hatten, dass sie wohl ohne Orchids Hilfe immer noch über nichts anderes als Tee reden würden.

»Ach komm, eigentlich war das ein Gemeinschaftsding, oder?«, fragte Susan. »Immerhin habe ich Mary beim Frühlingsfest eingespannt. Sie hat mir an meinem Stand geholfen, und an dem Tag hatten die beiden ihr erstes Date.«

»Wenn ich Mr. Monroe aber nicht verraten hätte, dass Mary auf gelbe Rosen steht und er sie ihr nicht geschenkt hätte, was sie als Zeichen des Schicksals betrachtet hat, hätte sie sich vielleicht nie in ihn verliebt.«

»Nun hört schon auf, Mädels. Die Hauptsache ist, meine Mutter ist glücklich, egal, wer nun was zu ihrem Glück beigetragen hat«, schlichtete Keira die kleine Zankerei und wandte sich an Ruby, die nie sehr viel sagte, sondern lieber stille Zuhörerin war. »Wie geht es denn deinem Dad, Ruby?«

»Dem geht es bestens, danke der Nachfrage. Seit Gary bei uns eingezogen ist, hat er einen neuen besten Freund. Die beiden spielen ständig Schach oder Schiffeversenken. Daddy isst sogar ab und zu wieder ganz normal mit, besonders wenn Gary kocht.«

Gary war Rubys fester Freund. Er hatte nach einer schlimmen Tragödie jahrelang auf der Straße gelebt, genauer gesagt an der Ecke Cornmarket Street und Valerie Lane. Ruby und er hatten schon immer eine besondere Verbindung gehabt, die sich mit der Zeit in Liebe verwandelt hatte. Im Juni war Gary bei Ruby und ihrem, nun, sagen wir mal, verwirrten Vater eingezogen und hatte ihrer beider Leben positiv verändert. Ruby, die nach dem plötzlichen Tod ihrer Mutter ihr Studium in London hatte aufgeben und zurück nach Oxford ziehen müssen, um sich um ihren Vater und den Laden zu kümmern, war wie ausgewechselt. Sie hatte ihre Traurigkeit abgelegt, war zwar noch immer sehr introvertiert, denn so war Ruby einfach, aber sie lief viel öfter mit einem Strahlen im Gesicht umher. Auf ihren Vater Hugh hatte Gary anscheinend auch einen positiven Einfluss.

»Er will nicht mehr eine ganze Woche lang nur Bananen essen?«, fragte Susan.

»Oder Gewürzgurken?« Orchid kicherte.

Ruby schmunzelte. »Er hat zwar noch immer seine festen Wochen, in denen er sich auf ein ganz bestimmtes Nahrungsmittel konzentriert, aber er akzeptiert jetzt auch mal kleine Abweichungen. Wenn zum Beispiel Bohnen an der Reihe sind, gibt er sich mit Burritos zufrieden. Sind es Nudeln, isst er sie mit allen möglichen Saucen und Beilagen. Ich bin wirklich erleichtert, dass er sich in der Hinsicht ändert, das ist außerdem viel gesünder.«

Allerdings. Susan mochte sich gar nicht vorstellen, wie die Verdauung verrücktspielen musste bei einer Woche Bananen und nichts anderem.

»Das freut mich für dich, Kleines«, sagte sie zu Ruby. »Du kannst deinen Dad gern mal wieder an einem Mittwochabend mitbringen, wenn er Lust hat. Und Gary natürlich auch.«

Ihr fiel auf, dass die beiden Männer schon seit einer ganzen Weile nicht mehr dabei gewesen waren.

»Würde ich, aber die zwei gehen mittwochabends jetzt immer zum Bowling. Da gibt es einen Rentnerrabatt.«

»Ist ja toll. Wie lieb von Gary, dass er so viel mit deinem Vater unternimmt.«

»Ja, er ist ein Schatz«, bestätigte Ruby und sah dabei ganz glückselig aus.

»Was gibt es sonst Neues?« Susan sah in die Runde. »Orchid, wie läuft es mit Patrick?«

Orchid und Patrick waren seit mehr als drei Jahren ein Paar.

»Alles beim Alten.«

Hm, das ist aber eine knappe Antwort, dachte Susan

und hakte nach. Nicht, weil sie so neugierig war, sondern weil sie unbedingt herausfinden wollte, ob zwischen Orchid und Tobin nicht doch mehr möglich wäre. Natürlich wollte sie Orchid und ihren Patrick nicht auseinanderbringen, aber sie hatte Tobin so gern, und er verdiente es ihrer Ansicht nach einfach, dass die Frau, die er anbetete, seine Gefühle auch erwiderte. Zu dumm nur, dass er sich ausgerechnet Orchid ausgesucht hatte.

»Wie verbringt ihr Weihnachten?«, erkundigte sie sich also nun bei Orchid.

»Wie immer bei meinen Eltern. Phoebe, Lance und Emily kommen auch. Wir essen traditionell Plumpudding, trinken Glühwein und spielen Schrott-Julklapp.« Phoebe war Orchids Schwester, Lance deren wunderbarer Ehemann und Emily ihr zuckersüßes Baby.

»Was ist Schrott-Julklapp?«, fragte Laurie.

»Kennst du das nicht? Das ist wie normales Julklapp, nur dass man statt hübscher Geschenke irgendwelche billigen, unnützen Dinge verpackt, die man entweder seit Jahren im Schrank hat und nicht mehr braucht, oder die man im Poundland für ein Pfund besorgt.«

»Wie zum Beispiel?«

»Lass mich überlegen … Letztes Jahr hab ich eine Suppenkelle und eine Packung Kondome bekommen.«

Keira lachte. »Wer hat die denn verpackt?«

»Das war Phoebe. Meine Schwester hat einen komischen Humor.« Sie verzog das Gesicht.

»Na, man soll doch das verpacken, was man selbst nicht mehr benötigt, und Kondome brauchte sie letztes Jahr zu

Weihnachten nun wirklich nicht mehr, da war sie hochschwanger.«

»Stimmt. Genauso wie unsere Laurie dieses Jahr zu Weihnachten hochschwanger ist«, schwärmte Susan.

Susan entging Rubys sehnsüchtiger Blick, der auf Lauries Bauch fiel, nicht. Ob sie sich wohl ebenso Kinder wünscht?, fragte sie sich. Vor einigen Wochen hatte Ruby ihnen anvertraut, dass Gary schon einmal verheiratet gewesen war und auch ein Kind gehabt hatte. Seine Frau und der Kleine waren bei einem Autounfall gestorben, und Gary hatte Ruby gesagt, dass er kein zweites Mal eine Familie gründen wollte – zu sehr schmerzte die Erinnerung.

»Ja, und was ich besonders genießen werde, ist, dass ich essen kann, was und so viel ich will«, sagte Laurie nun und streichelte ihre Kugel.

»Nur den Champagner im Haus deiner Eltern musst du leider dieses Jahr weglassen«, kam von Keira. Laurie und Keira waren seit Jahren die allerbesten Freundinnen.

»Hab ich euch das noch gar nicht erzählt? Die Schickimicki-Party bei meinen Eltern fällt in diesem Jahr aus, da die beiden Weihnachten auf Maui verbringen werden.«

»Wo ist Maui?«, fragte Orchid.

»Hawaii, glaube ich. Wie auch immer, sie sind nicht da, und ich muss keinen ganzen Abend lang mit einem aufgesetzten Lächeln herumlaufen und die Fragen der High-Society-Ladys beantworten: Warum hast du denn nur einen Teeladen eröffnen müssen? Weshalb wirst du nicht endlich Mitglied im Country Club? Denkst du über eine Hautstraffung nach der Geburt des Kindes nach?«

Lauries Eltern waren stinkreich. Ihr Vater William besaß eine Wellnesscenter-Kette, und ihre unausstehliche Mutter kannte keine anderen Gesprächsthemen als Botox und Designermode. Laurie hatte sich oft genug bei ihren Freundinnen über die beiden ausgelassen. Wobei sie ihren Vater trotz seines Snobismus um Welten lieber hatte als ihre Mutter. Eigentlich war er sogar ein echt lieber Kerl, er hatte Ruby zu ihrer Ladenneueröffnung einen großen Karton voller wertvoller Bücher aus seiner hauseigenen Bibliothek überlassen.

»Wie schade. Dabei hattest du dich so auf die Weihnachtsfeier gefreut«, sagte Keira und zwinkerte Laurie zu.

»Ja, schaaade.« Laurie zwinkerte zurück.

»Apropos Weihnachten und Feiern«, warf Susan ein. »Laurie und ich haben vorhin schon kurz drüber gesprochen. Wollen wir in diesem Jahr wieder einen Weihnachtsmarkt veranstalten?«

»Auf jeden Fall!«, kam sofort von Orchid.

Keira nickte. »Ich bin auch dabei.«

»Was ist mit dir, Ruby?«

»Unbedingt. Ich habe sogar schon eine besondere Idee, was ich in diesem Jahr anbieten werde.«

Susan fragte sich, was das wohl sein mochte. In den letzten Jahren hatte Ruby, die im Gegensatz zu ihnen anderen nichts aus ihrem Laden anbieten konnte, weil es sonst eher nach einem Flohmarktstand als nach einem Weihnachtsmarktstand ausgesehen hätte, meist etwas Selbstkreiertes verkauft. Im Jahr zuvor hatten sie und Ruby sich an ein paar Abenden getroffen und zusammen kleine Wichtel gebastelt, die Ruby aus massiver Pappe zusammengeklebt und bemalt, und denen Susan dann Mäntelchen und Mützchen gehäkelt hatte. Die hatte Ruby für sechs Pfund das Stück verkauft, wovon sie die Hälfte an das Obdachlosenheim gespendet hatten.

»Willst du diese hübschen Lesezeichen verkaufen, die du bei dir im Laden anbietest?«

Ruby machte sie selbst im Vintage-Stil, und sie waren wirklich außergewöhnlich. Susan hatte ihr inzwischen schon fünf Stück abgekauft.

»Nein, ich habe an etwas ganz anderes gedacht.« Alle sahen sie neugierig an. »An Marmelade.«

»Etwa ...?« Lauries Augen begannen zu glänzen.

»Ganz genau, Valeries berühmte Kirschmarmelade.«

Die Legende besagte, dass die gute Valerie diese aus den Schattenmorellen des Baumes am Ende der Straße gemacht hatte.

»Ooooh, wie toll«, rief Keira aus. »Steht denn in einem der Tagebücher das Rezept dafür?«

Was sie alle nämlich erst seit Kurzem wussten, war, dass Ruby Valeries Tagebücher besaß. Sie hatte sie als Kind unter einer Bodendiele im Antiquitätenladen ihrer Mutter gefunden, der ja vor langer Zeit Valerie Bonham gehört hatte. Ruby hatte ihr Geheimnis all die Jahre für sich behalten und die Freundinnen erst in diesem Sommer daran teilhaben lassen. Susan war ein wenig verletzt gewesen, dass Ruby ihnen so etwas Bedeutendes vorenthalten hatte. Dann allerdings hatte sie sich ins Gedächtnis gerufen, dass auch sie ihre Geheimnisse vor ihren Freundinnen verbarg, und das hatte sie milder gestimmt. Jeder Mensch hütete doch Geheimnisse, und die meisten hatten gute Gründe dafür.

»Ja, in Buch Nummer 7 steht das Rezept«, erzählte Ruby ihnen nun.

Seit das Geheimnis gelüftet war, brachte Ruby an jedem Mittwochabend eines der Tagebücher mit und las ihnen daraus vor. Sie waren erst beim dritten Buch angelangt, doch Susan fand das ganz gut, denn so würden sie noch eine kleine Weile etwas davon haben.

»Ich finde die Idee großartig«, sagte Laurie.

»Das finde ich auch«, stimmte Ruby zu. »Ich dachte mir … dass ich vielleicht noch eine zweite Sorte anbieten könnte.«

»Von Valerie?«, wollte Orchid wissen. Sie saß im Schneidersitz auf ihrem Stuhl und spielte mit dem Ende ihres blonden Pferdeschwanzes.

»Nein. Die Weihnachtsmarmelade meiner Mutter.«

Susan erinnerte sich gut. »Die mit Äpfeln und Zimt?«

Ruby nickte.

»Die habe ich geliebt. Ich fände es wundervoll, wenn du sie auf unserem Weihnachtsmarkt verkaufen würdest. Ganz, ganz wundervoll.«

Die anderen stimmten Susan zu, denn sie alle (außer Orchid, die war damals noch nicht in der Valerie Lane gewesen und hatte sie leider nie kennengelernt) vermissten Meryl schrecklich. Es wäre doch eine schöne Sache, eine ihrer Traditionen wieder aufleben zu lassen. Susan erinnerte sich gut daran, wie Meryl jedes Jahr im Dezember Dutzende

Gläser Weihnachtsmarmelade gekocht und jeder von ihnen einige geschenkt hatte. Es waren keine simplen Marmeladengläser gewesen, nein, sie waren beklebt mit goldenen Glitzersternen und einem weißen Schild mit goldenem Glitzerrand, auf das Meryl in schnörkeliger Schrift *Weihnachtsmarmelade* und das Datum der Herstellung geschrieben hatte. Jedes Glas war zudem mit einer goldenen Schleife verziert gewesen.

»Susan hat recht«, sagte Laurie. »Das solltest du auf jeden Fall tun. Eine tolle Idee.« Keira stimmte ihr begeistert nickend zu.

»Oh, seht mal, wer da kommt!«, rief Orchid, und sie alle sahen zum Fenster, an dem in diesem Augenblick ihre liebe alte Freundin Mrs. Witherspoon mit ihrem Göttergatten Humphrey vorbeiging. Humphrey hielt seiner Liebsten die Tür auf, und sie betraten den Laden.

Laurie erhob sich sofort, was ihr gar nicht mehr so leichtfiel.

»Hallo, Mrs. Witherspoon. Humphrey. Wir freuen uns, dass Sie uns beehren.«

»Hallo, ihr Lieben«, erwiderte Mrs. Witherspoon, die bereits auf die neunzig zuging.

Humphrey zog seine blaue Flugkapitänsmütze, die seiner Zeit als Pilot entstammte und ohne die er nie aus dem Haus zu gehen schien. Er verbeugte sich. »Ladys, es ist mir eine Freude.«

Susan musste schmunzeln. Laurie bot den beiden einen Tee an. Sie sah, wie ihre Freundin versuchte, einen der weißen metallenen Tische heranzuziehen, damit sie in größerer Runde beisammensitzen konnten. Sofort eilte sie ihr zu Hilfe. »Du sollst so schwere Sachen nicht mehr machen, Laurie.«

Orchid zog zwei Stühle heran, auf die die beiden Alten sich nun setzten.

»Wie geht es dir, Laurie?«, fragte Mrs. Witherspoon interessiert. »Wann ist es denn so weit?« Die Gute war früher einmal Hebamme gewesen und hatte vielen Tausenden Kindern auf die Welt geholfen.

»Stichtag ist der 30. Dezember, und mir geht es fantastisch, danke der Nachfrage. Na ja, ich kann zwar meine Schnürsenkel nicht mehr allein zubinden, und nachts schlafen kann ich überhaupt nicht mehr, weil die Kleine mich so tritt, aber …«

»Die Kleine?«, fragte Orchid. »Es wird ein Mädchen?«

Laurie errötete. »Ja … Ich weiß, ich weiß, eigentlich hatten wir vor, uns überraschen zu lassen, Barry war allerdings so neugierig, dass er die Ärztin einfach gefragt hat. Und verheimlichen kann mein Mann mir rein gar nichts. Ich weiß es erst seit zwei Tagen.«

Susan musste schmunzeln. Laurie und Barry konnten wirklich überhaupt nichts voreinander geheim halten. Nur zu gut erinnerte sie sich an die Hochzeit der beiden, die an einem warmen Augusttag stattgefunden hatte. Sie alle waren dabei gewesen und hatten Laurie in ihrem wunderschönen weißen Kleid bestaunt, in dem man bereits eine kleine Wölbung hatte erkennen können. Natürlich hatte der Bräutigam das Kleid schon lange vor der Hochzeit gesehen, und auch die Gelübde hatten sie miteinander geprobt.

Aber Susan glaubte kaum, dass das im Fall von Laurie und Barry Unglück bringen würde. Die beiden waren einfach wie füreinander geschaffen.

»Oh, ich freu mich für dich«, sagte Ruby, erhob sich und umarmte Laurie.

»Habt ihr schon einen Namen?«, wollte Orchid wissen.

»Wir sind uns noch nicht ganz einig. Ein paar hübsche Ideen haben wir aber.«

»Lass hören!«

»Barry findet Delphine total schön. Ich hätte lieber etwas Klassisches wie Clara oder Joanna.«

»Ich finde, die hören sich alle schön an«, sagte Ruby.

»Mrs. Witherspoon, Sie haben in Ihrem Beruf doch sicher einige außergewöhnliche Namen zu hören bekommen, oder?«, fragte Keira. »Waren da auch ein paar verrückte dabei? Nennen zum Beispiel auch ganz normale Leute ihre Kinder Apple oder Brooklyn, oder tun das nur die Prominenten?«

Mrs. Witherspoon legte eine Hand ans Kinn und runzelte die Stirn. Sie schien zu überlegen. Dann zeigte sie ihnen ihr entzückendes Lächeln. »Oh ja, da waren einige außergewöhnliche Namen dabei. Eine junge Mutter hat ihr Kind zum Beispiel Caramel genannt, weil es während der Schwangerschaft ihre liebste Süßigkeit gewesen war. Ein sehr religiöses Paar hat sein Kind Jesus Christ genannt. Einige haben ihre Kinder nach dem Ort benannt, an dem sie gezeugt worden waren, darunter Milano oder Athens. Und dann waren da noch die Paare, die einen bestimmten Nachnamen hatten und unbedingt wollten, dass ihr Kind haargenau so heißt wie eine berühmte Persönlichkeit.«

»Nennen Sie uns ein Beispiel«, bat Susan.

»Hm, lasst mich überlegen. Da hatten wir einen Mr. und eine Mrs. Shakespeare, die 1962 einen kleinen Jungen auf die Welt brachten.«

Susan war schwer beeindruckt, wie gut das Gedächtnis der alten Dame noch immer war.

»Sagen Sie bloß, sie haben den Kleinen William getauft«, wollte Orchid wissen.

»Und ob.« Mrs. Witherspoon lachte. »Es gab auch einen Mr. und eine Mrs. Churchill.«

»Nein, das arme Kind«, bemitleidete Keira den jungen Winston, der inzwischen ein Erwachsener sein musste. Ob er wohl ebenfalls Politiker geworden war?

»Erzählen Sie uns mehr!«, verlangte Orchid.

»Ach, Kinder, es gab so viele Namen. So viele Babys.« Mrs. Witherspoons Gesicht nahm einen nostalgischen Ausdruck an. Die Gute hatte zu ihrem Leidwesen nie selbst Kinder bekommen, was Susan unglaublich traurig fand. Denn dann hätte sie jetzt eine Familie, die sich um sie kümmerte. Hätte sie die Frauen aus der Valerie Lane nicht und natürlich auch ihren Humphrey, wäre sie wirklich arm dran. Aber glücklicherweise war sie im hohen Alter noch der wahren Liebe begegnet und seit einem halben Jahr nun Mrs. Graham – für sie alle würde sie dennoch für immer Mrs. Witherspoon bleiben.

»Darf ich noch jemandem Tee nachschenken?«, fragte Laurie.

Ruby und Keira nahmen dankend an. Und Orchid erzählte Mrs. Witherspoon, dass sie auch in diesem Jahr wieder einen Weihnachtsmarkt planten.

»Oh, wie fein. Euren Weihnachtsmarkt mag ich am allerliebsten. Er ist so schön gemütlich und persönlich. Er wird dir gefallen, Humphrey.«

»Na, da bin ich gespannt. Was verkaufen Sie denn so auf diesem Markt?«

»Da überlegen wir uns jedes Jahr etwas Neues«, ließ Laurie ihn wissen. »Ich zum Beispiel biete immer ein paar weihnachtliche Teesorten an. Die kann man gleich draußen am Stand trinken oder auch hübsch verpackt kaufen. So ein Tee ist ein schönes Weihnachtsgeschenk.«

Humphrey sah zu Keira, die neben Laurie saß. »Und Sie?«

»Ich kreiere jedes Weihnachten ein paar ganz besondere Pralinen oder Plätzchen. In diesem Jahr wird auf jeden Fall etwas mit Marzipan dabei sein, denke ich. Ich könnte mich zurzeit in Marzipan hineinsetzen.«

Oh, dachte Susan. Sind das etwa ganz spezielle Gelüste, die Keira da verspürt? Sie wusste, wie sehr diese sich ebenfalls ein Baby wünschte. Sie und Thomas waren zwar noch nicht mal ein Jahr zusammen, doch sie ahnte irgendwie, dass der Nachwuchs nicht mehr lange auf sich warten ließ. Bald würde wahrscheinlich eine ganze Schar von Kindern in der Valerie Lane umherlaufen. Bei solchen Gedanken wurde Susan wie immer ein wenig traurig. Sie setzte aber ein Lächeln auf und antwortete Humphrey, der nun auch sie fragte.

»Ich werde wahrscheinlich wieder selbst gestrickte Schals und Handschuhe anbieten, die kommen immer sehr gut an.«

»Oho. Ich weiß, wer einen neuen Schal gut gebrauchen könnte«, sagte er und schielte zu seiner Liebsten hinüber.

Mrs. Witherspoon brauchte einen neuen Schal? Sie hatte ihr doch erst einen gestrickt, oder? Bei genauerem Überlegen wurde ihr bewusst, dass das auch schon wieder zwei oder drei Jahre her war. Sie hätte ihr sofort einen neuen gefertigt, wie es schien, hatte Humphrey aber eine Idee für ein Weihnachtsgeschenk, und die wollte sie ihm nicht verderben.

»Meine Lieblingsfarbe ist ja zurzeit Grün«, gab Mrs. Witherspoon Humphrey einen kleinen Wink mit dem Zaunpfahl. »Ruby, was hast du denn vor, an deinem Stand anzubieten?«

»Ich hab's schon erzählt, bevor Sie gekommen sind. Dieses Jahr werde ich etwas ganz Besonderes anbieten, das mir sehr am Herzen liegt. Marmelade. Kirschmarmelade nach dem Rezept der guten Valerie und die Weihnachtsmarmelade meiner Mum.«

Mrs. Witherspoon legte beide Hände ans Herz. »Meryls Weihnachtsmarmelade … Ich erinnere mich noch so gut daran, dass sie mir jedes Jahr im Dezember ein Glas vorbeigebracht hat. Weißt du noch? Schon als du noch ein kleines Kind warst, hat sie dich immer mitgenommen.«

»Ja, das weiß ich noch.« Ruby lächelte mit Tränen in den Augen. Auch alle anderen wurden sentimental.

»Ach, mein gutes Kind. Das ist eine so schöne Idee. Ich

habe die Weihnachtsmarmelade richtig vermisst, genauso wie deine liebe Mutter. Aber du bringst sie wieder ein Stück weit zu uns zurück. Und das nicht nur mit deiner Marmelade, Herzchen.«

Jetzt musste Ruby sich ein paar Tränchen wegwischen und die Nase schnäuzen. Susan legte ihr einen Arm um die Schultern.

Als sie sich alle wieder ein wenig gefangen hatten, fragte Mrs. Witherspoon die Letzte im Bunde. »Und was ist mit dir, Orchid?«

»Es ist zwar sehr aufwendig, aber ich glaube, ich biete selbst gemachte Kerzen an. Die sind schon im Laden super-beliebt. Wenn die so gut laufen, wie ich es mir erhoffe, kann ich Patrick vielleicht sogar doch noch ein Silvester-wochenende in Paris schenken.«

»Paris …«, schwärmte Laurie.

»Paris ist eine grandiose Stadt«, meldete Humphrey sich zu Wort. »Ich bin sehr oft hingeflogen. Manchmal hatte ich einen Tag Aufenthalt zwischen zwei Flügen. Falls Sie hin-fahren, sollten Sie unbedingt die Champs-Élysées entlang-flanieren. Und Sacré-Cœur ist immer einen Besuch wert.«

»Alles klar. Falls es was wird mit der Reise, werde ich mich wegen Sightseeing-Tipps bei Ihnen melden.«

»Immer gern.«

»Waren Sie schon mal in Paris?«, fragte Ruby Mrs. Witherspoon nun.

»Ich? Nein, nein, mein Kind. Ich bin in meinem ganzen Leben nicht aus England rausgekommen.«

So ging es Susan auch. Sie hatte es kein einziges Mal

über die Grenze geschafft. Ja, einmal hatte sie eine ferne Reise geplant, die hatte dann aber leider nicht stattgefunden …

»Nun seht mich doch nicht alle so mitleidig an.« Mrs. Witherspoon lachte. »Ich finde das gar nicht schlimm. Ich bereue kein bisschen, dass ich nie in Paris oder sonst wo war. Hier in Oxford bin ich zu Hause, hier habe ich alles, was ich brauche, und jetzt habe ich ja Humphrey, der mir von fernen Ländern erzählen kann.«

Susan freute sich wieder einmal aufs Neue, dass Mrs. Witherspoon Humphrey gefunden hatte. Wie schön es doch war, besonders an Weihnachten nicht allein zu sein.

Sie sah zu Mr. Monroe und Mary hinüber, die sich noch immer angeregt unterhielten. Und Humphrey, der ihr schräg gegenübersaß, nahm die Hand seiner Frau nun in seine. Ja, die Liebe lag in der Luft, und hätte Susan den Männern nicht schon längst abgeschworen, hätte sie sich beim Anblick dieser charmanten Herren vielleicht davon überzeugen lassen, dass es gute Männer doch noch gab. Nur sie hatte solch einen Mann nicht gefunden, für sie war die Liebe nicht bestimmt.

Sie seufzte innerlich und spürte, wie etwas an ihrem Bein zog. Es war Terry, der anscheinend bereit für seinen Gute-Nacht-Spaziergang war.

»Ich glaube, ich werde mich so langsam verabschieden«, ließ sie die anderen wissen und streichelte Terry über sein Köpfchen. Wie dankbar sie war, ihn zu haben.

»Ruby hat uns doch noch gar nicht vorgelesen«, sagte Keira.

Stimmt, das hatte sie noch nicht. Susan wusste, dass sie es erst tun würde, wenn alle anderen gegangen waren. Die Tagebücher waren nur für die fünf Freundinnen bestimmt.

»Ich weiß, aber es ist spät, und Terry möchte Gassi gehen. Ich höre beim nächsten Mal wieder zu, ja?«

»Da kommen auch schon Gary und mein Dad, um mich abzuholen«, sagte Ruby, als die Ladentür geöffnet wurde.

»Wie schade.« Laurie schien ehrlich traurig zu sein.

»Wie wäre es denn, wenn wir uns morgen Abend zu fünft treffen und Ruby uns vorliest?«, schlug Keira vor.

»Morgen kann ich leider nicht«, sagte Susan, verschwieg aber, dass sie vorhatte, sich mit Tobin zu treffen. Das hätte nur wieder Orchid aufgeregt, die sich immer mehr als seltsam benahm, wenn von Tobin die Rede war.

»Ich auch nicht«, kam ihr ausgerechnet Orchid zu Hilfe. »Patrick und ich sind zu einer Geburtstagsfeier eingeladen.«

»Und Freitag?«, fragte Laurie hoffnungsvoll.

Da konnten alle, und deshalb verabredeten sie sich für Freitagabend um acht bei Laurie, damit diese sich ein bisschen schonen konnte. Jeder wollte etwas zu essen mitbringen, und sie würden einen netten Abend ganz zu Ehren Valeries verbringen. Susan freute sich schon darauf, jetzt aber wollte sie endlich Terry seinen Wunsch erfüllen und mit ihm spazieren gehen.

Sie verabschiedete sich von allen und nahm ihren Cockerspaniel an die Leine. Als sie aus der Tea Corner trat, fielen gerade dicke Schneeflocken vom Himmel. Susan legte den Kopf in den Nacken und schloss die Augen. Schnee … Nur für sie.

»*It's beginning to look a lot like Christmas …*«, sang sie vor sich hin und ging mit Terry die Valerie Lane hinunter.

Wenn Sie wissen möchten,
wie es weitergeht, lesen Sie
Manuela Inusa
Das wunderbare Wollparadies

ISBN 978-3-7341-0627-9/
ISBN 978-3-641-22576-6 (E-Book)
Blanvalet Verlag